I0632694

Veröffentlicht von
DREAMSPINNER PRESS

5032 Capital Circle SW, Suite 2, PMB# 279, Tallahassee, FL 32305-7886 USA
www.dreamspinnerpress.com

Dies ist eine erfundene Geschichte. Namen, Figuren, Plätze, und Vorfälle entstammen entweder der Fantasie des Autors oder werden fiktiv verwendet. Ähnlichkeiten mit lebenden oder verstorbenen Personen, Firmen, Ereignissen oder Schauplätzen sind vollkommen zufällig.

Dein Stern am Himmel
Urheberrecht der deutschen Ausgabe © 2015 Dreamspinner Press.
Originaltitel: Inherit the Sky
Urheberrecht © 2012 Ariel Tachna.
Original Erstausgabe. Februar 2012
Übersetzt von Anna Knaus.

Umschlagillustration
© 2012 Anne Cain.
annecain.art@gmail.com
Die Illustrationen auf dem Einband bzw. Titelseite werden nur für darstellerische Zwecke genutzt. Jede abgebildete Person ist ein Model.

Alle Rechte vorbehalten. Dieses Buch ist ausschließlich für den Käufer lizensiert. Eine Vervielfältigung oder Weitergabe in jeder Form ist illegal und stellt eine Verletzung des Internationalen Copyright-Rechtes dar. Somit werden diese Tatbestände strafrechtlich verfolgt und bei Verurteilung mit Geld- und oder Haftstrafen geahndet. Dieses eBook kann nicht legal verliehen oder an andere weitergegeben werden. Kein Teil dieses Werkes darf ohne die ausdrückliche Genehmigung des Verlages weder Dritten zugänglich gemacht noch reproduziert werden. Bezüglich einer entsprechenden Genehmigung und aller anderen Fragen wenden Sie sich an den Verlag Dreamspinner Press, 5032 Capital Cir. SW, Ste 2 PMB# 279, Tallahassee, FL 32305-7886, USA oder unter www.dreamspinnerpress.com.

Deutsche ISBN. 978-1-63533-617-7
Deutsche Erstausgabe: Februar 2017
Deutsche eBook Ausgabe. 978-1-62798-465-2
Deutsche Erstausgabe. Mai 2015
v 1.1

Gedruckt in den Vereinigten Staaten von Amerika.

DEIN STERN AM HIMMEL

ARIEL TACHNA

Für Nicki, die mich immer wieder inspiriert,
und für Isabelle und Meredith, die mir Australien näherbrachten.

1

CAINE NEIHEISEL warf seine Tasche auf das Bett und ließ sich daneben auf die Matratze fallen. Sechs Jahre für nichts. Es gab keinen Streit oder einen Moment, ab dem alles schiefgelaufen war. Caine hatte einfach erkannt, dass seine Beziehung mit John nirgendwohin führte. Sie waren gute Freunde, gute Mitbewohner, aber keine Partner und in der letzten Zeit nicht einmal mehr halbwegs annehmbare Liebhaber. Caine sagte sich, dass sie sich auseinandergelebt hatten, denn er wollte nicht daran denken, dass John ihn vielleicht einfach nicht mehr attraktiv fand. Sein Selbstbewusstsein brauchte keinen weiteren Rückschlag. Es war schlimm genug, dass er seit fast zehn Jahren in der Poststelle von Comcast festhing. Natürlich hatte er um eine Beförderung gebeten, wurde jedoch immer übergangen. Das allein belastete ihn schon genug, und aus diesem Grund ertrug er es nicht, dass John ihn vielleicht nicht mehr anziehend fand und deshalb das Interesse an ihm verlor.

Das hieß jedoch, dass er entweder einen neuen Mitbewohner oder eine neue Wohnung brauchte. Alleine war die Miete einfach nicht leistbar. Als er und John damals in die Eigentumswohnung einzogen, war das kein Problem gewesen, da sein Ex-Freund die Hälfte der Kosten übernahm, um in der schwulen Nachbarschaft Philadelphias zu leben. Caine würde natürlich all das vermissen, wenn er tatsächlich keinen Mitbewohner fand. Auch wenn es ihm nicht gefiel, aber seit Kurzem verlief sein Leben eben so.

„Caine! Essen ist fertig."

Caine seufzte und stand auf, um zu seinen Eltern zu gehen.

„Es gibt dein Lieblingsessen", sagte seine Mutter Patricia, als er in die Küche kam. „Schweinemedaillons, Rosenkohl und Kartoffelbrei."

„Danke, Mum", sagte Caine und war erleichtert, dass er nicht stotterte. Er wusste, aus welchem Grund seine Mutter sein Lieblingsessen zubereitete und das hatte nichts damit zu tun, dass er sie über Weihnachten zu Hause besuchte. Sie wollte ihn aufmuntern. Er schätzte diese Geste, doch der Gedanke daran, den ganzen Urlaub bemitleidet zu werden, war nicht sehr angenehm. Er hatte so schon genug Probleme.

„Also, was stand im Brief aus Australien?", fragte sein Vater Len, der zu ihnen in die Küche trat.

„Das erzähle ich euch beim Abendessen", antwortete seine Mutter. „Lass mich erst das Essen anrichten."

„Ich h-helfe dir", bot Caine an und zuckte wegen seines Stotterns leicht zusammen. Anscheinend fühlte er sich zu Hause doch nicht so wohl, wie er angenommen hatte. Sich selbst dafür tadelnd, dass er sich mit etwas beschäftigte, das nicht mehr zu ändern war, deckte er den Tisch und trug anschließend die Servierschüsseln ins Esszimmer.

Als sie alle am Tisch saßen und zu essen begannen, wandte sich Len Patricia zu. „Also, was stand im Brief?"

„Ihr erinnert euch doch an Michael, den jüngeren Bruder meiner Mutter? Er hat England im selben Jahr verlassen, in dem sie meinen Vater heiratete und hierherkam."

Len und Caine nickten beide. Caine und sein Onkel hatten sich regelmäßig Briefe geschrieben, auch wenn sie weniger wurden, als er aufs College ging.

„Er hatte letzte Woche einen Herzinfarkt", fuhr Patricia fort.

„Oh, das tut mir leid", sagte Len sofort. „War er krank?"

„Das weiß ich nicht", erwiderte Patricia. „Nachdem Mum starb, hatten wir weniger Kontakt. Wir hätten diese Reise nach Australien machen sollen, über die wir immer sprachen – aber irgendwie kam immer etwas dazwischen. Aber das war nicht alles. Der Brief ist von seinem Notar. Es scheint, als hätte er alles mir hinterlassen."

„Dir?", fragte Caine. „Aber warum?"

„Er war nie verheiratet und hatte auch keine Kinder", erklärte Patricia. „Ich bin die einzige lebende Verwandte. Außerdem wollte der Notar wissen, was mit der Schafsfarm geschehen soll, die Onkel Michael besaß. Offenbar ist es ein riesiges Stück Land, das sich über mehrere tausend Quadratkilometer erstreckt. Ich werde sie wohl verkaufen. Ich weiß nichts über Schafe und mein Leben ist hier. Ich habe allerdings keine Ahnung, was man da beachten muss. Hoffentlich kann der Notar das übernehmen und mir anschließend das Geld überweisen, sobald die Farm verkauft und die Steuern bezahlt sind."

Len kicherte. „Ich sehe es schon vor mir, wie wir auf dieser alten Ranch ankommen. Ich gehe auf die Siebzig zu und du bist auch nicht so viel jünger. Sie würden uns auslachen und wieder nach Hause schicken, wenn wir versuchten, sie zu leiten."

Caine musste zugeben, dass er den Gedanken äußerst interessant fand. „Es wäre schade, sie zu verkaufen", meinte er. „Kannst du nicht jemanden einstellen, der sie weiterführt und dir die Gewinne ü-überweist? Wenn es sich lohnt."

„Laut dem Notar ist die Farm sehr gewinnbringend", erwiderte Patricia, „aber ich weiß nicht, ob das eine gute Idee ist, einen Vorarbeiter die Ranch verwalten zu lassen. Wir hätten keine Ahnung, ob er sie gut leitet."

„Ich kann gehen", sagte Caine leise. Die Worte waren ihm entschlüpft, bevor er überhaupt bemerkte, dass er darüber nachdachte. Er hatte schon immer seinen Großonkel besuchen wollen, aber die Reise, die sie so detailreich in ihren Briefen planten, war nie zustande gekommen. Wie so vieles in seinem Leben.

„Das ist nett von dir", sagte seine Mutter, während sie seine Hand ergriff, „aber du hast einen Job und dein Leben spielt sich hier ab. Ich werde nicht von dir verlangen, das alles aufzugeben."

Für Caine gab es nicht viel aufzugeben. „Wir sollten darüber nachdenken, zumindest einen T-Tag lang oder zwei und keine überstürzten Entscheidungen treffen." Sein Kopf war plötzlich mit zahllosen Möglichkeiten erfüllt.

„Oh Caine, ich weiß, dass du die Ranch besuchen willst, aber es ist ein großer Unterschied ob man den Sommer dort verbringt oder sein Leben", sagte Patricia. „Baue keine Luftschlösser."

Caine seufzte und ließ das Thema auf sich beruhen. Aber nach dem Abendessen, als er in sein Zimmer ging, um zu schlafen, kamen ihm die Worte seiner Mutter wieder in den Sinn. Luftschlösser.

Er war zweiunddreißig, verdammt. Er war verantwortungsbewusst und tat all die Dinge, die man von einem Erwachsenen erwartete. Das hatte ihn genau nirgendwohin gebracht. Sein Job war eine Sackgasse, sein Partner liebte ihn nicht mehr und es tat sich keine neue Perspektive auf. Sein „Leben" in Philadelphia ließ all seine Leidenschaft, seinen Enthusiasmus und seinen Antrieb verdorren. Die Schafsfarm in Australien war die Lösung, um all das zu verändern. Es gab natürlich eine Menge zu lernen, aber mangelnde Intelligenz war nie ein Problem gewesen. Er stotterte, wofür es keinen Grund und kein Gegenmittel gab. Eine Sprachtherapie hatte zwar geholfen, aber sobald er nervös war, kehrte es zurück. Auf eine Beförderung konnte er nicht hoffen, da er bei jedem Interview schlecht abschnitt. Niemals würden seine Bosse jemanden mit einer solchen Sprachstörung in einem Bereich arbeiten lassen, wo man mit den Kunden interagierte. Er hatte das begriffen, aber so kam er bei Comcast nicht weiter und auch anderswo hätte er dieselben Probleme.

In Australien konnte er die Ranch leiten. Seine Mutter war zwar noch immer die Besitzerin, aber er war derjenige, der die Verantwortung trug. Er müsste natürlich alles Wichtige lernen und sich bis dahin auf die Gnade seiner Arbeitnehmer und Nachbarn verlassen, aber im Falle einer Beförderung oder Gehaltserhöhung wurde er nicht mehr übergangen. Er hätte einen Job, ein Leben und ein Tapetenwechsel tat ihm sicherlich gut. Und falls es sich als absolutes Desaster herausstellte, nun, dann war es zumindest mit Philadelphia vergleichbar.

Er wusste nicht, was man beachten musste, um nach Australien einzuwandern, aber es war ein Leichtes, diese Informationen zu beschaffen. Er war vielleicht nicht der beste Sprecher der Welt, aber er wusste, wie man nachforschte. Er zog seinen Laptop heraus, startete das Gerät und begann zu suchen.

Zwei Stunden später hatte er alle Informationen gesammelt. Nun musste er nur noch seine Mutter davon überzeugen, die Ranch nicht zu verkaufen.

„ICH H-HABE nachgedacht, Mum", sagte Caine, als er am nächsten Morgen zum Frühstück herunterkam. „Ich w-w-will nach Australien gehen."

„Caine", tadelte seine Mutter. „Wir haben gestern Abend darüber gesprochen."

„Nein", sagte Caine tief durchatmend, um sein Stottern zu mindern. „Du hast darüber gesprochen. Ich habe in der letzten Nacht online nachgelesen. Ich kann wegen des Erbes d-d-dorthin. Du musst nur einen Brief schreiben, in dem steht, dass du mir die Leitung der R-R-Ranch überträgst."

„Aber was ist mit deiner Karriere?"

„Was für eine Karriere?", fragte Caine verbittert. „Ich habe einen Job und ich werde vielleicht nie gekündigt, weil ich ihn gut mache, aber ich werde bei Comcast nie aufsteigen. Ich bin schon seit z-zehn Jahren dort und wurde nie befördert."

„Du kannst den Job wechseln."

„Das k-könnte ich", sagte Caine, „aber ich werde wegen meines Sprachfehlers vermutlich nichts finden. Jedenfalls keinen Job in dem ich vorankomme. Ich hätte somit eine Sackgasse gegen eine andere eingetauscht."

„Du weißt nichts über Schafe."

„Aber ich kann es lernen", beharrte Caine. „Ich kann draußen arbeiten statt in einem Büro. Die Schafe k-kümmert es nicht, wenn ich mal stottere. Macht es denn so einen großen Unterschied, ob du die Ranch jetzt verkaufst oder erst in einem Jahr, wenn ich es doch nicht schaffe?"

„Für mich nicht. Aber wenn du hier alles aufgibst, hast du nicht mal einen Sackgassen-Job, zu dem du zurückkehren kannst."

„Dann muss ich es eben in Australien schaffen", meinte Caine. Er ergriff die Hände seiner Mutter. „B-Bitte, Mum. Gib mir diese eine Chance."

Seine Mutter seufzte und umarmte ihn. „Na gut, Schatz. Wenn es das ist, was du willst, dann werde ich die Ranch noch nicht verkaufen. Du weißt, dass ich mir Sorgen machen werde, wenn du so weit von zu Hause weg bist, denn selbst wenn du erwachsen bist, so werde ich in dir doch immer mein

Baby sehen. Außerdem wird alles, was mir gehört, eines Tages dir gehören. Ich schätze, somit ist es auch dein Erbe."

„Danke, Mum. Ich liebe dich."

DREI MONATE später hielt Caine sein Visum und seinen Pass in der Hand und wartete nervös darauf, dass sein großes Abenteuer begann. Er freute sich nicht wirklich auf den Flug, der achtundzwanzig Stunden dauerte. Er musste in Dallas und später in Los Angeles umsteigen, ehe es nach Sydney ging. Aber er kam mit Flughäfen zurecht, also konnte er auch den langen Flug überstehen, vor allem, weil es genau das war, was er wollte. Er hatte mit Macklin Armstrong, dem Vorarbeiter der Schafsstation, via E-Mail Kontakt aufgenommen. Dieser wusste, dass er nach Australien kam. Caine hatte beschlossen, ein paar Tage in Sydney zu bleiben, ehe er nach Lang Downs, der Farm seines Onkels, aufbrach. So erpicht er auch darauf war mit der Arbeit zu beginnen, so konnten ein oder zwei Tage Erholung nicht schaden. Nicht zu vergessen, dass er nicht unbedingt die richtige Kleidung für sein neues Leben besaß. Er war sich nicht sicher, ob es sie in Sydney zu kaufen gab, aber er konnte Ausschau halten. Und für den Fall, dass er nichts fand, verließ er sich auf Macklins Gnade und kaufte sie einfach in der nächstgelegenen Stadt zur Station. Boorowa sah auf der Karte wie der nächste Ort aus, aber er hatte schon in Eastern Kentucky am College gelernt, dass Karten trügerisch waren. Was wie eine gerade Linie aussah, musste nicht immer der schnellste Weg sein.

Als Erstes musste er allerdings in Australien ankommen.

Er hatte den Leasingvertrag für die Eigentumswohnung vor einem Monat aufgelöst, die meisten Möbelstücke verkauft und die Sachen eingepackt, ohne die er nicht leben konnte. Ein paar waren im Haus seiner Eltern verwahrt, um später nachgeliefert zu werden. Den Rest hatte er bereits nach Australien verschiffen lassen und hoffte, dass es in etwa zeitgleich mit ihm ankam. Er hatte zwei Koffer mit Kleidung und anderen Notwendigkeiten, die er selbst nach Australien mitnahm, aber er war nicht bereit, seine Bücher und CDs aufzugeben.

Es war traurig, dass die zehn Jahre in Philadelphia auf eine Schachtel mit Büchern und CDs reduziert waren, aber das waren nun mal die einzigen Dinge, die für ihn einen großen Wert hatten. Als er sich von seinen Freunden verabschiedet hatte, versprachen sie, über Facebook oder Twitter mit ihm in Kontakt zu bleiben. Caine glaubte jedoch nicht daran. Sie waren Freunde, aber mehr im Sinne einer beiläufigen Bekanntschaft. Jedenfalls waren sie für ihn kein Grund, um in Philadelphia zu bleiben.

Der Boarding-Aufruf unterbrach Caines Gedankengänge. Er reihte sich in die Schlange ein, um sein Ticket und seinen Pass vorzuweisen und seinen Platz einzunehmen. Er hatte für den Flug die Businessclass gewählt, da er genug Geld aus dem Verkauf seiner Möbel erhalten hatte und auf Lang Downs nicht viel brauchte. Macklin hatte ihm erklärt, dass man lediglich für seine Kleidung und andere persönliche Dinge aufkam. Die Station bezahlte den Rest. Da er ins Haus seines Onkels zog und mit den Männern, die für ihn arbeiteten, in der Kantine aß, musste er keine Miete zahlen und keine Einkäufe tätigen.

Deshalb leistete er sich den Komfort der Businessclass.

Der Flug war ausgebucht, also hatte Caine einen Sitznachbarn, der zwischen ihm und dem Fenster saß. Der Mann war jedoch nicht wirklich an einer Konversation interessiert und Caine war nicht der Typ, der Gespräche mit Fremden begann. Er hatte gelernt, seine Ängste zu überwinden, wenn es nötig war, dennoch machte ihn der Gedanke, dass er vielleicht stotterte, ziemlich nervös.

Drei Stunden später landeten sie in Dallas und Caine bahnte sich seinen Weg durch das Labyrinth an Terminals bis zu seinem nächsten Gate. Schon jetzt quälte ihn die Reisemüdigkeit. Er streckte seinen Nacken durch, um die schmerzenden Muskeln zu entspannen, doch hatte damit keinen wirklichen Erfolg. Vielleicht hatte das Hotel in Sydney ein Spa, in dem er sich eine Massage gönnen konnte, ehe er weiterreiste.

Vielleicht sollte er das lieber überspringen und gleich damit beginnen, sich ein wenig abzuhärten. Er bezweifelte nämlich, dass es in Lang Downs einen Masseur gab.

Sein Magen rumorte, als er in das nächste Flugzeug stieg, denn Caine wurde bei dem Gedanken, was wohl ein Stadtjunge wie er auf einer Schafsstation in Australien machen sollte, immer nervöser. Er war in Cincinnati aufgewachsen, einer Stadt, die nicht wirklich zu den großen zählte, deren großstädtisches Areal dennoch über zwei Millionen Menschen umfasste. Philadelphia hatte sogar über fünf Millionen Einwohner. Er hatte das Gefühl, dass er wohl mehr als nur einen kleinen Kulturschock in Lang Downs erfuhr, aber vielleicht tat ihm das gut. Er war nicht übergewichtig, aber dennoch ein wenig auf der weichen Seite. Der physische Lebensstil machte ihn sicherlich stärker und gesünder und konnte ihn beschäftigt halten, sodass er keine Zeit hatte, die Annehmlichkeiten der Stadt zu vermissen. Und wenn die Sehnsucht nach einem Museumsbesuch oder einem Theaterstück zu groß war, wäre es sicherlich möglich, ein langes Wochenende in der Stadt zu verbringen. Australien war keine völlige Einöde. Das Opernhaus von Sydney war weltbekannt und wenn er nur sorgfältig genug plante, hatte er noch immer die Möglichkeit hin und wieder ein wenig Stadtleben zu erleben.

Als sie in Los Angeles landeten, hatte Caine seine Panik mit ein paar Shots Wodka gedämpft. Er war nicht sturzbetrunken, aber eindeutig entspannter.

Er erinnerte sich daran, dass sein E-Mail-Verkehr mit Macklin sehr herzlich gewesen war, wenn nicht sogar freundlich, und Caine verstand die Sorgen des Mannes. Er hatte zugegeben, dass er absolut nichts über die Schafszucht wusste. Er war mit Sicherheit unwissender als der jüngste Anfänger auf der Station, denn selbst die Neuen dort waren irgendwie mit der Branche aufgewachsen. Caine hatte etwas nachgeforscht und versucht, sich schon einige Begriffe und Techniken einzuprägen. Er wusste allerdings, dass man Erfahrung durch nichts ersetzen konnte.

Er hatte sich auch über die Hochebenen Australiens informiert, um zumindest auf das Klima vorbereitet zu sein. Jetzt war dort Herbst, es ging aber schon in den Winter über. Kühl, sogar kalt in der Nacht, gefolgt von einem kalten, trockenen Winter. Wenigstens musste er sich nicht wegen des Schnees sorgen. Nach dem harten Winter in Philadelphia war das sehr erleichternd. Er konnte schwören, dass es immer dann anfing zu schneien, sobald das Auto gerade freigeschaufelt war. Er hatte die Temperaturen in Sydney überprüft, die 70 Grad Fahrenheit betrugen. Es war wärmer als zu Hause.

„Lang Downs ist jetzt mein Zuhause", erinnerte sich Caine. Um das Vertrauen der Leute zu gewinnen, musste er sich das immer vor Augen halten. Und nicht nur das, er musste es auch glauben. Fest und wahrhaftig glauben, denn er war sich sicher, dass die anderen es taten.

Die Stewardess auf dem Flug von Los Angeles nach Sydney sprach in einem australischen Akzent, was Caine zum Lächeln brachte. Er liebte die Art und Weise, wie die Australier sprachen. Er wusste, dass er auf Lang Downs mit seinem amerikanischen Akzent herausstach und es wohl etwas dauerte, ehe er nicht mehr lächelte, wenn die Leute um ihn herum sprachen. Er fragte sich, ob sein Akzent genauso charmant für die Australier war, wie ihr Akzent für ihn. Wenn dem so wäre, machte es vielleicht sein Gestotter wieder wett.

Als sie schließlich in der Luft waren, servierten die Flugbegleiter das Abendessen. Caine war froh, die Businessclass gewählt zu haben. Er wusste nicht, ob die Mahlzeiten besser waren, aber wenigstens hatte er mehr Platz zum Essen. Nach dem Abendessen versuchte er etwas zu schlafen.

2

DEN ERSTEN Kulturschock erlebte Caine als das Flugzeug gelandet war und der Flugbegleiter ihnen die Informationen über das aktuelle Wetter in Sydney durchgab. Er erwähnte dabei, dass es wundervolle 21 Grad hatte. Caine durchwühlte geistig seine Koffer, um irgendetwas zu finden, was ihn vor den eisigen Temperaturen schützte. Erst nach einem kurzen Augenblick begriff er, dass man in Australien von Grad Celsius, nicht von Grad Fahrenheit sprach. Er musste innehalten und versuchte sich daran zu erinnern, wie man das mittels Kopfrechnung umrechnete. Mit zwei multiplizieren, dann dreißig hinzuzählen ... zweiundsiebzig. Kurzärmlige Shirts und Khakihosen zu tragen war somit kein Problem. Bei Temperaturen unter dem Gefrierpunkt hätte es übel ausgesehen.

Caine kam ohne große Probleme durch den Zoll, jedoch hatte die Einwanderungsbehörde einige Fragen an ihn. Diese betrafen vor allem sein Visum und sie wollten wissen, wo er denn zu arbeiten beabsichtigte. Daraufhin zeigte er den Brief seiner Mutter vor, der ihm das Recht zur Leitung der Schafsstation übertrug. Mit jeder verstreichenden Minute wurde sein Stottern schlimmer. Schließlich durfte er passieren. Er schaffte es durch das Hauptareal des Terminals und überlegte, ob er mit den öffentlichen Verkehrsmitteln fahren oder sich ein Taxi nehmen sollte. Er war immer stolz darauf gewesen, die öffentlichen Verkehrsmittel – wenn sie denn verfügbar waren – zu benutzen, allerdings hatte er diesmal zwei riesige Koffer und einen Rucksack dabei. Er war sich nicht einmal sicher, ob er es überhaupt bis zu einer Bus- oder Bahnstation schaffte, wenn er so beladen war. Seufzend trottete er zum Taxistand und wartete in der Schlange. Der Dispatcher musste ihn dreimal fragen, wohin er wollte, ehe er endlich in der Lage war zu antworten. „Das Medina Grand Sydney", sagte er schließlich.

„Du kippst gleich aus den Schuhen, nicht wahr, *Kumpel*?", fragte der Dispatcher. „Keine Sorge, wir bringen dich schon hin."

Caine lächelte fahl, um wenig später die Koffer in den Kofferraum des Taxis zu hieven, ohne auf die Hilfe des Fahrers zu warten. Den Rucksack behielt er bei sich, da sich darin seine Geldtasche befand. Später musste er noch eine Bank finden, um sein Geld umzubuchen. Aber für die ersten paar Tage hatte er genug Bargeld.

Während der Fahrt wollte er eigentlich die Stadt beobachten, doch er war zu erschöpft. Zudem war sein Körper noch an die amerikanische Zeit gewöhnt. Er schloss die Augen und vertraute darauf, dass der Fahrer ihn schon an sein Ziel brachte.

Das Einchecken war ein weiteres Abenteuer. Die Bandbreite der Akzente verwirrte Caine und er tat sich schwer, sein Zimmer zu finden. Als er endlich in selbiges trat, ließ er alles stehen und sich aufs Bett fallen, um zu schlafen.

Als er aufwachte, war es drei Uhr nachmittags und er war am Verhungern. Zuerst benötigte er allerdings eine Dusche. Caine leerte seinen Rucksack, in den er alles gepackt hatte, was er in Sydney brauchte, und stand für eine lange Zeit unter der Dusche. Das heiße Wasser befreite ihn von den Nachwirkungen des Jetlags. Als er sich schließlich wieder wie ein Mensch fühlte, zog er sich an und steckte die Geldbörse in die Hosentasche, ehe er durch die Straßen ging, um etwas zu essen zu finden. In den kleinen, aneinandergereihten Geschäften wurde eine Vielfalt an heißen Gerichten angeboten. Die Gerüche lockten ihn schließlich in einen Laden, in dem eine Inderin in einem grün und blau gefärbten Sari stand. „Kann ich Ihnen helfen?", fragte sie.

Caine studierte die Speisekarte, die rote Soße auf den Currygerichten erregte seine Aufmerksamkeit. Er mochte asiatisches Essen, hatte allerdings den Verdacht, dass es zu scharf war. „K-K-Kann ich bitte ein D-Döner K-Kebab haben?", fragte er und verfluchte sein Stottern, das mit voller Kraft zurückgekommen war.

„Wollen Sie Taboulé und Hummus dazu?", fragte die Frau.

„Ja, bitte", gab Caine zurück. „Und eine Tasse Tee." Er wollte nicht nach Eistee fragen, auch wenn er gerne welchen bestellt hätte. Wenigstens war es nicht fürchterlich heiß draußen. Er musste ein paar Teebeutel kaufen, um zumindest auf der Station selbst gemachten Eistee zu trinken. Auch wenn die anderen vielleicht darüber lachen würden.

„Milch?", fragte sie.

Caine blinzelte und versuchte, den Sinn dieser offensichtlichen Frage zu erfassen. „Uh, n-nein danke", sagte er schließlich, unsicher warum er denn Milch brauchte. Doch dann fiel es ihm wie Schuppen von den Augen. Milch für den Tee. Er war froh, die Frage verneint zu haben, denn von dieser Mischung war er nicht wirklich begeistert. Als sie ihm wenig später das Tablett reichte, starrte er auf die riesige Menge an Essen. Er hatte eigentlich nur einen Snack gewollt, etwas was ihn bis zum Abendessen satt hielt, aber das hier war eine ausgiebige Mahlzeit. Er setzte sich an einen kleinen Tisch am Fenster und begann zu essen, wobei er sich schwor, sich ab morgen an die Lokalzeit zu halten.

CAINE HATTE sich zwei Tage eingeräumt, um alles Geschäftliche zu regeln: ein Bankkonto, Kreditkarten, ein Handy, das in Australien funktionierte, um gelegentlich mit seinen Eltern zu telefonieren, und ein neues Ladegerät, um den Laptop ohne einen Adapter und Wandler aufzuladen. Er hatte nicht damit gerechnet, dass er die vollen zwei Tage benötigte, um alles abzuwickeln, weshalb er, als er den Bus nach Yass nahm, das Gefühl hatte etwas Wichtiges vergessen zu haben. Die Fahrt durch Sydney und am Flughafen vorbei war nicht wirklich interessant, aber als sie nach Südwesten in Richtung Mittagong und weiter nach Goulburn fuhren, verschwand die städtische Skyline und wurde von fortschreitend schrofferem Terrain abgelöst. Als sie Canberra verließen und nach Yass fuhren, wo Macklin sich mit ihm traf, fühlte sich Caine von den neuen Eindrücken völlig erschlagen. Canberra war eine recht große Stadt und etwa eine Stunde von Yass entfernt, aber er hatte keine Ahnung, wie lange die Fahrt von Yass nach Lang Downs dauerte. Macklin hatte geschrieben, dass sie heute nur bis nach Boorowa fuhren und die Nacht dort verbrachten. Am nächsten Tag stellten sie dann seine Ausrüstung zusammen und fuhren weiter zur Station. Aber das hatte gar nichts darüber ausgesagt, wie weit Lang Downs entfernt war.

Yass war bei Weitem nicht so groß wie Canberra, aber es schien dennoch eine blühende, belebte Stadt zu sein. Er konnte durch das Busfenster eine beeindruckende, historische Hauptstraße sehen und fragte sich, ob er und Macklin wohl Zeit hatten, um daran entlang zu spazieren. Vielleicht war es möglich, hier schon ein paar Dinge einzukaufen, die er brauchte, um die Verzögerung zu rechtfertigen, bevor sie nach Boorowa weiterfuhren.

Er stieg aus dem Bus und nahm sein Gepäck, sah sich anschließend nach Macklin Armstrong, den Vorarbeiter von Lang Downs, um. Unglücklicherweise passte die Beschreibung auf ungefähr die Hälfte der Männer an der Busstation, jedoch sah keiner von ihnen so aus, als hielten sie nach ihm Ausschau.

„Caine Neiheisel?"

Caine drehte sich um und erblickte den wohl schroffsten Mann, den er je gesehen hatte. Allerdings gab es in Philadelphia nicht unbedingt viele Gelegenheiten, um ein Cowboy-Typ kennenzulernen.

„J-J-Ja", stotterte er, da er sich leicht zu den Vorarbeiter hingezogen fühlte. „Ich bin Caine."

„Macklin Armstrong", sagte der Mann und bot ihm seine Hand an. „Willkommen im Outback."

„D-Danke", sagte Caine und ergriff die angebotene Hand. Er fühlte die Schwielen als Macklin zudrückte – nicht fest genug, dass es wehtat, aber dennoch stark genug, um Kraft zu beweisen. „Ich bin f-froh, dass ich endlich hier bin.“

„Lange Reise?“, fragte Macklin mitfühlend.

„Nun ja, heute nicht so sehr.“ Endlich hatte Caine sein Stottern unter Kontrolle. „Ich bin nur ungefähr fünf Stunden mit dem Bus gefahren. Der Flug war schlimmer.“

„Jetlag ist das Schlimmste“, stimmte Macklin zu, ehe er einen von Caines Koffern ergriff. „Bist du hungrig?“

„Ich bin am Verhungern. Ich habe g-gefrühstückt und hatte im Bus einen Snack dabei, aber ich habe noch nicht zu Mittag gegessen.“

„Es gibt ein paar Pubs im Stadtzentrum, dort können wir etwas essen“, meinte Macklin. „Zuerst verstauen wir aber deine Koffer im Kofferraum, dann können wir von hier aus zu Fuß gehen, wenn du bequeme Schuhe anhast. Glaub‘ mir, du willst keine Blasen bekommen, nicht jetzt.“

„D-Definitiv nicht“, stimmte Caine zu, schulterte den Rucksack und hob den anderen Koffer hoch. „Ich gebe zu, ich weiß nicht, was meine eigentliche Aufgabe auf der Station sein wird, aber ich weiß zumindest, dass Schmerzen definitiv auf der Liste mit den schlechten Dingen stehen.“

„Wir haben noch genügend helfende Hände auf der Station, da wir im Frühjahr Jackaroos anheuerten“, erwiderte Macklin, der gerade den Kofferraum seines Jeeps schloss. „Du musst dich um nichts kümmern, wo du möglicherweise anschließend Schmerzen hättest.“

Caine nahm die Abfuhr wahr, aber er war entschlossen, sich nicht abschrecken zu lassen. Macklin wusste, dass Caine vollkommen unerfahren war und konnte eigentlich nichts anderes erwarten. Was nicht hieß, dass er nicht alles daran setzte, den Vorarbeiter umzustimmen. „Kann man hier eigentlich gut einkaufen? Die Hauptstraße sah interessant und mit all den Shops ziemlich voll aus. Wenn es Zeit spart, hier statt in Boorowa einzukaufen, habe ich nichts gegen eine Planänderung.“

„Die Station hat Kundenkonten in diversen Geschäften in Boorowa“, erklärte Macklin. Seine langen Schritte ließen Caine fast rennen, obwohl sie beinahe gleich groß waren.

„Ja, aber die Station sollte nicht für meine persönliche Ausrüstung zahlen“, sagte Caine. „Du finanzierst dir doch auch keine neuen Stiefel aus dem Konto der Station, oder?“

„Nein. Aber ich besitze sie auch nicht“, entgegnete Macklin.

„Ich auch nicht“, gab Caine zurück. „Sie gehört m-meiner Mutter. Ich bin nur hier, um ihr mit dem Management zu helfen.“ Er grinste über den Kommentar. „Okay, nicht wirklich, weil ich noch keine Ahnung habe, was ich hier machen muss. Aber g-glaub' mir, fürs Erste werde ich einfach deinen Rat befolgen. Ich bin euer neuester … wie hast du es genannt? Jackaroo?"

„Du hast noch einen langen Weg vor dir, bevor du dir diesen Titel verdient hast, Caine." Macklin schüttelte den Kopf. „Wenn du wirklich lernen willst, gibt es viele, die dir etwas beibringen können. Es ist möglich, dass sie dir am Anfang ein paar Streiche spielen, aber im Herzen sind sie gute Menschen."

„Ich k-kann damit umgehen." Der Gedanke, sich vor einer Station voller Männer zu beweisen, machte ihn wieder nervös. Er hoffte nur, dass Macklin das nicht bemerkte.

„Hier gibt es gutes Essen." Macklin zeigte auf ein Gebäude an der Ecke der Hauptstraße. Auf dem Schild stand Yass Hotel. Die Einrichtung war dunkel und kühl, eine willkommene Abwechslung vom grellen Sonnenlicht. Es war nicht heiß, doch Caine fühlte bereits die Auswirkungen der Sonne. Ein Hut stand daher ganz oben auf seiner Einkaufsliste und Caine war sich sicher, dass Macklin ihn an so etwas Wichtiges erinnerte, sollte er selbst es vergessen – besonders, wenn man den Zustand seines eigenen Hutes bedachte.

Trotz des Namens war das Restaurant kein Hotel, sondern zwei voneinander getrennte Bars. Die eine war still und fast verlassen, während die andere halb voll war und die meisten Leute inmitten von Gelächter und Lärm Poolbillard spielten. Macklin führte Caine in den belebten Bereich. „Dir macht die Gesellschaft doch nichts aus, oder?"

„N-Nein, natürlich nicht", sagte Caine. „D-Denkst du, es s-stört sie, wenn ich mich nach der Bestellung z-z-zu ihnen geselle?"

„Vermutlich nicht", meinte Macklin. „Außer, sie haben gerade eine Wette am Laufen. Wenn es nur ein Freundschaftsspiel ist, werden sie sich über einen weiteren Mitspieler freuen."

Caine wog die Situation ein zweites Mal ab, nachdem sie einen Tisch gefunden und die Speisekarte durchgesehen hatten. Neben dem überfüllten Tisch stand ein zweiter, der zurzeit leer war. Sie gaben ihre Bestellung auf und Caine lehnte sich zu Macklin. „S-Spielst d-du? Wir k-könnten unser eigenes S-Spiel starten."

„Ich bin nicht in Stimmung", entgegnete Macklin kühl. „Aber du kannst ruhig spielen. Der Tisch ist leer."

Alleine Billard zu spielen kam Caine ziemlich seltsam vor, aber er machte jetzt keinen Rückzieher. Er nahm einen tiefen Atemzug und stand vom Tisch auf, leicht zusammenzuckend, als die Stuhlbeine über den Boden scharrten. Er ging zum Billardtisch und suchte sich in aller Ruhe einen Billardstock aus. Wenn er schon allein spielte, wollte er sich nicht zum Affen machen. Er war zwar kein Experte, spielte aber ziemlich gut. Zumindest gut genug, um bei jemanden, der gelegentlich spielte, Eindruck zu hinterlassen, vorausgesetzt der Stock war gerade und der Tisch eben.

Nachdem er die Kugeln angeordnet hatte, machte er mit der weißen Kugel ein paar Probeschüsse, um den Stock zu testen, bevor er zurückzog. Die Kugeln stoben auseinander, eine von ihnen landete sogar sofort in einem der Netze. Caine lächelte. Er konnte diesen Trick nicht oft zeigen und er war jedes Mal aufs Neue begeistert, wenn er es schaffte. Er überprüfte, welche Kugel er eingelocht hatte, ehe er weiterspielte als hätte er einen Gegner. Wenn sein Glück anhielt, war das bald der Fall. Er bemerkte ein paar Männer, die vom Nebentisch herübersahen. Caine hoffte, dass sie entweder zu ihm kamen oder ihn einluden bei ihnen mitzuspielen.

Stück für Stück arbeitete er sich um den Tisch herum. Er setzte an, verfehlte manchmal, konnte allerdings genug der Vollen versenken, um Zuschauer anzulocken.

„Du kennst dich mit Billard aus, *Kumpel*", bemerkte einer der Männer und brach somit die Stille. „Bist du an einem freundschaftlichen Spiel interessiert?"

„Ein F-F-Freundschaftsspiel oder eine freundliche W-Wette?", fragte Caine, wobei er lächelte und somit klarmachte, dass es nicht beleidigend gemeint war.

Die anderen Männer lachten. „Lass uns mit einem Freundschaftsspiel anfangen, okay?", schlug der Australier vor. „Wir werden sehen, wie es sich entwickelt."

„C-Caine Neiheisel", bot Caine seine Hand an. „N-Neu angekommen."

„Aidan Johnson", stellte sich der Mann vor, als er Caines Hand schüttelte. „Willkommen in Yass."

„Danke. Ich wollte eigentlich schon früher herkommen, aber irgendwie kam immer irgendwas dazwischen. S-Sollen wir anfangen?"

Aidan nickte und bereitete den Tisch vor, um Caine dann den ersten Schuss anzubieten. Er konnte zwar keine Kugel versenken, aber es war trotz allem ein sauberer Schuss. Aidan war an der Reihe und verfehlte um Millimeter. Seine Freunde verspotteten ihn, doch Caine schob das von sich weg. Sie wetteten nicht, das hieß, es gab keinen Einsatz, den er bei einer Niederlage verlor. Aber er hatte das Gefühl, etwas beweisen zu müssen – am meisten Macklin. Er brauchte keinen Babysitter oder ein Kopftätscheln. Er wusste zwar nichts über Schafsstationen, war aber kein Kind und auch kein Dummkopf.

Es war vollkommen ruhig, während sie spielten, die Jubelrufe und spielerischen Buhrufe schallten nach jedem Schuss durch den Raum. Caine war erfreut darüber, dass seine guten Schüsse genauso bejubelt wurden wie Aidans. Als das Spiel vorbei war, bot Aidan ihm erneut seine Hand an. „Du bist nicht schlecht. Lass mich dir ein Bier ausgeben, um dich in Australien willkommen zu heißen."

Bevor Caine die Einladung annehmen konnte, stand Macklin plötzlich neben ihnen. „Das Essen steht auf dem Tisch."

„Ich w-werde nur ein B-B-Bier mit meinen neuen Freunden trinken." Caine fühlte sich wie ein Teenager, der zum ersten Mal gegen seine Eltern rebellierte. Aber er war zweiunddreißig und kein Teenager mehr. Er benötigte Macklins Hilfe auf Lang Downs, nicht hier im Yass Hotel. „Ich w-werde meinen T-Teller holen."

Es sah aus als wollte Macklin protestieren, doch er hielt sich zurück, sehr zu Caines Erleichterung. Er wollte nicht, dass Macklin ihn als Kind oder etwas Schlimmeres wahrnahm, doch er wusste auch, dass er die Hilfe dieses Mannes brauchte, um auf der Station alles am Laufen zu halten. Er durfte es sich mit Macklin nicht verscherzen. „Du k-könntest dich zu uns setzen."

„Nein, danke", brummte Macklin, ehe er an den Tisch und zu seinem Essen zurückkehrte.

Caine fühlte sich angegriffen, sagte jedoch nichts. Macklin hatte keinen Grund ihn zu mögen oder ihm zu trauen, eher hatte er mehrere Gründe es nicht zu tun. Sie mussten aber dieses Misstrauen irgendwann aus der Welt schaffen, um nicht das Geschäft zu beeinträchtigen. Caine nahm seinen Teller, stellte sich zu Aidan und den anderen an die Bar und der Barkeeper reichte ihm ein Tooheys Old. Caine war kein abenteuerlustiger Biertrinker, aber es war sicherlich kein Fehler, sich mit den australischen Biersorten anzufreunden. Obwohl es ein dunkles Bier war, war es nicht schwer. Es war mehr wie Ale und schmackhafter als erwartet. Vielleicht war es doch nicht so schwer, sich an Australien zu gewöhnen.

„Also, was bringt dich nach Yass?", fragte Aidan, als sie anstießen.

„Mein Onkel kam aus der Gegend um B-Boorowa", erklärte Caine. „Nun, eigentlich Großonkel. Meine Mutter ist seine einzige, noch lebende Erbin, aber sie ist nicht für das Leben auf einer Schafsstation geschaffen."

Die Männer lachten leise. „Denkst du, du bist das?"

„Vielleicht noch nicht, aber ich k-kann es lernen." Caine zuckte die Schultern. „Wenn jemand bereit ist, mir etwas b-beizubringen", fügte er mit einem Blick auf Macklin hinzu. Der Vorarbeiter saß vornübergebeugt am Tisch, aß und starrte hin und wieder in Caines Richtung.

Aidan lehnte sich näher. „Ich verrat' dir was. Aussies benehmen sich als wären sie die offensten, freundlichsten Menschen der Welt, weil sie nicht von dem ganzen formalen Bullshit ihrer Vorfahren besessen sind. Unter dieser Schicht sind sie aber gleich verschlossen. Sie werden nicht ohne Weiteres bereit sein, dir etwas beizubringen. Das heißt aber nicht, dass du nicht trotzdem von ihnen lernen kannst. Lass sie dich nicht einfach ignorieren oder ausschließen. Du musst sie nicht verärgern, aber bleib in ihrem Blickfeld, wie ein Hund, der den sturen Schafen in die Beine kneift, bis du schlussendlich einer von ihnen bist, ohne dass sie es bemerken."

„Wieso bist du so nett zu mir?", fragte Caine misstrauisch. „Du kennst mich doch gar nicht."

„Ich mag die Art wie du Billard spielst", gab Aidan zurück. „Und es braucht Schneid, um das zu tun, was du getan hast. Wenn sie dich aus der Station jagen, geh nach Süden und schau bei mir vorbei. Es wäre kein Problem, dich auf einer anderen Station unterzubringen, auf einer, die dir nicht das Leben schwer macht, nur weil du nicht von hier bist."

„Danke." Caine schrieb Aidans Nummer auf seinen Bierdeckel. „Ich hoffe, dass es nicht so weit kommt, aber danke, wirklich."

3

CAINE WAR dank seines Erfolges am Billardtisch und seiner überwundenen Schüchternheit von neuen Lebensgeistern erfüllt und kehrte an Macklins Tisch zurück. Der Vorarbeiter starrte noch immer seinen mittlerweile leeren Teller an.

„Ich bin bereit, wenn du es bist", sagte Caine. Das Bier beruhigte seine Nerven genug, um sein Stottern für den Moment zu unterdrücken. Er wusste, dass das nicht von Dauer war, aber es tat seinem Selbstbewusstsein trotzdem gut.

„Lass uns gehen", sagte Macklin, stand auf und warf das Geld für die Rechnung auf den Tisch.

Caine schüttelte den Kopf und gab es dem Vorarbeiter zurück. „Du b-bist den ganzen Weg hierhergekommen, um mich abzuholen. *I'll shout you lunch.*" Die australische Redewendung war ungewohnt, aber Caine war entschlossen, Aidans Ratschlag zu befolgen und alles zu tun, damit ihn die Arbeiter auf der Station akzeptierten.

„Ein paar Aussie-Sätze machen dich nicht weniger zum Ami", sagte Macklin mit einem leicht spöttischen Lächeln, was Caine noch mehr verärgerte. „Gib nicht vor etwas zu sein, was du nicht bist."

Caines Ärger wurde mit jedem Wort größer, aber er hielt sich zurück. Er zahlte für ihr Essen und wartete bis sie vor dem Jeep standen, um den Vorarbeiter zur Rede zu stellen. „Was ist dein P-P-Problem?", fragte er. „Du k-kennst mich nicht mal. Warum benimmst du dich, als hätte ich etwas falsch g-gemacht?"

Macklin öffnete den Mund, um zu antworten, schloss ihn aber wieder und nahm den Hut ab. Er fuhr sich durch die zottigen, blonden Haare, die aussahen, als hätte man sie mit einer Küchenschere geschnitten. „Es tut mir leid", sagte er, und es klang so ehrlich, dass Caines Ärger nachließ. „Ich hab deinen Onkel aus vielen Gründen bewundert und ihn zu verlieren war hart. Der Gedanke, vielleicht alles zu verlieren, wofür er sein Leben lang so hart gearbeitet hat, ist noch härter. Aber das ist nicht deine Schuld und ich sollte es nicht an dir auslassen."

Macklin startete den Jeep und fuhr Richtung Norden nach Boorowa. Caine saß für ein paar Minuten still da, ehe er das Gespräch fortsetzte. „Onkel Michael und ich haben uns oft geschrieben, als ich in der Mittelschule und Highschool war. Ich wollte ihn unbedingt besuchen. Er sagte mir, dass ich für den Sommer oder für ein ganzes Jahr kommen könnte, wenn meine Mutter zustimmte. Wir machten Pläne und dann nahm mich die Ohio University Summer Honors Academy auf. Mein S-S-St-" Es fühlte sich an, als hätte sich seine Zunge verknotet und frustriert schüttelte Caine mit dem Kopf. „Meine Stimme deckte man mit einem Lehrplan ab, deshalb nahmen sie mich auf. Ich habe mir und Onkel Michael gesagt, dass es nur ein kurzer Aufschub war. Er hat es verstanden, aber irgendwie schien es danach nie zu funktionieren. Ich h-hätte kommen sollen, als ich die Chance dazu hatte. Alles wäre dadurch e-e-einfacher."

„Wir bereuen alle etwas", erwiderte Macklin. „Und ich stimme zu, es wäre vermutlich einfacher, aber das ist jetzt Schnee von gestern. Wir müssen einfach das Beste daraus machen."

„Ich habe ernst g-gemeint, was ich davor gesagt habe. Ich w-will nicht ü-übernehmen. Ich will lernen und z-z-z… mit dir und den anderen arbeiten." Er fluchte innerlich, dass er so gegen sein Stottern ankämpfen musste. Wenigstens schien Macklin ihn deswegen nicht zu verurteilen. „Lang D-Downs ist meine neue Zukunft."

Danach schwiegen sie wieder. Caine starrte aus dem Fenster, als sie die Stadt hinter sich ließen und das Buschland in Sicht kam. Er hatte es schon während der Busfahrt gesehen, aber der Hume Highway war eine Hauptstraße gewesen und hatte nicht dieses intime Gefühl des Lachlan Valley Ways erzeugt, der sie stetig nach Norden in Richtung Boorowa führte. Auf ihrem Weg wurden die Bäume – Caine hatte keine Ahnung, welcher Art sie angehörten, jedoch ähnelten sie Zypressen, die er in seiner Kindheit in Florida gesehen hatte – weniger, und wichen weiten, offenen Feldern. „Gehört das gesamte Land zu Ranches?"

„Das meiste davon", antwortete Macklin. „Es gibt ein paar kleinere Hütten zwischen den Hügeln, aber meistens gibt es hier draußen nichts anderes als uns und die Schafe."

„Ich g-glaube nicht, dass ich je so viel Himmel gesehen habe", gab Caine zu. „Ich bin in einer Stadt aufgewachsen, besuchte in einer anderen das College und habe in einer dritten gelebt. Das hier ist toll."

Macklin lachte. „Lass uns mal sehen, wie ‚toll' du es findest, wenn die Stürme die Stromversorgung unterbrechen und es Tage oder Wochen dauert, sie wieder in Gang zu setzen."

„Was t-t-tut ihr dann?", fragte Caine nervös. „Kein Strom für Wochen?"

„Wir haben Generatoren", versicherte Macklin. „Solarzellen, Windräder und Gasgeneratoren für die wichtigen Systeme, aber meistens warten wir einfach ab. Die Kantine ist an die Generatoren, die Heißwassersysteme und die Heizsysteme für den Winter angeschlossen. Sonst brauchen wir nicht viel."

„Licht?", schlug Caine vor. „Oder vielleicht einen Computer? Einen Fernseher?"

„In den meisten Nächten sind wir zu schlapp, um fernzusehen oder uns an einen Computer zu setzen", sagte Macklin. Wir arbeiten den ganzen Tag draußen, wir essen und dann schlafen wir, am nächsten Tag stehen wir früh auf und machen dasselbe wieder. Ich habe Michael vor zwei Jahren dazu gebracht, sich einen Computer zu kaufen, weil seine Handschrift von Jahr zu Jahr unleserlicher war. Aber das ist schon alles, wofür wir den brauchen. Sicher, dass du bereit dafür bist?"

„Nein", sagte Caine, „aber es ist sicherlich besser als bei der Post zu arbeiten. *Ich* bin zu gut, um dort zu arbeiten."

Macklin lachte. „Du wirst hier keine Post sortieren, das ist mal sicher, Welpe."

Caine überlegte, ob ihn der Spitzname verärgerte, aber es klang nicht bösartig. Und neben Macklin war er wirklich kaum mehr als ein Welpe, der den erfahreneren Männern folgte. „Ich habe vor meiner Abreise ein wenig nachgeforscht. Aber es war alles auf Schafsfarmen in Nordamerika ausgerichtet. Ich wusste nicht, wie viel davon übertragbar ist. Sicher nicht die Zeitangaben, die bei bestimmten Dingen angegeben werden."

„Das ist richtig", stimmte Macklin zu. „Es ist gerade Frühling in den Staaten, richtig?"

„Ja. Der Schnee ist gerade geschmolzen, als ich von zu Hause aufgebrochen bin. Also war alles auf das Lammen und Scheren konzentriert."

„Du bist sechs Monate hinter uns. Wir sind mitten in der Zucht und bereiten die Schafe auf den Winter vor."

„Was für Quartiere habt ihr für sie?", fragte Caine.

„Wenn es ein milder Winter ist, soweit es den Schnee betrifft, lassen wir sie die meiste Zeit draußen", sagte Macklin. „Wenn wir so viel Schnee haben, dass es gefährlich wird, bringen wir sie in Scheunen und Schuppen unter, bis genug Schnee geschmolzen ist, damit wir sie wieder rauslassen können."

„Züchtet ihr natürlich oder mit künstlicher Besamung?", fragte Caine weiter.

„Natürlich. Wir haben zu viele Schafe, um sie alle zu besamen, und es gibt auch keinen Grund dazu. Etwa siebzig Prozent unserer Mutterschafe werden beim ersten Mal begattet und der Großteil des Rests beim zweiten Mal. Wenn es nach dem zweiten Mal noch immer nicht funktioniert, stimmt mit ihnen normalerweise etwas nicht."

„Das dürfte die Arbeit stark reduzieren. G-Gut, ich bin mir sicher, dass es auch so genug zu tun gibt."

„Wir sitzen jedenfalls nicht nur herum", stimmte Macklin zu, wobei er Caine kurz anlächelte. „Wir sind in etwa zehn Minuten in Boorowa. Sag mir, was du im Koffer hast, damit ich weiß, was wir noch besorgen müssen."

„Nicht viel was hier draußen passt", erwiderte Caine. „Ich habe ein paar Jeans – nett, aber nicht neu. Ist nicht schlimm, wenn sie dreckig werden. Ein paar Pullover, Sweatshirts, T-Shirts, aber das meiste ist noch Zeug, das ich im Büro getragen habe. Khakis, Shirts zum Zuknöpfen. Ich weiß, dass sie nicht für die Station taugen, aber ich hatte nichts anders."

„Was ist mit Stiefeln?", fragte Macklin.

Caine schüttelte den Kopf. „Ein gutes Paar Sneakers und ein Paar Pantoffeln, aber keine Stiefel. Ich habe keine Witze gemacht, als ich gesagt habe, dass ich ein blutiger Anfänger bin."

„Das bist du, Welpe", stimmte Macklin zu. „Keine Sorge. Wir werden dich in Boorowa ausstatten, aber ich warne dich, das wird nicht billig."

„Ich werde mir kaufen, was ich für den Winter brauche", beschloss Caine, „und um den Rest kümmere ich mich, wenn es wieder wärmer wird. Wann steigen die Temperaturen wieder? September, Oktober?"

„September, aber das ist immer unterschiedlich. Dürfte bei dir zu Hause nicht anders sein."

„Lang Downs ist jetzt mein Zuhause", erwiderte Caine. „Aber ja, das gilt auch für Philadelphia."

Caine erwartete, dass Macklin seine Feststellung angriff, aber zu seiner Überraschung hielt sich der Vorarbeiter zurück.

Boorowa war noch kleiner als Yass, aber mit genug Betrieb um klarzumachen, dass die Stadt in näherer Zukunft nicht ausstarb. Macklin hielt vor einem Country-Laden, der Caine an die Läden in den alten Westernromanen erinnerte, die er als Junge gelesen hatte. Er behielt diesen Vergleich für sich, da er sich sicher war, dass Macklin nicht viel davon hielt.

„Also, was b-b-brauchen wir?" Er war wieder nervös, da sie in der Öffentlichkeit waren und Macklin somit weniger aufgeschlossen als im Jeep.

„Entspann dich, Welpe", sagte Macklin, welcher offenbar bemerkt hatte, dass sich Caines Stottern verschlimmerte, sobald er unruhig war. „Hier wird dich keiner schief ansehen."

„Ich weiß", sagte Caine, „aber ich passe nicht hierher."

„Das hat dich vorher auch nicht gekümmert", konterte Macklin. „Zumindest hat es bei den Typen in Yass nicht so ausgesehen, als ob es dich kümmert, ob du zu ihnen gehörst oder nicht. Du hast sie zu dir kommen lassen. Und du hast dich dazu entschlossen, einem Traum zu folgen. Vielleicht frage ich mich, ob dir bewusst ist, in was du dich da hineinreitest, aber man muss einen Mann, der seinen Weg geht, einfach respektieren."

Caine atmete tief durch. „Also, was brauchen wir?", fragte er, diesmal mit einer ruhigeren Stimme.

„Jeans aus Moleskin, feste Arbeitskleidung, damit du dir deine Sachen nicht ruinierst, zwei Paar Stiefel und einen Hut – sonst bist du in ein, zwei Tagen von der Sonne so verbrannt, dass du krank wirst."

„Ich dachte, es ist Herbst?" Caine blickte zur dünnen Belaubung, die schon die Farbe zu wechseln begann.

„Es ist auch Herbst, aber die Sonne wird nicht schwächer. Sie ist das ganze Jahr über gefährlich."

„Ich schätze, die Sonnencreme war keine schlechte Idee", murmelte Caine in sich hinein.

Macklin schlug ihm mit seinem Hut auf die Schulter. „Kauf dir einen Hut. Akubra ist ziemlich gut."

Caine seufzte und folgte Macklin in den Laden. Offensichtlich kannte der Vorarbeiter den Ladenbesitzer, denn er begrüßte ihn mit einem Lächeln und Handschlag und begann mit einer Liste von Dingen, die er für den „Hereingeschneiten" brauchte. Caine lächelte höflich und nahm die Kleidung und Ausrüstung entgegen, die der Besitzer ihm reichte. 37, 38 und all die anderen Kleidergrößen sagten ihm gar nichts, war er es doch gewohnt nach 15 ½ zu fragen. Am besten, er probierte die Sachen einfach mal an. Falls sein Körper durch die harte Arbeit kräftiger wurde, brauchte er im nächsten Winter vermutlich neue Kleidung, doch das war jetzt nicht weiter wichtig. „Gibt es h-hier eine Kabine, in der ich es a-anprobieren kann? Ich weiß nicht, welche Größe ich brauche."

Der Besitzer deutete auf eine Umkleidekabine, die Caine benutzen konnte. Mit hocherhobenen Kopf ging er in den hinteren Bereich des Ladens, konnte aber dennoch die Witze hören, die Macklin und der Besitzer auf seine Kosten machten. Er zog den Vorhang vor und lehnte den Kopf an den kühlen Spiegel. Er war ein Idiot gewesen, hierher zu kommen. Er schaffte das nicht allein und Macklin, auf den er sich verlassen hatte, zeigte sich mal freundlich und dann wieder abweisend. Das war nicht die Schulter, an die er sich lehnen konnte.

„Werd' erwachsen", murmelte er. „Du bist vielleicht ein ‚Hereingeschneiter', aber du bist kein dummes Kind, das aus einer Laune heraus entschieden hat, hierherzukommen. Du wusstest, dass es schwer wird. Du wirst nicht aufgeben, bevor das Abenteuer überhaupt begonnen hat."

Mit dieser Schelte für sich selbst, begann er die Jeans und Shirts anzuprobieren. Er konnte schließlich ein Shirt, Größe 39, am Hals zuknöpfen, auch wenn es ziemlich locker um seine dürren Schultern hing. Er wünschte sich, mehr wie Macklin gebaut zu sein. Die Hosen verwirrten ihn noch mehr, da ihr Maß in Zentimeter und die Länge entweder in ‚regular' oder ‚long' angegeben waren. Nichts davon passte wirklich. „Ich glaube, ich brauche noch ein Nähset", schnaubte er. Er hätte sich von seiner Mutter wohl einen Klaps eingefangen, wenn sie ihn so schmollen gesehen hätte. Aber sie war nicht hier und erfuhr es daher auch nicht. Er legte die Kleidung, die ihm am besten passte, auf die Seite und zog seine eigenen Sachen wieder an, ehe er sich dazu zwang zu lächeln. „Ich brauche etwas, um die Hosenbeine hochzunähen", sagte er, als er aus der Umkleidekabine trat. „Ich hab wohl nicht die gleiche Größe wie der durchschnittliche Australier."

„Du und die Hälfte der australischen Männer", meinte der Besitzer grinsend.

„Wir haben alles Nötige auf der Station", fügte Macklin hinzu. „Du brauchst kein Geld dafür auszugeben. Also, was ist mit den Stiefeln, Paul? Hast du welche von Blundstones oder RM Williams? Ich weiß nicht, welche Größe er braucht, aber ein Paar Sneakers reichen draußen auf der Koppel einfach nicht."

„Wir werden sehen", versprach Paul. „Lass mich mal deine Schuhe sehen, Sohn. So finde ich schon die richtige Größe."

Caine fühlte sich noch etwas deplatziert, merkte aber, dass die Stimmung im Raum verändert war. Er zog sich einen der Schuhe aus und reichte ihn dem Besitzer.

„Du hast gesagt, dass ich noch einen Hut brauche", sagte Caine, als er sich Macklin zuwandte.

„Die sind hier." Macklin führte Caine zu einer Auslage mit Hüten der Marke Akubra. Die Marke sagte Caine nichts, aber die Hüte sahen wie Macklins Exemplar aus. Er probierte ein paar an, bis Macklin nickte.

„Das wird reichen, Welpe", sagte er. „Der passt dir ganz genau. Er wird dir die Augen beschatten, ohne dir ständig ins Gesicht zu rutschen."

Caine wusste nicht, warum er stolz war, denn Macklin hatte ihm nur bei einer Kleinigkeit seine Anerkennung gezeigt. Konnte die Haltung dieses Mannes nicht etwas beständiger sein, sodass sich Caine nicht immer solche Gedanken machen musste? Aber dieser kleine Hauch von Feindseligkeit, der unter der Oberfläche lauerte, bereitete ihm Sorgen. „Danke. Brauche ich noch etwas?"

„Einen Driza-Bone", sagte Paul, welcher mit mehreren Paar Stiefeln zurückkam. „Und dicke Socken. Es schneit hier nicht so viel wie dort, wo du herkommst, aber es kann kalt werden. Und es gibt nichts Schlimmeres als kalte Füße."

„Was ist ein Driza-Bone?", fragte Caine.

„Ein Mantel", erwiderte Macklin. „Er ist wasserdicht. Probier' erst mal die Stiefel an, dann suchen wir einen für dich."

Caine probierte die Stiefel an und fand dabei ein Paar, das ihm ganz gut passte, auch wenn sie an den Knöcheln etwas eng waren. Er vermutete allerdings, dass sie sich mit der Zeit etwas weiteten. Als er fertig war, hatte Paul bereits Socken zu seinem wachsenden Stapel an Kleidung hinzugefügt. „Hier", sagte Macklin, „der sollte passen."

Caine zog sich den Ölmantel über, welcher ihm mehr steif und kalt als angenehm erschien. „Bist du dir sicher, dass das die richtige Größe ist? Er s-s-scheint nicht wirklich zu passen."

„Trag ihn für ein paar Minuten", riet Macklin. „Er muss sich erst für dich erwärmen. Wenn das passiert ist, fühlt er sich wie eine zweite Haut an."

Caine war ein wenig skeptisch, aber er behielt den Mantel an, während er sich im Laden nach anderen Dingen umsah, die er benötigte. Er hatte noch keine Antwort darauf erhalten, wie weit Boorowa von Lang Downs entfernt war, also wusste er auch nicht, ob eine Rückkehr zur Stadt wegen anderer Gebrauchsgegenstände allzu sinnvoll war. Er fügte eine Tube Zahnpasta und andere Toilettenartikel zu seinem Haufen hinzu, ehe er bemerkte, dass der Mantel sich erweicht hatte. Er streckte sich probeweise und fühlte dabei, wie sich der Mantel mit ihm mitbewegte, anstatt ihn zu behindern. „Wow, das ist cool."

„Hereingeschneiter", grinste Paul, aber sein freundlicher Gesichtsausdruck zeigte, dass die Worte nicht hämisch gemeint waren. „Halt dich an Macklin. Er wird dich nicht in die Irre führen."

„Brauch' ich sonst noch was?", fragte Caine Macklin.

„Ich denk' nicht, Welpe. Lass uns alles einpacken und einen Platz zum Übernachten finden. Ich will, dass du Lang Downs das erste Mal bei Tageslicht siehst."

Caine schlüpfte aus dem Mantel und bezahlte seine neue Ausrüstung, wobei er etwas bleich wurde, als man ihm den Gesamtbetrag nannte. Aber es war immerhin eine komplett neue Garderobe und auf der Station hatte er keine weiteren Ausgaben. Seine zukünftigen Ausgaben würde er dennoch über mehrere Trips verteilen.

„Wie weit ist es noch bis nach Lang Downs?", fragte Caine, als sie zum Jeep zurückgingen.

„Eine Stunde bis wir die Hauptstraße verlassen", sagte Macklin. „Aber dann müssen wir an Taylor Peak vorbei. Da gibt es nur Schotterpisten und diese erstrecken sich über etliche Kilometer. Sobald wir nach Lang Downs kommen, sind es noch einmal mehrere hundert Kilometer bis zur Hauptstation, wieder auf unbefestigten Straßen. Nicht unbedingt das Beste für eine nächtliche Fahrt, aber es geht, wenn es keine andere Möglichkeit gibt. Es wird vier oder fünf Stunden dauern, also fahren wir am besten nach dem Frühstück los."

„Taylor Peak?", fragte Caine. „Ist das eine Nachbarstation?"

„Ja", antwortete Macklin. „Devlin Taylor ist der Besitzer. Wir werden morgen nicht anhalten und ‚Hallo' sagen, aber du wirst ihn sicher früh genug treffen."

4

Das Boorowa Hotel, das im Gegensatz zum Pub in Yass ein wirkliches Hotel war, lag ein paar Blöcke südlich von dem, was Caine als das Stadtzentrum betrachtete. Er hatte keine Ahnung, ob er recht hatte, da Macklin ihn nicht herumführte. Aber da das Gerichtsgebäude und die große Kirche nicht weit voneinander entfernt waren, nahm Caine an, dass er richtig lag. Zwei Stockwerke hoch und in einem buttrigen Gelb gehalten war das Gebäude offensichtlich seit den späten 1800ern erhalten und restauriert worden, was ihm einen rustikalen Charme verlieh, der Caine gefiel. Den Gedanken sprach er jedoch nicht aus, da er kein falsches Bild vermitteln wollte und Macklin vielleicht dachte, dass er auf die elegante Einfachheit herabsah. Jedoch musste er die Gitterwerke des Balkons im ersten Stock kommentieren. „Das ist fantastische Arbeit", sagte er. „Solche Details sieht man nicht oft."

„Das stammt noch aus der Zeit um die Jahrhundertwende zum zwanzigsten Jahrhundert", sagte Macklin. „Die Besitzer sind ziemlich stolz darauf."

„Das sollten sie auch sein", stimmte Caine zu.

Macklin besorgte ihnen zwei Einzelzimmer, sehr zu Caines Erleichterung. Er hätte sich ein Doppelzimmer mit Macklin geteilt, wenn dieser drauf bestand, aber so hatte er einen Rückzugsort, falls sein Jetlag wieder zuschlug und er früher zu Bett ging. Caine stellte seinen Rucksack aufs Bett und sah seine neue Kleidung durch. Die Stiefel und die Jeans wollte er schon am nächsten Tag tragen, aber die Arbeitshemden erst auf der Station. Es war noch nicht so kalt, zumindest nicht während des Tages, und ein Pullover reichte für die Fahrt, falls es für ein T-Shirt wirklich zu kühl war. Alles andere packte er zurück in die Taschen. Er hatte keine Ahnung, ob Macklin seinen Hut beim Essen oder in der Stadt trug, aber Caine war ohnehin noch nicht mutig genug, das zu tun. Er würde sein Bestes geben, um sich auf der Station einzugliedern, aber solange sie in der Stadt waren, fühlte er sich in seinen eigenen Klamotten einfach wohler. Für heute Abend war er der „Hereingeschneite", denn das war er nun einmal. Er hoffte, eines Tages aus dieser Schublade herauszukommen und dass man ihn als Teil der Szene akzeptierte, wenn schon nicht als Einheimischen. Das erforderte jedoch noch viel Geduld und Zeit. „Das ist es, was ich will", murmelte er leise, als er seine Geldbörse nahm und sich mit Macklin zum Essen traf.

Es schien, als hätten sie gerade erst zu Mittag gegessen, aber als sie sich an den Tisch im Marsden Café im Hotel setzten, ließ der köstliche Geruch Caines Hunger mit voller Kraft zurückkommen. Sie bestellten – Macklin ein Bier, Caine folgte seinem Beispiel – ehe sie sich zurücklehnten, um auf ihr Essen zu warten.

„Erzähl mir von meinem Onkel", bat Caine. „Ich habe ihn nie getroffen, sondern immer nur die Briefe von ihm gelesen."

„Michael Lang war einmalig", sagte Macklin mit einem so warmen Lächeln, dass Caines Sorgen für den Moment verschwanden. Was auch immer Macklin von Caine hielt, wurde nicht auf seinen Onkel übertragen. „Ich war ein Kind, als ich in Lang Downs auftauchte. Hungrig, dreckig und verzweifelt, da ich irgendeine Arbeit finden wollte. Ich glaubte, dass er mich wie die anderen von der Station jagen würde, aber das tat er nicht. Er ließ den Koch eine Mahlzeit für mich zubereiten und fragte mich dann, wo ich lebte. Ich erzählte ihm eine ausgedachte Geschichte, dass ich nirgendwo herkäme. Stirnrunzelnd gab er mir zu verstehen, dass ich bleiben konnte, vorausgesetzt ich erzählte ihm die Wahrheit, und wartete dann einfach ab. Das war vor fünfundzwanzig Jahren."

„Also, was war die Wahrheit?", fragte Caine.

„Wenn ich es sage, darf ich dann bleiben?", entgegnete Macklin spottend.

„Ich h-h-habe es nicht so gemeint. Es t-tut mir leid. Das ist n-nicht meine A-Angelegenheit."

„Nein, das ist es nicht", sagte Macklin. Sein Körper drückte Abwehr aus und sein Gesicht war so verschlossen, wie beim ersten Mal als Caine ihm begegnete. Caine fragte sich, was für einen Nerv er mit der Frage getroffen hatte. „Ich habe mich als Lang Downs' Vorarbeiter bewiesen, also kannst du mich entweder akzeptieren oder feuern und hoffen, jemanden zu finden, der einen Teil meiner Erfahrung aufweist und dich nicht ausnimmt."

„Ich habe dir schon g-gesagt, dass ich deine Hilfe b-brauche", erinnerte ihn Caine. „Ich weiß nicht, wie ich es dir sonst b-beweisen soll. Du hast deinen P-Platz auf Lang Downs, so lange wie du ihn willst."

„Tut mir leid", sagte Macklin, während er sich über die Wangen kratzte. „Es waren ziemlich harte Monate. Wir wussten nicht, wie es mit der Station weitergeht und dann hörten wir, dass sie ein Verwandter geerbt hat, der so weit weg war ... Alle waren besorgt und dass du nichts von Schafen verstehst, macht es auch nicht leichter. Weißt du, du kannst jede Entscheidung treffen, die du nur willst, und wir müssen damit klarkommen."

„Ich weiß", sagte Caine. Er wollte Macklins Hand nehmen, um dem älteren Mann irgendwie seine Aufrichtigkeit zu vermitteln, aber er bezweifelte, dass Macklin das billigte. „Ich weiß es, wirklich, aber du musst mir auch eine

Chance geben, damit ich beweisen kann, dass das nicht meine Absicht ist. Wenn du mir meine Unerfahrenheit jedes Mal unter die Nase reibst, wie soll ich da lernen? Wenn man mir bei jeder Frage unterstellt, dass ich etwas verändern oder schlechte Entscheidungen fällen könnte, wie haben wir dann die Chance es jemals besser zu machen? Ich will nicht sagen, dass ich Antworten hätte, weil ich die schlicht und ergreifend nicht habe. Aber ich will von euch lernen und vielleicht kann ich mich dann auch einmal einbringen. Ich will, dass wir ein Team sind, bis ich an dem Punkt angelangt bin, an dem ich es aus eigener Kraft schaffe." *Ich will den Punkt erreichen, an dem „Welpe" nicht mehr zu mir passt.*

„Du kannst mich alles fragen, was du über die Station wissen willst", sagte Macklin. „Du hast das Recht dazu, nehme ich an, aber das gilt nicht für das Privatleben des Personals. Das ist persönlich und Vertrauen kommt nicht einfach davon, dass du der Sohn des neuen Besitzers bist."

„Onkel Michael hat mir immer von der Arbeit auf der Station erzählt." Caine beschloss, das Thema zu wechseln. „Er war der Onkel meiner Mutter, was bedeutet, dass er fast neunzig war, als er gestorben ist. Hat er denn noch immer mitgearbeitet?"

„In den letzten paar Jahren nicht mehr so viel", sagte Macklin, „und er hat sich über jede Minute beschwert, die er nicht draußen verbringen konnte. Er hasste Papierkram, aber er ließ nie jemand anderen ran, bis er nicht mehr deutlich genug schrieb. Er sagte immer, dass die Arbeit mit den Schafen und den Jackaroos ihn jung gehalten hat."

„Wenn er in seinen Achtzigern noch immer gearbeitet hat, dann hatte er sicherlich recht", gab Caine zurück. „Es ist nicht mit dem Leben vergleichbar, das ich gewohnt bin. Nicht nur die Kleidergrößen und die Jahreszeiten, das habe ich erwartet. Es ist diese Unabhängigkeit, denke ich. Die Freunde meiner Eltern sind schon alle in Pension und sie sind zwanzig Jahre jünger als Onkel Michael. Sie sind noch immer aktiv, aber nicht wie er es war. Und die Vorstellung, auf einer Station zu leben, vier oder fünf Stunden von der nächsten Stadt entfernt, mit einer Stromversorgung, die durch einen Sturm unterbrochen werden könnte … All das, was du mir beschrieben hast, ist völlig anders als das, was ich bisher erlebt habe."

„Versteh' mich nicht falsch, aber wenn das der Fall ist, warum bist du dann hier?"

„Weil mein Leben in Philadelphia eine Sackgasse war", gab Caine zu. Macklin sprach vielleicht nicht über seine Vergangenheit, was Caine auch respektierte, aber vielleicht begriff er, wie ernst es ihm mit Lang Downs war, wenn Caine seine Geschichte erzählte. „Du hast mich reden gehört. Ich stottere, wenn ich nervös bin. Man bot mir niemals eine Beförderung an, und ich arbeitete Jahre in dem Unternehmen."

„Warum bist du nicht einfach zu einer anderen Firma gewechselt?", fragte Macklin. „Oder hast in einem Bereich gearbeitet, wo du nicht hättest sprechen müssen?"

„Ich war gut in der Schule, mit Ausnahme des Sprechens", erklärte Caine. „Jeder versicherte mir, aus dem Stottern rauszuwachsen, damit leicht zurechtzukommen oder dass es keine Probleme bereitete. Ich glaubte ihnen, habe als Klassenbester abgeschlossen und ein gutes Stipendium erhalten. Das College war ein wenig schwieriger, da ich noch immer stotterte, dennoch waren die Professoren damit einverstanden, mit mir zu arbeiten. Es ist mir nie in den Sinn gekommen, dass es später ein Hindernis in meiner Karriere wäre und so habe ich nie einen Beruf erlernt, wo das Sprechen keine Rolle spielt. Es ist schwer, einen Job auf dem Bau zu bekommen, wenn man das eine Ende eines Hammers nicht vom anderen unterscheiden kann."

„Ich verstehe." Macklin konnte nicht ganz verstecken, dass er ziemlich belustigt war. Caine machte das nichts aus. Es war für die meisten ziemlich lustig, außer wenn man derjenige war, der mit dieser Situation klarkommen musste.

„Mit dem Job konnte ich meine Rechnungen bezahlen", fuhr Caine fort. „Es war nicht schrecklich, aber es war eine Sackgasse. Keine Gehaltserhöhung und damit kein höherer Lebensstandard. Ich hatte meine eigene Wohnung, brauchte jedoch einen Mitbewohner um die Miete zu zahlen. Eine Woche bevor ich von Onkel Michaels Tod erfuhr, zog er aus und es schien einfach ein Zeichen zu sein. Ich musste etwas anderes lernen, etwas anderes *tun*, einfach einen vollkommen anderen Weg einschlagen.

„Keine Sheila, die dich zurückhielt?", fragte Macklin. „Ein gut aussehender Kerl wie du hat doch sicher eine Freundin."

Caine brach in Gelächter aus und verschluckte sich fast an seinem Bier. „Keine Freundinnen", sagte er mit einem Kopfschütteln. „Ich hatte einen Freund, der zog jedoch, wie ich schon sagte, aus der gemeinsamen Wohnung aus. Ich war im Bett wohl genauso schlecht wie bei meinen Interviews."

Ein seltsamer Ausdruck zeigte sich in Macklins Gesicht, zu flüchtig, um genau bestimmt zu werden. Caine konnte nicht sagen, was es gewesen war, aber dann lächelte Macklin. „Vielleicht war es die Schuld deines Freundes und nicht deine."

Caine rollte mit den Augen. „Ich bin dankbar für die Unterstützung, aber ich mache mir keine großen Hoffnungen. Also, da hast du es. Mein Leben in einer Nussschale. Ich habe meine Wohnung in Philadelphia verkauft, zusammen mit den meisten meiner Möbel. Meine Eltern behalten ein paar

Familienerbstücke, aber sonst ist mein gesamter Besitz oben im Hotelzimmer oder in einer Box auf dem Postweg hierher. Ich weiß nicht, wie ich dich sonst noch überzeugen soll, dass es mir ernst ist. Es gibt kein Zurück, weil es nichts gibt, zu dem ich zurückkehren kann."

„Verdammte Scheiße, Welpe, du machst keine halben Sachen, was?" Macklin schüttelte den Kopf.

„Alles andere macht ja auch keinen Sinn, nicht wahr?", antwortete Caine, aber er entspannte sich bei Macklins anerkennenden Tonfall. „Onkel Michael hat nie viel vom Leben in England erzählt, aber ich erinnere mich daran, wie Großmutter darüber sprach, vor allem zwischen den Kriegen und nach dem Zweiten Weltkrieg. Sie hatte es etwas einfacher, weil sie meinen Großvater heiratete und mit ihm in die Staaten zog. Sie konnte sich auf ihn verlassen, wenn es um ein Zuhause, Essen und all das ging. Onkel Michael hatte das nicht. Er verkaufte alles und nahm das Schiff nach Australien, in der Hoffnung, ein besseres Leben zu finden. Er hat es auch gefunden. Ich dachte, dass es nicht schlecht wäre, mir ein Beispiel an ihm zu nehmen."

„Ich hoffe, du hast recht. Ich hoffe es wirklich."

Die Tatsache, dass die gesamte Ranch darunter litt, wenn sich herausstellte, dass es die falsche Entscheidung war, war klar, aber Caine war Macklin dennoch dankbar, dass der es nicht laut aussprach.

NACH DEM Essen, als Caine alleine in seinem Hotelzimmer war, nahm er eine schnelle Dusche und ließ sich dann aufs Bett fallen. Er strich sich die Haare aus dem Gesicht – er hatte vorgehabt, sich die Haare zu schneiden, ehe er Philadelphia verließ, aber die Zeit hatte nicht mehr gereicht. Caine dachte darüber nach, Macklin zu fragen, ob es hier einen Frisör gab, denn eine fünf Stunden Fahrt nur dafür war etwas zu viel des Guten. Caine wollte nämlich nicht so zottelig aussehen wie Macklin, dem es stand, aber an ihm sah es mit Sicherheit lächerlich aus.

Er war todmüde, doch der Schlaf kam nicht, da er versuchte Macklins seltsames Verhalten zu verstehen. Caine verstand die Sorgen des Vorarbeiters, denn sollte Caine große Pläne und große Veränderungen im Kopf haben, ohne zu wissen was er überhaupt tat, konnte er damit alles zerstören, was Onkel Michael über siebzig Jahre hinweg aufgebaut hatte. Caine war nicht so selbstbezogen, um so etwas zu tun, aber das wusste Macklin ja nicht. Auf dessen Liste der Menschen, die er bewunderte, rangierte Onkel Michael irgendwo zwischen einem Großvater und einem Halbgott. Caine hatte kein Problem damit, aber vielleicht war Macklin wütend, da er nichts und Caine alles bekommen hatte. Oder vielleicht auch nicht nichts – Caine wusste nicht, ob Onkel Michael nicht noch ein persönliches Vermächtnis hinterlassen hatte. Jedenfalls war es nicht die Station gewesen.

„Es wäre um so vieles einfacher, wenn du noch am Leben wärst, Onkel Michael", murmelte Caine in den leeren Raum. Natürlich erhielt er keine Antwort, aber das hatte er auch nicht erwartet. Es ging ihm einfach besser, wenn er seine Probleme laut aussprach und es fühlte sich nicht so lächerlich an, wenn er zu seinem toten Onkel sprach und nicht zu sich selbst. „Du hättest mich ordentlich willkommen geheißen statt mich als Fremden zu behandeln, und mich unter deine Fittiche genommen, mir alles beigebracht. Vielleicht hättest du mir auch erklärt, was zur Hölle Macklin Armstrongs Problem ist."

Er seufzte und ließ seinen Kopf auf das Kissen fallen. „Ich brauche seine Hilfe, Onkel Michael. Er muss mich nicht mögen, auch wenn es hilfreich wäre, aber er muss mich akzeptieren und mir etwas beibringen. Wenn er das nicht tut, habe ich alle Leinen umsonst gekappt und werde früher oder später schlussendlich wieder nach Hause schleichen und mich nach einem anderen aussichtslosen Job umsehen. Und vielleicht nach einer eigenen Wohnung, damit ich nicht meinen Eltern bis ans Ende meines Lebens auf die Nerven gehe. Es wäre fast einfacher, wenn er mich einfach hassen würde."

Er schloss seine Augen und versuchte seine Gedanken zu ordnen, ganz so, als spreche er gerade wirklich mit seinem Onkel und lege dabei die Fakten auf den Tisch. „Er war überrascht, von mir zu hören, da bin ich mir sicher. Kurz nachdem Mum von der Station erfuhr, schickte ich ihm die erste E-Mail. Ich bin mir auch sicher, dass er nicht erwartet hatte, dass ich nach Lang Downs ziehe. Das ist auch völlig in Ordnung. Ich kapier' das, aber ich bin jetzt hier. Mit seinem Hass könnte ich leben, weil es dann nicht so verwirrend wäre. Aber es gibt Momente, da nennt er mich wieder Welpe und macht nette oder witzige Kommentare und ich weiß wieder nicht, was ich davon halten soll."

Er errötete leicht, als er sich an Macklins Kommentar beim Essen erinnerte. „Ist er schwul?", fragte er impulsiv. „Wenn ich zu Hause wäre und er einen Kommentar darüber abgegeben hätte, dass die Sache mit dem Bett eher Johns Fehler gewesen sei, hätte ich geschworen, dass das eine Anmache war. Aber so kann er doch nicht von mir denken, oder?" Wenn er das tatsächlich tat, wäre Caine völlig überrumpelt, denn es war einfach nicht realistisch. Ein Mann wie Macklin, der pure Selbstsicherheit und Körperbeherrschung ausstrahlte, wollte mit Sicherheit keinen einfachen Bücherwurm namens Caine Neiheisel, der die halbe Zeit keinen Satz ohne Gestotter herausbrachte und den Rest der Zeit nicht wusste, was er mit seinen Händen und Füßen tun sollte.

5

MACKLIN KLOPFTE zu einer absolut gottlosen Stunde an Caines Tür, und Caine vermutete, dass der Mann es einfach gewohnt war, bei Sonnenaufgang aufzustehen. Gleichzeitig hoffte er, im Winter länger schlafen zu können, auch wenn er sich keine allzu großen Hoffnungen machte.

Er zog sich eine neue Jeans und seine Stiefel an und griff dann zu einem T-Shirt und leichten Pullover. Den Rest seiner Kleidung stopfte er in den Rucksack, ehe er nach unten ins Café taumelte, um zu frühstücken. Glücklicherweise war der Kaffee so stark und frisch, dass Caines Lebensgeister erwachten.

Zu seiner Erleichterung machte Macklin keine Anstalten ein Gespräch mit ihm zu beginnen. Er bezweifelte, dass er schon einen kompletten Satz zustande brachte. Als sie das Frühstück beendeten, wies Macklin in Richtung Tür. „Wir werden in fünfzehn Minuten aufbrechen. Bist du bis dahin fertig?"

„Ist gut", murmelte Caine mit einem erneuten Gähnen und ärgerte sich gleichzeitig darüber, dass er gestern im Laden keine Thermoskanne gekauft hatte und somit die lange Fahrt ohne Kaffee überstehen musste. Er hoffte, dass er sich zumindest auf der Station eine borgen konnte.

„Komm, Welpe." Macklin gab Caine einen kleinen Stoß. „Schnapp dir deine Sachen und dann fahren wir los."

Caine nickte flüchtig und ging die Treppe wieder hinauf, wobei er sich noch erschöpfter fühlte als am Vortag. Er hatte damit gerechnet, den Jetlag bald zu überwinden, aber es schien schlimmer zu werden. Nicht unbedingt der beste Start für seine neue Anstellung in Australien. Noch einmal überprüfte er das Zimmer, ob er auch nichts vergessen hatte, und nahm anschließend seinen Rucksack und die Einkaufstaschen, um nach unten zu Macklin zu gehen. Macklin nahm ihm eine der Taschen ab und führte ihn zum Jeep. Sie sprachen nicht, als sie Caines Ausrüstung neben Macklins kleinem Rucksack in den Kofferraum warfen. Caine fragte sich kurz, ob er deswegen beschämt sein sollte, doch dann erinnerte er sich daran, dass Macklin nur für eine Nacht gepackt hatte und nicht für ein ganzes Leben.

Sie hielten an einer Tankstelle, bevor sie die Stadt verließen, was Caine erneut vor Augen führte, wie weit sie noch fahren mussten und wie abgeschnitten die Station war. „Wie sieht es mit Treibstoff auf der Station aus?"

„Wir haben einen Tank, den wir ein oder zwei Mal im Jahr auffüllen", antwortete Macklin. „Wir brauchen den Treibstoff vorwiegend für die Fahrten in die Stadt oder um die Generatoren bei einem Stromausfall zu betreiben. Die meisten Arbeiten werden zu Fuß oder zu Pferd und mit den Hunden erledigt. Es gibt einfach zu viele Bereiche, an die selbst ein Ute nicht kommt."

„Ein Ute?", fragte Caine.

„Ein Truck", erklärte Macklin. „Mit einer Ladefläche."

„Oh, ein Pick-up", sagte Caine.

„Hereingeschneiter", erwiderte Macklin, wobei er eher neckend als spöttisch klang.

„Ich werde lernen", schwor Caine. „Gib mir ein paar Wochen und ich hab euren Slang drauf."

„Weißt du", sagte Macklin, während er aus der Stadt und auf den Highway fuhr, „ich glaub' dir fast."

Das war das beste Kompliment, das Caine seit seiner Ankunft gehört hatte.

EINE STUNDE später fuhren sie von der Hauptstraße ab. „Letzte Chance umzukehren", scherzte Macklin. „Ab hier gibt es nur noch dich und das Outback."

„Worauf warten wir dann noch?", fragte Caine. Seit heute Morgen war von dem angespannten Verhältnis zwischen ihnen nichts zu sehen, was Caines Ängste vom Vortag zerstreute. Er war sich sicher, dass noch genug Missverständnisse und Konfrontationen auf sie zukamen, aber solange es solche Momente mit angenehmer Stille oder freundlichen Gesprächen gab, kam Caine damit klar. Und sobald sie sich besser kannten, traten diese angespannten Situationen sicherlich nicht mehr oft auf.

„Auf nichts, Welpe", sagte Macklin, „außer, dass du das Gatter öffnest, damit ich durchfahren kann."

„T-t-tut mir leid", stammelte Caine. Er hatte einfach nicht begriffen, dass Macklin seine Hilfe brauchte. „Ich w-wusste das nicht." Er sprang aus dem Jeep und öffnete das Gatter, wartete bis Macklin durchgefahren war und schloss es dann, ehe er wieder in den Jeep stieg.

„Schau nicht wie ein geprügelter Hund", schimpfte Macklin, während er weiterfuhr. „Ich hab dich nicht angebrüllt. Kein Grund, gleich so bestürzt zu sein. Wenn du wegen jeder kleinen Korrektur und jedem Vorschlag gleich den Kopf einziehst, wirst du hier draußen nicht lange durchhalten."

„Ich werde es lernen", sagte Caine erneut. Er verfluchte sein Stottern, da es sofort verriet, dass er nervös oder aus der Fassung geraten war.

Macklin beließ es dabei und steuerte den Jeep über das offene Grasland. Er war mehr ein Pfad als eine Straße und sie fuhren durch so viele Schlaglöcher, dass sich Caine in die Armlehne der Tür krallen musste. Selbst bei so einer geringen Geschwindigkeit wurde er ziemlich durchgeschüttelt. Wenn das über die nächsten vier Stunden so weiterging, war er bei seiner Ankunft in Lang Downs so fertig, dass er nicht einmal mehr laufen konnte.

„Dieser Teil der Straße wird von den schweren Liefertrucks benutzt, also wird sie viel stärker beansprucht als die Straßen weiter drinnen in der Station", sagte Macklin, der Caines Sorge sah. „Taylor kümmert sich nicht mehr darum, weil es eine verlorene Sache ist. Sobald wir das nächste Gatter passieren, ist es nicht mehr so holprig."

Caine hoffte, dass Macklin recht hatte, denn trotz des Sitzgurtes schlug er sich schon zum zweiten Mal den Kopf am Dach an. „Und in Lang Downs?", fragte er.

„Nie würden wir eine Straße so verkommen lassen", erwiderte Macklin und der Stolz in seiner Stimme war so klar zu hören, dass Caines Herz etwas schneller schlug.

„Darüber bin ich froh. Ich weiß, dass es noch nicht mein Zuhause ist, aber das wird es einmal sein und ich will so stolz darauf sein wie du."

„Taylor führt die Station so, wie er es für richtig hält", gab Macklin mit einem Schulterzucken zurück. „Michael hatte auf Lang Downs andere Prioritäten."

„Und was für Prioritäten waren das?", fragte Caine neugierig. „Wenn ich dazugehören will, wenn ich dir helfen soll, diese Tradition fortzuführen, dann muss ich wissen, was ich aufrechterhalten soll."

„Er glaubte daran, dass man mit dem Land arbeiten soll. Er glaubte daran, dass man auf jede noch so kleine Arbeit stolz sein soll, denn nur das führt zu Stolz im Ganzen. Und er hatte nie davor zurückgeschreckt sich die Hände schmutzig zu machen. Er bat niemanden um etwas, was er nicht selbst getan hätte. Sicher, irgendwann kam der Punkt an dem er manche Sachen nicht mehr machen konnte, da er einfach zu alt war, aber es gab keinen Job auf der Station, den er nicht irgendwann gemacht hat. Egal ob er den Schafskot aufsammelte, die Straßen flickte oder sich um die kranken Lämmer kümmerte."

„Ich kann nicht behaupten, dass ich eine Ahnung von diesen Dingen habe", gab Caine zu. „Abgesehen vom Aufsammeln des Schafskots, denn wie schwer kann das schon sein? Aber ich will all das lernen und ich will, dass die Leute genau das gleiche Bild von mir haben wie von Onkel Michael. Vor allem wenn es darum geht, stolz auf das zu sein, was man getan hat. Selbst als ich in der Poststelle gearbeitet habe, gab ich mein Bestes, auch wenn es die anderen nicht interessiert hat. Und ich wusste, dass es auch niemand sonst gemacht hätte."

„Mit dieser Einstellung kannst du ein richtiger Jackaroo werden", sagte Macklin. Er runzelte plötzlich die Stirn und bremste. „Bleib hier, Welpe."

„Was ist los?", fragte Caine, während er die Umgebung beobachtete und nach dem suchte, das Macklins Aufmerksamkeit erregt hatte. Er wollte nicht die Anordnung des Vorarbeiters ignorieren, aber er hatte gerade erst davon gesprochen alles zu geben. Nur war seine Ignoranz in diesem Moment vielleicht ein größeres Hindernis als Hilfe, also blieb er wo er war und wartete ab, ob Macklin seine Hilfe brauchte.

Macklin ging mit sicheren Schritten durch den Busch, während Caine erneut dieses Flattern in seiner Magengegend verspürte. Das war ein Mann, der in das Outback gehörte, der die Welt um sich herum verstand und seinen Platz darin kannte. Irgendwann blieb Macklin stehen und beugte sich über etwas nieder. Caine konnte nicht erkennen, was es war. Nach ein paar Minuten stand er wieder auf und winkte mit seinem Hut, um Caines Aufmerksamkeit zu erregen, der aus dem Wagen stieg.

„Da ist ein Werkzeugkoffer im Kofferraum", rief Macklin ihm zu. „Ich brauche eine Drahtzange."

Caine wusste nicht, wie eine Drahtzange aussah, aber er stellte sie sich wie eine Art Schere vor. Er ging nach hinten und wühlte durch den Jeep, bis er etwas fand, was seiner Vorstellung nahe kam. Er ging weitaus weniger selbstbewusst durch den Busch, da er nicht wusste, ob es hier irgendwelche Hindernisse gab. Als er Macklin erreichte, gab er ihm die Drahtzange und sah zu dem Schaf hinunter, das gequält blökte. „Kann ich helfen?"

„Das wirst du müssen", meinte Macklin. „Ich kann nicht gleichzeitig den Draht durchschneiden und das Lamm stillhalten." Er reichte Caine ein Paar Handschuhe von seinem Gürtel. „Sie werden zu groß sein, aber ansonsten reißt du dir die Hände am Draht auf. Und ich bezweifle, dass du das Mädchen unten halten kannst. Sie wiegt fast so viel wie du, schätze ich."

Caine war skeptisch, da das Lamm gar nicht so groß auf ihn wirkte, aber er zog die Handschuhe an und kniete sich neben Macklin hin. Er studierte den Draht, der die Beine und den Torso des Schafes umwickelte. Er wollte den Draht mit möglichst wenigen Schnitten und so schnell wie möglich entfernen, um die Verletzungsgefahr für das Schaf zu minimieren.

„Worauf wartest du?", fragte Macklin nach einer Weile.

„Nichts", gab Caine zurück, ehe er die Drahtzange ansetzte. Der Stacheldraht riss durch und gab das Bein des Lammes frei, war aber noch um dessen Bauch gewickelt. „Sie ist ganz schön in der Patsche, was?"

„Ich habe schon Tiere in besserer Verfassung gesehen", stimmte Macklin zu. „Schneid sie endlich los. Wir müssen sie zu Taylor bringen. Wenn wir sie hier zurücklassen, werden die Dingos sie garantiert erwischen."

Caine nickte und schnitt den Draht noch ein paar Mal durch und mit jedem Schnappen vibrierte es in seinen Armen. Noch etwas, an dem er arbeiten musste, aber er erledigte den Job und das war das Wichtigste. Nach ein paar Monaten auf der Station war er sicherlich schon stärker.

Als das letzte Stück Draht abfiel, hievte Macklin das Lamm über seine Schultern. „Nimm den Draht mit. Wenn wir ihn hierlassen, wird sich noch etwas darin verfangen und vielleicht nicht so viel Glück haben."

Caine beeilte sich, der Aufforderung nachzukommen, und sammelte die Drahtstücke ein. Mit der Drahtzange in der Hand eilte er Macklin nach, wobei er sich im Stillen wünschte, dass seine Schritte genauso schnell und sicher waren wie die des Vorarbeiters. Macklin konnte nicht viel größer sein als er und dennoch wirkte er doppelt so groß.

Macklin warf den Draht und die Werkzeugkiste in den Kofferraum des Jeeps und legte das Lamm auf die Rückbank. „Setz dich zu ihr, Welpe, es sei denn du fährst lieber."

„Ich w-weiß nicht wohin", sagte Caine. Er wies auch nicht darauf hin, dass das Lenkrad auf der falschen Seite des Jeeps war. Und auf einer privaten, unbefestigten Landstraße gab es wohl keinen entgegenkommenden Verkehr, aber er hielt es dennoch für eine schlechte Idee.

„Du weißt auch nichts über Lämmer." Macklin warf ihm die Schlüssel zu. „Ich werde dir sagen, welche Abzweigung du nehmen musst."

Caine stieg auf der Fahrerseite ein, wobei er es noch immer für eine schlechte Idee hielt. Aber er sprach es nicht aus. Der Vorarbeiter dachte mit Sicherheit, dass er bei der ersten harten Aufgabe aufgab und abhaute und Caine würde den Teufel tun und diese falsche Vorstellung bestätigen. Mit einem Blick über die Schulter, um sich zu vergewissern, dass Macklin und das Lamm gemütlich saßen, startete er den Jeep und hoffe, mit der Gangschaltung zurechtzukommen. Doch beim Anfahren ruckelte das Auto nach vorne. Caine war so konzentriert, dass er zwar Macklins darauffolgendes Murmeln hörte, aber es nicht wirklich verstand. Er musste darauf achten, dass er die Gänge nicht überdrehte und das war äußerst schwierig, vor allem da er auf der falschen Seite saß.

Es schien, als sei diese Straße endlos lang und Caine befürchtete, dass sie die Abzweigung verpasst hatten, doch dann lehnte sich Macklin nach vorne. „Nimm die nächste Abzweigung rechts. Sie führt zur Heimstätte auf Taylor Peak. Dort finden wir am ehesten jemanden, der sich um das arme Mädchen kümmert."

Wie vorhergesagt, verlief die Straße weiter vorne in zwei Richtungen. Es war keine Kreuzung, eher zwei Pfade, die sich voneinander trennten. „*Zwei Wege trennten sich im fahlen Wald*", murmelte Caine in sich hinein, mit einem leichten Lächeln auf den Lippen. Er hatte einen langen Weg hinter sich, von Neuengland nach Australien, und er konnte mit Sicherheit sagen, dass er die weniger benutzte Straße genommen hatte, um nach Lang Downs zu kommen.

„Was war das?", fragte Macklin.

„N-Nichts", sagte Caine. „Ein Zitat von einem Gedicht, das ich vor langer Zeit gelesen habe."

„Was für ein Zitat?", fragte Macklin weiter.

„Z-z-zwei Wege t-t-trennten sich im fahlen W-Wald", stotterte Caine; das Gefühl im Rampenlicht zu stehen, ließ ihn noch mehr Stottern als sonst. „Es ist aus ‚Der Weg, den ich nicht ging' von Robert Frost. Er n-nimmt am Ende des Gedichtes die weniger benutzte Straße."

„Sagt mir nichts." Macklin schüttelte den Kopf. „Wir behandelten nicht viel amerikanische Literatur an der Schule, zumindest nicht vor zwanzig Jahren, als ich sie beendet habe. Vielleicht ist es ja heute anders, ich weiß nicht."

„Wir haben auch nicht unbedingt viele australische Poeten an der Schule behandelt." Caine wollte nicht, dass Macklin sich kritisiert fühlte, weil er das Gedicht nicht kannte. „Ein bisschen britische Literatur, etwas von dem, was sie Weltliteratur nennen, natürlich auch amerikanische Literatur … Aber wenn du Englisch nicht als Hauptfach belegst, geht das meiste davon zum einen Ohr hinein und zum anderen wieder hinaus."

„Nicht bei dir", gab Macklin zurück.

„Nur bei diesem", meinte Caine. „Und frag nicht nach dem Rest des Gedichts. Ich kenne diese eine Zeile und ich erinnere mich an den Sinn, aber ich kann keine weitere Zeile zitieren. Ich bin mir nicht einmal sicher, ob ich es in meiner Schulzeit gekonnt hätte."

„Mir machten die Romane nicht so viel aus", sagte Macklin. „Ein paar davon waren ganz gut, aber ich konnte mich nie mit Gedichten anfreunden. Zu viel Bedeutung in zu wenig Raum gequetscht und es gab zu wenig Hinweise, wo es überhaupt hingeht."

„Ich weiß." Caine lächelte mitfühlend. Er pausierte kurz, um den Jeep mit einem gemurmelten Fluch wieder auf die Straße zu lenken. „Gib mir einen Abenteuerroman und ich lese und diskutiere darüber tagelang."

„*Robinson Crusoe*", meinte Macklin.

„*Der Graf von Monte Christo*", erwiderte Caine, „aber ich mag *Robinson Crusoe* genauso."

„*Eine Geschichte aus zwei Städten*", fügte Macklin hinzu.

Caine seufzte. „Sydney Carton … Das war ein Held."

„Vielleicht eher ein Antiheld", sagte Macklin. „Ich mag nicht viele Bücher von Dickens, aber das habe ich von Anfang an geliebt. Oh, und gleiche Zeitperiode, aber komplett andere Atmosphäre … *Das scharlachrote Siegel.*"

„Das habe ich nicht gelesen, aber ich kenne die Geschichte, dank unseres Französischlehrers. Wir haben den Film mit Jane Seymour und Wie-war-sein-Name gesehen. Oh, und Ian McKellen als Bösewicht."

Macklin lachte. „Du kannst dich nicht daran erinnern, wer den Helden gespielt hat, aber an Ian McKellen?"

„Klar", sagte Caine. „Er ist verdammt heiß und er ist geoutet und stolz darauf. Natürlich erinnere ich mich an seine Rollen." Im selben Moment, als er die Worte aussprach, bereute er sie. Nicht das Gefühl dabei, sondern weil er nicht wusste, wie wohl sich Macklin mit dem Wissen, dass er schwul war, fühlte. „Tut mir leid, das war vielleicht mehr, als du wissen wolltest."

„Es macht für mich keinen Unterschied zu wissen, wen du attraktiv findest", gab Macklin zurück. „Das ist deine Angelegenheit, nicht meine. Werde bei den Jackaroos nicht so deutlich, die könnten das als Anmache missverstehen."

„Ich kenne einige Heteros, die ich objektiv betrachtet attraktiv finde", sagte Caine. Er war ruhig, da Macklin nicht so wirkte als hätte er Angst, dass Caine ihn und alle anderen Heteros womöglich in einen Schwulen verwandeln wollte – als ob das funktionierte! „Es ist in etwa so, als blickst du Nicole Kidman an und findest sie attraktiv. Sicher, sie ist nett anzusehen, aber du weißt, dass da nie mehr sein wird, weil sie sich nie für dich interessieren wird. Wenn ich mit jemanden flirte, dann muss ich mir sicher sein, dass die Chance besteht, dass er mein Interesse erwidert."

„Na gut", meinte Macklin. „Da vorne ist ein Gatter. Ich würde es ja für dich aufmachen, aber ich bin mir nicht sicher, ob mich die Kleine aus- und wieder einsteigen lässt, ohne alles zu zerlegen."

„Ich mach' schon." Caine zog die Handbremse an und sprang aus dem Jeep. Er öffnete das Gatter und musste sich dann kurz daran erinnern auf der rechten Seite einzusteigen.

Als er es passiert hatte, schloss er es hinter ihnen und fuhr dann weiter. Nach einer Weile wurde die Straße deutlich besser. „Ich schätze, dass wir bald am Haupthaus ankommen werden, oder?"

„Ja. Es dauert vielleicht noch zwanzig Minuten. Fahr einfach weiter."

Caine tat, was Macklin sagte. Es fiel ihm immer leichter den Jeep zu steuern. Die Minuten verstrichen, während das Schaf auf der Rückbank hin und wieder blökte, aber für Caine klang es nicht so, als würde es unter Stress stehen. Nun gut, er wusste natürlich nicht wie so etwas klang, aber er dachte sich, wenn das Schaf wirklich schwer verletzt war, machte es sicherlich mehr

Lärm. Als Caine die ersten Häuser sichtete, wich die unbefestigte Straße einer Schotterstraße.

„Fahr zum Stall ganz links", wies Macklin an. „Selbst wenn Taylor nicht dort ist, sollte es jemanden geben, der das Lamm übernimmt."

Caine fuhr langsamer, als sie bei den geschäftigeren Koppeln ankamen. Als sie sich dem Stall näherten, traten mehrere Männer aus verschiedenen Häusern, die ihre Ankunft mit stoischer Achtsamkeit beobachteten. Aus irgendeinem Grund wurde Caine nervös. „S-Sie sind nicht s-sauer, dass wir hier sind, oder?"

„Werd' nicht panisch, Welpe", schimpfte Macklin, als Caine den Jeep parkte. „Wir helfen nur unseren Nachbarn. Du kannst ja im Auto warten, wenn du willst."

6

WÄHREND MACKLIN die Tür öffnete und das Lamm herauszog, dachte Caine darüber nach, tatsächlich im Auto sitzen zu bleiben. Doch das half ihm nicht, da man dann vermutlich dachte, dass er nicht dazugehörte oder schlimmer noch, etwas angestellt hatte. Deshalb öffnete er die Tür und folgte Macklin, der das Lamm zum größten Stall trug.

„Wer ist der Junge, Armstrong?"

Caine wartete ab, um zu sehen, was Macklin antwortete, da er sich sicher war, dass die Antwort die Männer beeinflusste. Doch der Vorarbeiter ignorierte die Frage völlig.

„Wo ist Taylor?", fragte Macklin, während er das Lamm absetzte.

„Draußen im Busch", erwiderte einer der Männer.

Macklin starrte die Jackaroos finster an. „Wir haben eines eurer Lämmer draußen gefunden, in Stacheldraht eingewickelt. Sag Taylor, dass er hinter sich aufräumen soll, denn sollte ich jemals seinen Müll auf meinem Land finden, dann Gnade ihm Gott."

„Sag ihm das selbst", gab der Arbeiter zurück, während ein anderer das verletzte Lamm in den Stall trug. „Ich werde nicht meinen Job riskieren, nur um ihm das mitzuteilen."

Macklins Blick verfinsterte sich erneut. Er drehte sich auf dem Absatz um und ging zurück zum Jeep, während Caine wieder einmal Schwierigkeiten hatte mit ihm mitzuhalten. „Gib mir die Schlüssel", knurrte Macklin.

„Sie stecken noch."

„Dann hol den Draht aus dem Kofferraum. Es ist mir egal, ob du es ihnen ins Gesicht wirfst, aber sie sollen ihren eigenen Scheißmüll wegräumen."

Caine beeilte sich, öffnete den Kofferraum und zog den Draht heraus. In seiner Eile hatte er nicht an die Handschuhe gedacht, die noch an seinem Gürtel hingen und einer der Stacheln schnitt tief in seine Handfläche, als er den Draht auf den Boden warf. Caine biss sich auf die Lippe, um einen Fluch zu unterdrücken. Macklin und die anderen Jackaroos hätten nie so etwas Dummes gemacht. Er schloss die Hecktür und stieg auf der Beifahrerseite ein. Als Macklin losfuhr, fluchte Caine endlich los.

„Scheiße."

„Was ist jetzt schon wieder?", fragte Macklin, und Caine sah, dass er noch wütend war.

„Nichts." Caine drückte seine schmerzende Hand leicht. „Fahr einfach los, okay?"

„Nichts lieber als das, Welpe." Macklin sah nicht zu ihm herüber. „Du hast dich gut geschlagen. Taylors Männer sind ein Haufen Idioten. Ich weiß nicht, wie er mit denen zurechtkommt."

„Ich habe doch nur meine Klappe gehalten."

„Bei dem Pack hätte ich dir nichts anderes geraten."

Caine schüttelte den Kopf, beließ es aber dabei, da die Schmerzen in seiner Hand schlimmer wurden und ihm leichte Übelkeit bereiteten. Er lehnte sich zurück, schloss die Augen und versuchte sich mit den Atemübungen zu beruhigen, die sein Sprachtherapeut ihm gezeigt hatte. Als der Jeep verlangsamte, machte er die Augen auf und öffnete den Gurt, um das nächste Gatter zu öffnen. Die Bewegung ließ den Schmerz wieder aufflammen und er fluchte erneut.

„Was ist los?" Diesmal wandte Macklin sich Caine zu.

„Ich hab mich an der Hand verletzt", gab Caine zu. „Als ich den Stacheldraht angefasst habe."

„Lass mich mal sehen."

Caine streckte seine Hand aus, um die Einstichstelle in der Mitte der Handfläche zu zeigen.

Macklin schüttelte den Kopf. „Trag das nächste Mal Handschuhe. Ich hab nur einen kleinen Verbandskasten im Auto. Ich werde das so gut es geht verbinden und wenn wir auf der Station angekommen sind, kümmern wir uns noch einmal richtig darum."

Caine wollte Macklin keine Umstände bereiten, doch er wollte genauso wenig, dass sich die Wunde entzündete.

„Wann hattest du deine letzte Tetanusimpfung?"

„Vor ein p-paar Monaten", antwortete Caine. „Ich habe alle wichtigen Impfungen aufgefrischt, bevor ich hergekommen bin."

„Das ist schon mal gut." Macklin öffnete das Handschuhfach auf Caines Seite und zog den Koffer heraus. „Der Doc kommt zweimal im Jahr zur Station, außer wenn er für einen Notfall herfliegen muss. Natürlich versuchen wir das zu vermeiden."

„Sicher", meinte Caine. Macklin zog eine Tube mit Salbe, Desinfektionstücher (bei deren Anblick Caine schauderte) und eine kleine Bandage heraus.

Caine biss sich auf die Lippe, während Macklin die Wunde säuberte, bis sie blutete. Er wollte nicht zeigen, dass es wehtat. „Das Blut wird die Wunde säubern", erklärte Macklin, während er die Salbe auf die Wunde strich und sie anschließend bedeckte. „Lass die Bandage drauf, bis es völlig verheilt ist. Du kannst dir hier leicht eine Infektion einfangen, aber nur schwer die passende Medizin dagegen bekommen."

Caine nickte und genoss das Prickeln in seinen Fingern, als Macklin sie hielt. „Ich habe mir in Boorowa keine Handschuhe gekauft."

„Wir werden ein Paar für dich finden. Wir haben jede Menge Handschuhe auf der Station, weil wir so viele verbrauchen. Das Leder ist zwar beständiger gegen Stacheldraht als deine Haut, aber es wird auch aufgerissen."

„Meine Hand hatte keine Chance." Caine entzog Macklin seine Hand, als dieser sie fertig verbunden hatte. „Ich öffne das Gatter."

Er sprang aus dem Wagen, bevor Macklin zu ihm sagen konnte, dass er es wegen seiner Hand lieber lassen sollte. Es tat weh, da er beide Hände benötigte, um das Gatter zu öffnen, aber er wollte nicht, dass Macklin dachte, dass er schon schlappmachte. Der Jeep fuhr durch und Caine schloss das Gatter wieder. Er bemerkte dabei, dass der Riegel locker war.

„Das Gatter hat nicht gut geschlossen", meinte er an Macklin gewandt, als er zurück in den Jeep geklettert war.

„Nicht unser Problem. Das Gatter gehört Taylor und er trennt damit eigentlich nur eine Weide von der nächsten ab. Ich habe genug Zeit damit verbracht, die beschädigten Zäune zwischen seinem Grund und Lang Downs zu reparieren. Um den Rest soll er sich gefälligst selbst kümmern."

„Du magst ihn nicht besonders, was?"

Macklin zuckte die Schultern, die Augen waren auf die Straße gerichtet. Er antwortete nicht sofort, und ehrlich gesagt, war sich Caine sicher, dass er keine Antwort mehr von Macklin erhalten würde. „Ich hasse ihn nicht. Ich kann nur nichts mit ihm anfangen. Du wirst es verstehen, wenn wir in Lang Downs sind."

Caines Frage war damit zwar nicht wirklich beantwortet, doch wenn er ehrlich war, hatte ihn das nicht überrascht. Caine öffnete und schloss zwei weitere Gatter, ehe sich Macklin sichtbar entspannte. Caine sah sich neugierig um, da er wissen wollte, was der Grund war, doch konnte er nichts entdecken. Macklin gab ihm auch keine Erklärung, aber als sie die Spitze des nächsten Hügels erreicht hatten, stoppte er und lächelte. „Willkommen in Lang Downs."

Caine betrachtete den Ausblick vor ihm. Die Hauptstation war nicht zu sehen, aber er sah Schafe, die über das Land verteilt waren, und ein kleines Haus mit einem kurzen Kamin, das zwischen zwei Hügeln gebaut war. „Lebt dort jemand?"

„Nicht dauerhaft", sagte Macklin. „Diese Viehtreiberhütten sind über den ganzen Besitz verteilt. Sie dienen als Schutz in kalten Nächten oder während eines Sturms, wenn die Jackaroos mit den Schafen draußen sind. Neil ist wohl schon zurück in der Station und Ian ist vermutlich unterwegs, also ist dort niemand – aber jemand wird dort sein, bevor die Nacht hereinbricht. Wir können nicht jedes Problem verhindern, aber wir verlieren viel weniger Lämmer als andere Stationen, weil wir unsere Herde besser überwachen."

„Bleiben die Männer? Es klingt, als müssten sie auf dieser Station härter arbeiten", gab Caine zu bedenken.

„Das müssen sie auch", stimmte Macklin zu. „Aber wir zahlen einen fairen Lohn und sie sind stolz auf ihre Arbeit. Diejenigen, die es nicht sind, bleiben selten länger als eine Saison. Die anderen sehen Lang Downs als ihre neue Heimat an."

„Es ist anders, wenn es ein Zuhause ist, richtig?", fragte Caine leise.

„Ja, das ist es, Welpe. Bereit, den Rest zu sehen?"

„Bereit, wenn du es bist."

Als sie die Fahrt fortsetzen, wies Macklin immer wieder auf verschiedene Dinge hin: Verbesserungen der Station, Gründe für diverse Landwirtschaftsentscheidungen, interessante Grenzsteine und Formationen. Die Informationen über die Schafzucht waren noch etwas zu viel für Caine, aber er war dankbar, dass Macklin ihm so viel über die Station erzählte. Wann immer Caine ausstieg, um ein Gatter zu öffnen, lächelte er, da der Riegel eindeutig in einem besseren Zustand war als der auf Taylor Peak und das Gatter gut aufgehängt, sodass es sich leichter bewegen ließ.

„Das war das letzte", sagte Macklin nach einiger Zeit. „In Kürze erreichen wir die Hauptstation."

Caine war auf sein neues Zuhause gespannt. Sie fuhren über eine weitere Anhöhe, ehe die Straße in ein kleines Tal abfiel. Die Gebäude waren über die Schlucht verteilt, umgeben von Schotterstraßen und gut gepflegten Blumenbeeten. „Das ist völlig anders, als die andere Station."

„Das ist es", stimmte Macklin zu.

Als sie die ersten Gebäude passierten, sah Caine mehrere Leute, die verschiedenen Arbeiten nachgingen. Jeder unterbrach diese kurz und winkte ihnen zu, ehe sie sich wieder ihrer Beschäftigung zuwandten. Macklin winkte hin und wieder zurück, besonders bei einer Gruppe von Jungen, die sieben oder acht Jahre alt zu sein schienen. „Leben sie alle auf der Station?"

„Ja", sagte Macklin. „Ihre Eltern arbeiten hier, sie wurden hier geboren und wachsen in dem Wissen auf, dass Lang Downs ihre Heimat ist."

„Was ist mit der Schule? Boorowa liegt nicht gerade um die Ecke."

„Sie besuchen die School of the Air online", antwortete Macklin. „Wir gehen sicher, dass sie alles lernen, was man sonst noch wissen muss."

„Das ist erstaunlich", sagte Caine. „Ich hatte keine Ahnung."

„Wir sind keine Wilden", erwiderte Macklin.

„Das hab ich nicht gemeint", protestierte Caine. „Ich bin nur fasziniert wie ihr Probleme löst, die ich nie bedacht hatte. Glaub mir, ich mach keine Witze. Wie viele Leute leben auf der Station?"

„Etwa fünfzig leben das ganze Jahr über hier", antwortete Macklin. „Im Sommer, wenn es ans Scheren, Lammen und alles andere geht, sind es natürlich mehr. Sobald das Züchten beendet ist, gehen die meisten Saisonarbeiter über den Winter nach Hause. Es ist aber auch möglich, dass sich manche von ihnen dafür entscheiden hier zu bleiben. Die anderen Saisonarbeiter entscheiden sich entweder dafür, jeden Sommer zurückzukehren oder dass Lang Downs nichts für sie ist. Die kommen dann natürlich nicht zurück."

Macklin hielt vor dem Haupthaus. „Ich setze dich hier ab, damit du dich einrichten kannst. Abendessen gibt es um sieben Uhr in der Kantine. Kami ist wohl schon in der Küche. Stör ihn nicht oder das Abendessen wird sich verspäten und dann machst du dich auf der Station ziemlich unbeliebt."

„Was soll ich wegen meiner Hand tun?" Caine trug diese plötzliche Abfuhr mit Humor. „Du hast gesagt, dass wir uns besser um die Wunde kümmern müssen, sobald wir angekommen sind."

„Wasch sie mit Seife und Wasser aus, benutz' etwas Superoxid, Salbe und ein Pflaster", erwiderte Macklins ungeduldig, während er Caines Koffer aus dem Kofferraum zog. „Du solltest alles Nötige in den Badezimmern finden. Wenn nicht, frag' Kami."

Bevor Caine antworten konnte, hatte Macklin sich schon wieder in den Jeep gesetzt und war davongefahren. Mit einem Seufzen schulterte Caine seinen Rucksack und ergriff die Einkaufstaschen. Er konnte nicht alles auf einmal tragen, daher würde er zuerst das hineintragen und dann erst die Koffer. Er ging den Weg hinauf zur Veranda des zweistöckigen Hauses, das offensichtlich das Stationshaus war. Es fühlte sich seltsam an, die Tür, ohne vorher anzuklopfen, zu öffnen, aber es war von nun an sein Zuhause, sein Haus. Er stieß die Tür auf und ging hinein, wobei er blinzeln musste, da es im Inneren des Hauses ziemlich dunkel war. Der erste Raum war sehr großräumig, mit einer rustikalen Couch und Stühlen, die ihre besten Tage schon hinter sich hatten, sowie einem großen steinernen Kamin an der gegenüberliegenden Wand. Caine lächelte, denn genau diesen Raum hatte sein Onkel in so vielen Briefen beschrieben. Den Rucksack auf den Boden stellend trat er in den Raum, ehe ein Hupen und ein wütendes Rufen ihn an seine Koffer erinnerten. Er eilte hinaus. „Es tut mir leid", rief er dem Fahrer des Trucks zu. „Ich konnte nicht alles auf einmal tragen." Er ergriff beide Koffer und stellte sie neben der Straße ab. Nachdem der Truck vorbeigefahren war, trug er sie nacheinander hinein.

„Ich sollte mich wohl für ein Schlafzimmer entscheiden", murmelte er zu sich selbst. „Aber zuerst werde ich Kami sagen, dass ich hier bin. Nicht, dass er mich noch mit einem Beil jagt, weil er seltsame Geräusche hört."

Die Küche befand sich in einem Anbau auf der Rückseite des Hauses. Caine ging einen langen, schmalen Gang entlang, der in die Industrieküche mündete. „Kami?"

„Was willst du?"

„Ich bin Caine Neiheisel, Michaels -"

„Ich weiß, wer du bist", unterbrach ihn der Koch. Er trat aus der Vorratskammer heraus, die Arme voller Kartoffeln. Seine pechschwarze Haut war um die Augen ein wenig faltig, als hätte er zu oft in die Sonne geblinzelt. Er sah allerdings nicht älter als Caine aus. „Ich hab gefragt, was du willst."

„Ich wollte dir nur Bescheid geben, dass ich angekommen bin", sagte Caine, „und fragen, ob es ein Zimmer gibt, welches ich benutzen soll."

„Jedes, außer diesem hier", sagte Kami. „Und ich wusste, dass du hier bist. Ich hab die Haustür zuschlagen gehört."

„Okay." Caine war sich nicht sicher, wie er auf diese Feindseligkeit reagieren sollte. „Dann werde ich dich mal fertig kochen lassen. Ich bin beim Auspacken, falls du mich brauchst."

„Wofür sollte ich dich schon gebrauchen?", murmelte Kami, bevor er die Kartoffeln in die Spüle legte und diese abzuschrubben begann.

Caine erwiderte nichts. Er zog sich zurück und ließ den Koch weiterarbeiten. Zurück im Wohnzimmer entschloss er sich, das restliche Haus anzusehen.

Neben dem Wohnzimmer, welches den Großteil des Erdgeschosses einnahm, gab es ein Esszimmer und ein kleines, modernes Büro, mit einem relativ neuen Computer und Drucker. Im oberen Stockwerk zählte Caine vier Schlafzimmer, inklusive des Schlafzimmers von Onkel Michael. Der Schrank mochte zwar leer sein wie die anderen, aber Caine wollte Onkel Michaels Raum nicht einnehmen. Daher wählte er eines der kleineren Zimmer.

Seine größte Sorge war seine Hand, die wieder zu schmerzen begann. Caine wühlte sich durch den Schrank im Badezimmer, bis er alles gefunden hatte, was er brauchte. Das Wasserstoffperoxid stach noch schlimmer als der Alkohol, da es tiefer in seine Hand eindrang. Caine zwang sich dazu, die Wunde noch drei Mal zu reinigen, ehe er eine antibiotische Salbe auftrug und die Hand verband. Sein Kiefer schmerzte, da er die Zähne fest aufeinandergepresst hatte, aber zumindest war er sich sicher, dass er die Wunde ausreichend gesäubert hatte.

Er ging zurück nach unten und trug seine Taschen nach oben, um sich dann aufs Bett fallen zu lassen. Eigentlich wollte er seine Koffer auspacken, doch bevor er einen klaren Gedanken fassen konnte, war er vollständig bekleidet eingeschlafen.

RUFE, DIE von draußen ins Haus schallten, weckten Caine. Er blinzelte ein paar Mal, bevor er sich daran erinnerte, dass er auf der Station war. Langsam setzte er sich auf und rieb sich übers Gesicht, zuckte jedoch, da er Druck auf seine verletzte Hand ausübte. Caine sah sich nach einer Uhr um. Fünf Uhr dreißig, bis zum Abendessen war noch Zeit. Er sollte wohl mit dem Auspacken anfangen und später noch eine Dusche nehmen. Caine wollte nicht, dass er auf die anderen völlig verschlafen wirkte, da dies nicht gerade ein idealer erster Eindruck wäre. Er war am Verhungern, aber nach seinem Gespräch mit Kami verzichtete er auf einen Snack.

Caine schlüpfte aus seinen Stiefeln und rieb sich die Knöchel. Das enge Leder hatte sogar durch seine Socken gescheuert. Vielleicht war es besser, wenn er beim Abendessen seine Tennisschuhe trug. Dadurch war er zwar nicht an die anderen angepasst, aber es war das kleinere Übel. Er konnte sich keine Blasen an den Füßen erlauben, da er ansonsten bei der Arbeit morgen die Stiefel nicht tragen konnte.

Außerdem hoffte er, dass Macklins Verhalten am Nachmittag kein Anzeichen dafür war, wie er gedachte auf der Station mit ihm umzugehen. Denn so war der erste Streit vorprogrammiert. Caine weigerte sich, einfach zur Seite geschoben zu werden. Er hatte zwei tüchtige Hände und einen kühlen Kopf. Alles andere war eine Frage des Lernens.

„Hör auf damit", schimpfte Caine sich selbst. „Vermutlich war er einfach nur froh wieder zu Hause zu sein. Du hast ihn noch nicht einmal nach seiner Familie auf der Station gefragt. Vielleicht ist er einfach nur glücklich, dass er wieder bei seiner Frau und seinen Kindern sein kann."

Doch wenn Caine ehrlich war, glaubte er nicht, dass das die Erklärung war, aber es war zumindest eine plausible Entschuldigung für Macklins abweisendes Verhalten. Er verbrachte die nächste Stunde damit, seine Kleidung auf seinem Bett zu sortieren. Winterkleidung für die Arbeit, Winterkleidung für das Haus, Sommerkleidung für die Arbeit, Sommerkleidung für das Haus. Die Stapel für die Indoorkleidung waren zwar höher als die anderen beiden, doch Caine war zufrieden. Seine T-Shirts hielten sicherlich nicht länger als einen Sommer, aber das war nicht schlimm. Er hatte auch Kleidung für die kühleren Tage, wie die langärmligen Shirts, die er in Boorowa gekauft hatte. Er legte die Arbeitskleidung in eine der Schubladen der großen Kommode und hängte den

Rest seiner Winterkleidung in den Schrank. Er stopfte die Sommerkleidung zurück in den Koffer und schob diesen unters Bett. Später konnte er nach eine Art Dachboden suchen, aber für den Moment reichte es. Caine griff sich seine Toilettenartikel und machte sich für das Abendessen frisch.

7

ALS CAINE frisch geduscht aus dem Badezimmer kam, war das Haus mit dem Geruch von leckerem Essen erfüllt. Sein Magen knurrte laut, da er seit dem Frühstück nichts mehr gegessen hatte. Caine zog sich frische Kleidung an, um dann nach unten in die Küche zu gehen. „Kann ich dir helfen?", fragte er von der Tür aus. „Beim Tragen, zum Beispiel."

„Nimm das Tablett", sagte Kami ohne aufzublicken. „Das große, weiße und leg das Brot drauf."

Caine nahm das Tablett aus dem Regal und stellte es auf der Arbeitsfläche ab. „Wo ist das Brot?"

„Im Ofen", erwiderte Kami bissig, als war es die offensichtlichste Antwort der Welt.

Caine unterdrückte ein erneutes Seufzen, da er mal wieder mit den schroffen Manieren der Australier konfrontiert wurde, nahm sich einen Ofenhandschuh und zog mehrere Bleche Brote aus dem Ofen. Er legte sie auf die Arbeitsfläche, um sie abkühlen zu lassen, und wusch sich währenddessen die Hände, um sie dann zu trennen und wie angewiesen auf das Tablett zu legen.

„Hast du schon mal in einer Küche gearbeitet?", fragte Kami, während Caine die ihm aufgetragene Arbeit ausführte.

„Nur wenn ich meiner M-Mum geholfen haben", antwortete Caine ehrlich.

Kami schnaubte, bellte jedoch eine neue Order, die Caine wohl zeigen sollte, dass er nicht vollständig nutzlos war.

„Was machst du hier? Ich dachte, ich hatte dir gesagt, dass du Kami nicht stören sollst." Macklins Stimme hallte durch den Raum.

„Er hilft mir", blaffte Kami, bevor Caine sich gegen die Anschuldigung wehren konnte. „Er hat es angeboten, was mehr ist als deine nichtsnutzigen Jackaroos je getan haben."

„Sprich nicht in diesem Ton mit mir, Kami", sagte Macklin, aber Caine bemerkte, dass Kami davon nicht eingeschüchtert war. „Ich habe ihm gesagt, dass er dich in Ruhe lassen soll, damit sich das Abendessen nicht verspätet."

„Und er hat mich nicht gestört", gab Kami zurück. „Er hat mir vor ungefähr zehn Minuten seine Hilfe angeboten und ich hab angenommen. Aber da *du* mich jetzt störst, kannst du gleich das Brot in die Kantine tragen. Caine und ich übernehmen den Rest des Abendessens."

„D-Danke für d-d-deine Unterstützung", sagte Caine, als Macklin gegangen war. „Ich g-glaube, er mag mich nicht sehr."

„Ich hab nicht gesagt, dass ich dich mag", antwortete Kami, aber seine Augen funkelten. „Ich hab nur gesagt, dass du mir geholfen hast. Und ich entscheide selbst, ob ich dich mag, aber zuerst muss ich dich besser kennenlernen."

„Das ist fair", sagte Caine. „Also, was müssen wir sonst noch tun?"

Als sie das Abendessen, Fleisch und Kartoffeln, zum Servieren vorbereitet hatten, trugen sie es in die Kantine. Die war ziemlich voll, aber nicht mit fünfzig oder mehr Leuten, wie Caine nach dem Gespräch mit Macklin erwartet hatte.

„Das sind nicht alle Arbeiter der Station, richtig?" Caine setzte sich auf den freien Platz neben Macklin, da er sonst niemanden kannte.

„Manche verbringen die Nacht draußen bei den Schafen", erinnerte ihn Macklin. „Andere essen mit ihren Familien. Niemand ist dazu verpflichtet, hier zu essen."

„Du verstehst alles, was ich sage, falsch. Ich möchte doch nur wissen, wie hier alles abläuft."

„Schau." Macklin war mit dem Stuhl vom Tisch zurückgerutscht. „Ich weiß, dass du helfen willst, aber es gibt nun mal nicht viel, womit du helfen kannst. Kami mag dich offenbar, warum hilfst du nicht in der Küche, bis du dich eingelebt hast? Wenn es einmal besser läuft, kannst du auch was anderes tun."

Caine starrte geschockt und mit offenem Mund Macklin nach, der seinen Teller nahm und hinausging.

„Sie haben heute Morgen drei tote Schafe gefunden. Niemand weiß, was ihnen zugestoßen ist."

Caine wandte sich dem Jungen zu, der sich ihm gegenüber an den Tisch gesetzt hatte. Er schätzte ihn auf zwölf oder dreizehn Jahre – älter als die Kinder, die er zuvor gesehen hatte, aber noch nicht wirklich jugendlich. Er zögerte einen Moment, ob er nachfragen sollte, aber sonst war keiner gewillt mit ihm zu sprechen. „Ist das normal?"

Der Junge zuckte die Schultern. „Es passiert, aber normalerweise sind es nicht drei auf einen Schlag. Mr. Armstrong war deswegen völlig niedergeschlagen."

Das erklärte Macklins Laune. „Ich bin Caine", sagte er, seine Hand ausstreckend.

„Ich weiß, wer du bist", sagte der Junge und ergriff Caines Hand. „Jeder redet vom Hereingeschneiten. Ich bin Jason. Mein Dad ist einer der Mechaniker."

„Nett dich kennenzulernen, Jason. Danke, dass du mir gegenüber Mitleid hast."

„Das ist kein Mitleid. Ich will mehr über Amerika wissen. Ich mag die Art, wie ihr redet."

Caine grinste leicht. Seine Nationalität war bei den Erwachsenen ein Hindernis, aber möglicherweise konnte er sie bei den Kindern als Vorteil nutzen. „Weißt du was, ich werde dir alles über Amerika erzählen – wenn du mir meine Fragen zum Outback beantwortest."

„Wirklich? Mein Dad hat gesagt, dass du für meine Fragen keine Zeit haben wirst und dass ich dich nicht nerven soll, und wirklich?"

„Wirklich", versprach Caine. „Solange du den Gefallen erwiderst."

„Einverstanden", sagte Jason. „Iss fertig, damit ich dir alles zeigen kann."

Caine beendete seine Mahlzeit und ließ seinen Teller bei den anderen stehen, aber stoppte kurz um Kami für das Essen zu danken, der ihn jedoch ohne ein Wort mit einem Geschirrtuch verscheuchte. Als sie draußen waren, pfiff Jason und ein Hund mit schwarzem, weißem und grauem Fell kam auf sie zu. „Das ist Polly, sie ist ein Australian Shepherd. Sie ist zwar noch zu jung, um mit den Schafen zu arbeiten, aber sie lernt schon."

„Darf ich sie streicheln?", fragte Caine, eine Hand ausgestreckt, damit Polly daran schnuppern konnte.

Die Hündin schnupperte an seinen Fingern und sah dann zu Jason hoch, da sie auf dessen Zustimmung wartete. Jason nickte und deutete mit der Hand nach vorn. Auf dieses Signal hatte Polly anscheinend gewartet, denn sie rieb mit dem Kopf an Caines Hand und lehnte dann ihre Wange gegen seinen Oberschenkel. „Sie mag dich. Sie kennt sich mit Menschen aus."

Caine lächelte Jason zu und kniete sich hin, um Polly hinter den Ohren zu kraulen. Jason hatte zwar gesagt, dass sie jung war, aber sie war keine kleine Hündin mehr. Ihre Schulter ging ihm fast bis zur Mitte des Oberschenkels. „Ich bin froh, dass ich ihre Prüfung bestanden habe." Caine wusste jedoch, dass noch viele Prüfungen auf ihn zukamen, vor allem in den nächsten Monaten.

„Also, erzähl mir von der Station", sagte Caine. „Wurdest du hier geboren?"

„Nein, ich komme eigentlich aus Melbourne. Als ich zwei war, hat Dad seinen Job verloren und sich hier beworben. Er bekam den Job und wir sind hierhergezogen. Mum hilft Kami manchmal beim Backen, wenn er jemand anderes in seine Küche lässt. Und sie hilft beim Putzen der Schlafbaracken. Die Jillaroos sind okay, aber ein paar der Jackaroos kümmern sich um nichts, außer wenn man sie dazu zwingt." Jason neigte sich verschwörerisch nach vorn. „Sie werden nächsten Sommer nicht mehr eingeladen und müssen stattdessen für Mr. Taylor arbeiten, aber sag Mr. Armstrong nicht, dass ich das gesagt habe. Er will nicht, dass wir schlecht über Taylor Peak reden, auch wenn es wahr ist."

„Das wird unser Geheimnis bleiben", versprach Caine, doch insgeheim musste er Jason zustimmen. Er hatte den Unterschied zwischen den zwei Stationen gesehen. „Also, ich kenne nur das Haupthaus, mehr nicht. Wie wäre es mit einer Tour?"

„Klar", sagte Jason. „Komm, Polly."

Polly lief gehorsam neben Jason. „Das ist die Baracke der Mädchen", sagte Jason mit einem Wink auf die gegenüberliegende Seite des Tales. „Mum lässt mich nicht alleine dorthin gehen. Ich denke, sie hat Angst, dass ich etwas sehe, was ich nicht sehen soll. Als würden mich die Mädchen interessieren. Da bringe ich doch viel lieber Polly etwas über Schafe bei. Wo hast du in Amerika gelebt?"

„Ich komme eigentlich aus Cincinnati", sagte Caine, während sie die Schotterstraße entlang gingen. „Aber ich habe lange in Philadelphia gelebt, b-b-bevor ich hierhergekommen bin."

„Ich habe nie von Cincinnati gehört. Aber von Philadelphia. Amerikanische Revolution und so was, richtig?"

„Richtig. Kontinentalkongress, Freiheitsglocke, die erste Residenz des Präsidenten, auch wenn sie nicht mehr steht. Man kann auf einer Tafel nachsehen, wie es damals ausgesehen hat. Es war für moderne Verhältnisse wirklich klein. Also, was sind das für Gebäude?" Er deutete auf eine Reihe Scheunen mit niedrigen Dächern.

„Das sind die Ställe, die wir für das Scheren, Züchten und alles andere verwenden, wenn wir die Schafe zusammentreiben. Sie sind zurzeit leer, aber Dad hat gesagt, dass wir in ein paar Tagen mit dem Züchten beginnen werden, da Mr. Armstrong und du auf der Station seid."

„Wieso habt ihr auf mich gewartet? Ich weiß nicht einmal, was ich hier tun soll."

„Mein Dad meinte, dass sie sich dazu entschlossen hatten, da sie nicht sicher waren, ob du die Station nicht doch noch verkaufst. Wäre das der Fall gewesen, hätte man nicht mehr gezüchtet, sondern alle Schafe geschlachtet. Außerdem hat es niemanden geschadet ein paar Tage zu warten."

Caine wandte sich um und bückte sich leicht, um Jason genau in die Augen zu sehen. „Ich w-w-weiß nicht, was die Zukunft bringen wird, aber ich v-v-verspreche, dass ich die Station nicht einfach so v-v-verkaufen werde. Falls es wirklich einmal dazu kommt, d-d-dann nur, wenn jeder damit einverstanden ist."

„Du stotterst, wenn du nervös oder ernst oder so was bist, richtig?"

„Ja." Caine war sich nicht ganz sicher, was er von Jasons völlig fehlender Reaktion auf seine Erklärung halten sollte.

„Keine Sorge, Kumpel", sagte Jason. „Es stört mich nicht."

Caine fühlte sich erleichtert. Er bezweifelte, dass jeder so verständnisvoll reagierte, aber zumindest bei Jason musste er sich keine Sorgen mehr machen. „Können wir hineingehen?"

„Sie stinken, aber das können wir."

Caine folgte Jason über den leicht unebenen Boden und eine kleine Steigung zum nächsten Stall hinauf. Der Junge hatte recht gehabt, es roch unangenehm, aber Caine war sich bewusst, dass dies ein Teil seines neuen Lebens war. „Also, wie funktioniert das alles?", fragte er, als sie hineintraten und Caine ein paar kleinere Abschnitte in dem großen Gebäude sehen konnte.

„Züchten oder scheren?", fragte Jason.

„Züchten. Damit muss ich zuerst klarkommen."

„Züchten ist einfach. Man bringt die Mutterschafe in den Stall, wenn sie brünstig werden, und lässt sie mit einem Bock für ein paar Tage hier. Dann kommt die nächste Gruppe dran. Wenn es beim ersten Mal nicht funktioniert, versucht man es noch einmal. Das Scheren ist die harte Arbeit."

„Ich hab Bilder davon gesehen. Wenn ich ehrlich bin, freue ich mich nicht wirklich darauf."

„Ich mag es", erwiderte Jason. „Es ist der Beginn einer neuen Saison, all die neuen Jackaroos kommen und wir veranstalten ein großes Grillfest, wenn es vorbei ist. Es ist eine Art Feiertag, wenn das letzte Schaf den Stall verlässt."

„Jason, deine Mutter sucht nach dir."

Caine und Jason wandten sich um und sahen, dass Macklin in der Tür des Schafsstalles stand. „Es tut mir leid, dass Sie nach mir suchen mussten, Mr. Armstrong." Man hörte sehr deutlich, dass Jason Macklin bewunderte. „Ich habe Caine – ähm, Mr. Neiheisel – nur herumgeführt."

„Ich hab dir gesagt, dass du mich Caine nennen kannst." Caine blickte zu Jason, hatte aber so laut gesprochen, dass auch Macklin es hörte. Er wollte nicht, dass Jason möglicherweise Ärger bekam, vor allem da er es ihm erlaubt hatte. „Es ist schon gut."

„Danke, Caine. Wir sehen uns morgen, nach den Hausaufgaben. Morgen habe ich Geschichte."

„Viel Glück", gab Caine zurück. „Ich kann dir bei Wirtschaftslehre helfen, aber in Geschichte war ich nie sonderlich gut."

Jason eilte aus dem Gebäude und ließ Caine und Macklin zurück. „Er ist ein guter Junge."

„Ja, das ist er", stimmte Macklin zu. Er schien nicht in Eile zu sein, weswegen Caine näher kam. „Wirtschaftslehre?"

„Ich habe W-Wirtschaft auf dem College studiert", erklärte Caine. Die Nähe zu Macklin machte Caine bewusst, wie sehr er sich zu diesem Mann hingezogen fühlte, und wie immer verschlimmerte sich dadurch auch sein Stottern. „Nicht, d-d-dass es nützlich war."

„Man weiß nie, ob es nicht doch noch einen Nutzen hat." Macklin drehte sich um und ging in Richtung der kleinen Häuser, die neben der großen Schlafbaracke lagen. Caine fragte sich zwar, warum sich Macklin jetzt wieder ganz anders verhielt, aber er beschloss, sein Glück nicht infrage zu stellen. Dessen Verhalten war so wechselhaft, dass er jeden einzelnen freundlichen Moment genoss.

Caine folgte Macklin, da er das Gespräch noch nicht beenden wollte. „Jason hat tote Tiere erwähnt. Müssen wir uns Sorgen machen?"

„Das weiß ich noch nicht. Wir wissen nicht, was ihnen zugestoßen ist."

„Was könnte passiert sein?", fragte Caine. „Krankheit, Alter, ein Raubtier? Etwas anderes?"

„Vermutlich war es weder Krankheit noch Alter. Wir lesen die Herde im Frühling und im Sommer aus und behalten nur die gesunden Mutterschafe. Sobald sie ein bestimmtes Alter erreichen, eignen sie sich nicht mehr so gut zum Züchten und ihre Wolle verliert den Glanz. Ein Schaf kann sich vielleicht ein Bein brechen oder verendet durch einen Schlangebiss, aber nicht drei auf derselben Weide und am gleichen Tag. Als die Männer sie fanden, waren sie schon ziemlich von den wilden Hunden und den Krähen zerfressen. Wir konnten nicht mehr feststellen, ob es ein Räuber war."

Sie erreichten eines der kleineren Häuser und Macklin trat auf die Veranda. „Willst du ein Bier?"

„Sicher", sagte Caine und trat ebenfalls auf die Veranda. Die ständigen Stimmungsschwankungen verwirrten ihn, aber da der Vorarbeiter willig war mit ihm zu sprechen, nahm Cain es einfach hin. Ein Bier machte den Mann vielleicht sogar redselig. „Es ist ein netter Abend. Was hältst du davon, hier draußen zu sitzen? Du kannst mir nebenbei erzählen, was wir als Nächstes mit den Schafen tun müssen. Ich kann euch vielleicht noch nicht unterstützen, aber ich will wirklich wissen, was als Nächstes geschieht."

„Ich hab Tooheys und Carlton Cold. Setz dich."

„Tooheys ist gut." Caine setzte sich auf einen der zwei Holzstühle. Während Macklin drinnen war, strich Caine über das Holz des Stuhles und bewunderte die glatte Oberfläche, die von Astlöchern durchbrochen war. Für etwas so Rustikales war es ziemlich gemütlich.

„Cheers", sagte Macklin, als er nach draußen trat, Caine sein Bier reichte und die Flaschen leicht aneinanderstieß.

„Cheers." Caine nahm einen Schluck Bier. „Also, was tun wir mit den verendeten Schafen, die ihr gefunden habt?"

„Nichts. Wir haben die Körper vergraben, weil wir nichts mehr damit tun konnten."

„Also, wenn es ein Raubtier war, was ist der nächste Schritt?"

„Es hängt davon ab, was es für ein Räuber war. Adler greifen normalerweise keine ausgewachsenen Schafe an, aber ein paar Dingos würden es versuchen. Wenn das der Fall ist, werden wir die Zahl der Männer und Hunde bei den Schafen erhöhen und darauf hoffen, dass wir sie verscheuchen. Wenn es Wildschweine sind, gehen wir jagen und haben dann Schweinefleisch für den Winter."

„Wenn es etwas anderes ist?"

„Da gibt es nicht wirklich etwas anderes. Natürlich haben wir viele üble Dinge hier in Australien. Schlangen, Krokodile, Spinnen und so was. Aber die Krokodile gibt es hier nicht und Schlangen sehen die Schafe nicht als Beute an, da sie zu groß sind. Ich hatte eigentlich geplant, die Schafe noch ein paar Wochen auf den Weiden zu lassen, aber wenn es da draußen etwas gibt, was Schafe jagt, dann haben wir wohl keine andere Wahl, als sie näher an die Station zu treiben."

„Was bedeutet das für die Station, wenn du sie früher herbringen musst? Müssen wir sie dann über den Winter versorgen?"

„Wir müssen immer ein paar versorgen, aber wir versuchen, es so minimal wie nur möglich zu halten. Das Heu ist teuer und wir sind schon knapp am Limit. Noch ein paar zusätzliche Wochen drücken uns vermutlich in die roten Zahlen. Das ist nicht unbedingt der erste Eindruck, den ich bei deiner Mutter hinterlassen will, vor allem im ersten Quartal nach der Übernahme."

„Sorg' dich nicht darum. Sie ist keine Geschäftsfrau. Wenn wir ihr sagen, dass alles gut läuft, wird sie es nicht hinterfragen."

„Nur hilft uns das nicht, wenn wir die Rechnungen nicht bezahlen können", erinnerte ihn Macklin.

„So hab ich das nicht gemeint", beharrte Caine. „Wir können uns die Einnahmen und Ausgaben ansehen und nicht nur für ein Quartal planen. Ich hab einen Abschluss in Wirtschaft. Ich weiß, wie man diese Dinge ausbalanciert. Wenn wir jetzt etwas mehr ausgeben, damit wir später mehr einnehmen, werde ich schon nicht ausflippen."

„Wenn du wegen des Geldes hier bist, kannst du gleich wieder nach Hause gehen", erwiderte Macklin scharf. „Lang Downs ist kein Honigtopf, aus dem du das Geld abschöpfen kannst."

Caines Augen weiteten sich vor Überraschung, da Macklins Laune so schnell umgeschlagen war. Er wollte ihn nicht verärgern, aber offenbar war Geld ein heikles Thema, sodass er seinen neutralen Kommentar völlig falsch auffasste. „Solange ich genug Geld zusammenkratzen kann, um für ein Wochenende im Jahr nach Sydney zu fahren, bin ich zufrieden", sagte Caine. „Meine Mutter hatte nicht erwartet, Lang Downs zu erben und deshalb erwartet sie auch kein Einkommen für ihre eigene Pension. Ich will das Erbe meines Onkels weiterführen und vielleicht noch verbessern, wenn es da noch etwas zu verbessern gibt. Jedenfalls will ich ihn ehren."

„Das will ich auch." Macklins Stimme war wieder weicher geworden, was Caine hoffen ließ, dass es nicht wieder mit einem Streit endete.

„Also, was sind die Erwerbsquellen der Station?" Wenn Caine das verstand, bekam er vielleicht auch den Rest hin.

„Lämmer und Wolle. Wir verkaufen die Lämmer, die wir nicht brauchen, um unseren Bestand wieder aufzustocken. Das passiert für gewöhnlich im Dezember, nachdem sie entwöhnt wurden. Die Wolle verkaufen wir im September."

„Verkauft ihr Lamm- oder Schaffleisch auch zu anderen Zeiten des Jahres? Ich weiß, dass Lammfleisch sehr speziell ist, wenn es um das Alter des Tieres geht. Aber es besteht eine ganzjährige Nachfrage, also muss es einen Weg geben, diese zu erfüllen."

„Wir schlachten hier nicht, außer wenn wir das Fleisch selbst brauchen. Da wir so abgeschieden sind, verkaufen wir an Beteiligungsgesellschaften, die sich um den Rest kümmern, inklusive der Unterbringung, bis die Tiere geschlachtet werden."

Caine wollte später darüber nachdenken. Er würde die Kosten prüfen, denn wenn sie die Mittelsmänner umgingen, konnten sie mit Sicherheit mehr Geld verdienen. „Wie viele Lämmer behalten wir und wie viele verkaufen wir jedes Jahr?"

„Es variiert, abhängig vom Winter und wie viele im Frühling geboren werden", antwortete Macklin ausweichend.

„Okay, und wie viele waren es letztes Jahr?", bohrte Caine nach.

„Es war ein schwieriges Jahr", meinte Macklin abwehrend, „selbst ohne Michaels Tod. Der Winter war streng und wir haben mehr Lämmer und Mutterschafe als sonst verloren. Deshalb haben wir auch weniger im Frühling verkauft."

„Macklin, ich will nicht deine Entscheidungen hinterfragen", sagte Caine sanft. „Ich will nur alles besser verstehen und mir einen Überblick verschaffen. Wie schlimm ist es?"

Macklin wartete so lange mit einer Antwort, dass Caine schon keine mehr erwartete. „Wenn wir eine gute Zuchtsaison und einen milden Winter haben, werden wir es im nächsten Frühling mit mehr Lämmern und viel Wolle ausgleichen. Aber wenn er wie der letzte Winter ausfällt, dann müssen wir die Reserven anpumpen."

„Gibt es eine Hypothek auf das Grundstück oder hat Onkel Michael es voll und ganz besessen?"

„Er hatte den alleinigen Besitzanspruch", gab Macklin zurück. „Warum?"

„Weil die Station riesig ist. Notfalls können wir ein Darlehen im Gegenwert der Station erhalten. Aber soweit sollte es nicht unbedingt kommen. Oder wir sehen uns nach neuen Wegen um, um zusätzliches Geld zu verdienen. Ökotourismus oder so etwas. Wir geben den Touristen eine richtige Outback-Erfahrung, nicht so etwas, das sie nahe an Sydney erleben."

„Wir sind eine Arbeitsstation, keine Hobbyfarm", protestierte Macklin.

„Genau das ist es. Hier wäre es eine authentische Erfahrung."

Macklin sah nicht überzeugt aus. „Ich denke, dass wir damit warten sollten, bis wir keine andere Wahl haben."

„Und vielleicht ist das wirklich nicht das Richtige", stimmte Caine zu. „Aber es gibt andere Optionen, die Onkel Michael nie in Betracht gezogen hat. Ich will nur, dass wir neuen Möglichkeiten offen gegenüberstehen."

8

C AINE WOLLTE sich einen Überblick über die finanzielle und wirtschaftliche Lage der Station verschaffen und verbrachte die nächsten Wochen damit, die Anlagebücher durchzusehen. Sein Wissen, das er sich im Studium aneignete, hatte er zwar bei Comcast nie anwenden können, aber er hatte es ebenso wenig vergessen. Caine bearbeitete auch die Dinge, in denen er wenig Erfahrung hatte, aber er war motiviert und wollte sein Wissen erweitern. Deshalb hatte er auch sehr viele Fragen an Macklin, der ihm, zu seiner Überraschung, bereitwillig antwortete, vor allem wenn sie am Abend ein Bier auf Macklins Veranda tranken. Caine war sich sicher, dass sein offensichtliches Interesse an der Station und sein Wille, Onkel Michaels Erbe weiterzuführen, Macklins Meinung zu seinen Gunsten geändert hatte.

„Ich bin kein Rechtsexperte", sagte Caine nach einem Monat, als er endlich das Gefühl hatte, dass er einen guten Überblick über die Station hatte. „Oder ein Experte für Schafe. Aber ich bin mir ziemlich sicher, dass wir zumindest nah dran sind, uns als Biostation zu qualifizieren. Am Anfang wird es mit Zeit und Kosten verbunden sein, aber wenn wir das Zertifikat bekommen, können wir mehr für die Lämmer verlangen und vielleicht auch für die Wolle."

„Und was bringt das mit sich?", fragte Macklin besorgt.

„Das sind die Vorschriften." Caine reichte Macklin den Papierstapel, den er sich im Internet zusammengesucht hatte. „Wir haben schon viele Punkte erfüllt, aber bei manchen bin ich mir nicht sicher, die habe ich markiert. Wir müssen sichergehen, biologisch einwandfreies Heu zu kaufen, wenn wir es nicht selbst anbauen. Bei einer Krankheit müssen wir nach Vorschrift vorgehen, aber das andere – freier Zugang zum Gelände, keine Pestizide, genügend Platz im Stall, natürliche Zucht – ist bereits Standard bei uns. Es dauert drei Jahre bis man die Biogüteklasse A erreicht, aber es gibt bestimmte Dinge, die weniger Zeit in Anspruch nehmen und Vorteile mit sich bringen, die wir schon nützen können, wenn wir noch durch den Zertifikationsprozess gehen."

„Du hast deine Hausaufgaben gemacht." Macklin blätterte durch die Seiten, die Caine markiert hatte. „Ich bin beeindruckt. Ich weiß nicht, was ich vom Verzicht auf Impfungen halten soll, aber zumindest könnten wir so Geld sparen, da wir nicht so viel für den Tierarzt ausgeben würden. Mit dem gesparten Geld könnten wir somit den Kauf von biologischem Heu und Weizen finanzieren."

„Und wenn wir noch mehr Heu oder Weizen auf der Station anbauen? Dadurch ändern wir zwar den Beweidungswechsel, aber je mehr wir selbst tun, desto leichter wird es werden, das Zertifikat zu erhalten, weil wir uns nicht auf andere verlassen müssen."

„Ich weiß nicht. Es ist normalerweise kein Problem, etwas Heu von Taylor zu kaufen oder von den anderen Stationen, wenn sie etwas haben, oder zusammen eine große Ladung anzufordern, wenn keiner etwas hat. Wir müssen uns noch einmal die Regulationen für Beweidung und Wechsel ansehen und es mit unserem verfügbaren Land vergleichen."

Caine war enttäuscht.

„Ich sag nicht nein, Welpe", sagte Macklin. „Ich weiß nur nicht … Ich hab nie darüber nachgedacht. Morgen beginnen wir, die Schafe für den Winter heranzuholen. Warum kommst du nicht mit, statt dich die ganze Zeit im Büro einzuschließen? Dann siehst du, wie alles abläuft und wir können es uns aus dem Winkel einer möglichen Bio-Zertifizierung ansehen. Was meinst du?"

„Dich stört es nicht, wenn ich mitkomme?", fragte Caine aufgeregt. Er hatte nie darum gebeten, weil er wusste, was Macklin von seiner Unwissenheit hielt. Außerdem hatte er sich mit den Finanzen der Station vertraut machen müssen, selbst wenn er sich nicht über das Zertifikat informiert hätte. So gab es keine Überraschungen, wenn er das erste Mal die Rechnungen bezahlte. Aber das hatte es auch nicht einfacher gemacht, dass er jeden Tag im Büro saß, während er wusste, dass die anderen draußen bei den Schafen arbeiteten.

„Solange du das tust, was ich dir sage und zwar genau dann, wann ich es dir sage. Ich werde deine Fragen morgen nach dem Abendessen beantworten, wenn du dann überhaupt noch wach bist, da der Tag ziemlich anstrengend für dich sein wird. Wenn wir im Outback sind, hast du vielleicht keine Zeit um nachzufragen und wenn du dich dann nicht an meine Anweisungen hältst, kann es passieren, dass du oder ein Tier verletzt wirst. Und das kann ich nicht zulassen."

„Ich werde tun, was du sagst", versprach Caine.

„Zieh dich warm an. Der Wind außerhalb des Tals ist brutal und wir haben nicht die Zeit, dich zurückzubringen."

„Das werde ich." Caine trank sein Bier aus und erhob sich. „Danke für das Bier. Wann soll ich bereit sein?"

„Kami wird das Frühstück um halb fünf fertig haben. Wir reiten um fünf los. Wenn du nicht reiten kannst, wirst du in einem der Utes fahren, aber dann wirst du natürlich nicht so involviert sein."

„Ich kann reiten. Vermutlich nicht so gut wie ihr, aber es wird reichen. Die einzig nützliche Fähigkeit, die ich habe."

„Ich weiß ja nicht." Macklin tippte auf die Papiere. „Wenn du hiermit recht hast, dann hast du noch ein paar andere nützliche Fertigkeiten."

„Gute Nacht." Caine lächelte und verdrängte die Furcht, dass er möglicherweise Macklins Respekt verspielte, wenn er damit falsch lag.

„Gute Nacht", erwiderte Macklin, als Caine zu seinem Haus ging.

Caine war aufgeregt, dass er die Chance erhalten hatte, mit Macklin am nächsten Morgen loszureiten. Die Abende, die er mit dem Vorarbeiter verbracht hatte, hatten seine Faszination neben dem besseren Verständnis im Bezug auf die Einnahmen der Station noch verstärkt. Nicht, dass er sich irgendwelche Chancen erhoffte. Macklin war sehr eigen und führte keine Gespräche über sein Privatleben. Caine hatte daher keine Ahnung, ob dieser Mann je verheiratet, verliebt oder sich gar der Lust hingegeben hatte. Kein Mensch war eine Insel, aber Macklin kam dem sehr nahe. Die harte Schale weichte nur etwas auf, wenn Macklin bei den Kindern der Station war. Er hatte immer ein Lächeln, einen Handschlag oder eine Umarmung für die Kinder übrig. Jason küsste den Boden auf dem Macklin ging und die anderen Kinder teilten diese Bewunderung.

Caine bewunderte Macklin ebenfalls. Er konnte es nur nicht ausdrücken und würde es auch nicht, solange er nicht wusste, ob Macklin das gefiel. Er hatte Macklin zwar versichert, dass er niemals hinter jemanden herjagte, der das nicht schätzte, aber Caine wollte nun mal sicher gehen, dass er ihre heikle Freundschaft durch keine unbedachten Äußerungen gefährdete. Macklin ohne Einladung näher zu kommen, beschwörte aber genau das herauf.

Er betrat das Haupthaus und schauderte leicht, da der Raum recht kühl war. Die Tage waren noch warm genug, dass er die Heizung nicht einschalten musste, aber in der Nacht fielen die Temperaturen bereits. Kami hatte ein tragbares Heizgerät gefunden, mit dem er sein Schlafzimmer wärmen konnte, ohne das ganze Haus zu heizen. Der Rest des Hauses blieb kühl. Er eilte die Stufen hoch und in sein Zimmer, um das Heizgerät einzuschalten. Während sich sein Zimmer erwärmte, durchsuchte er seine Kleidung, um zu entscheiden, was er morgen trug.

Macklin hatte gesagt, dass er sich warm anziehen sollte, also entschied er sich für ein langärmliges Arbeitshemd und ein Sweatshirt, ebenso für seinen Driza-Bone, jedoch nur zur Sicherheit. Die Wettervorhersage hatte keinen Regen erwähnt, aber es war zumindest eine zusätzliche Schicht Wärme, wenn er sich nur um den Wind kümmern musste. Seine Stiefel scheuerten noch an den Fußgelenken, aber nicht mehr so stark wie zu Beginn des Monats, aber mit Tennisschuhen an den Füßen, jagte ihn Macklin wohl zurück ins Haus. Handschuhe, sein Hut und seine schwere Arbeitshose setzte er ebenfalls auf seine mentale Liste. Als sein Zimmer warm genug war, machte er sich bettfertig.

Er zog sich seinen Pyjama an und legte sich ins Bett, wünschte sich aber einen warmen Körper, mit dem er die kalte Nacht verbringen konnte, doch würde er wohl woanders als in Lang Downs suchen müssen. Außer Macklin erregte keiner der Männer auf der Station sein Interesse. Er hatte seine Lektion in Philadelphia gelernt. Man sollte nicht bei etwas bleiben, nur weil man es bekommen konnte, denn das war um *nichts* besser als gar nichts.

Ein wenig schaudernd zog Caine die Decke enger um sich, darauf hoffend, so nun leichter einschlafen zu können. Außerdem hoffte er, dass er, falls er träumte, sich nicht daran erinnern konnte. Es kam wohl einer Katastrophe gleich, wenn er Macklin, nach einem erotischen Traum mit ihm in der Hauptrolle, am nächsten Morgen begegnete.

CAINE STOLPERTE um 4:35 Uhr in die Kantine, die Haare waren noch feucht von der Morgendusche. Er war mit einem verdächtigen, klebrigen Fleck am Bauch aufgewacht, also musste er unbedingt noch mal unter die Dusche. Es wäre kein Problem gewesen, nur verschwitzt oder zerzaust zu sein, aber er konnte Macklin nicht gegenübertreten, wenn der Geruch von Sex an ihm haftete. Glücklicherweise bemerkte sonst keiner etwas, da alle mit ihren Kaffeetassen und herzhaften Mahlzeiten beschäftigt waren. Sandwiches wurden in die Rucksäcke gepackt und Caine tat es ihnen nach, da er nicht den Eindruck erwecken wollte, dass er unvorbereitet war. Er war gerade mit dem Essen fertig geworden, als Macklin hereinkam. Sein Charisma erregte die Aufmerksamkeit aller im Raum. Ein paar Männer sprachen mit ihm, andere nickten ihm zu und kümmerten sich noch um ihre Angelegenheiten, aber Caine konnte schwören, dass jeder Einzelne von ihnen Macklins Ankunft bemerkt hatte.

„Ich habe die Sandwiches e-e-eingepackt." Caine setzte sich zu Macklin, als dieser sein Frühstück einnahm. Verschwommene Bilder aus seinem Traum geisterten durch seinen Kopf, aber Caine ließ nicht zu, dass sie ihn jetzt störten. „Gibt es noch etwas, was ich b-b-brauche?"

„Erste-Hilfe-Koffer, Wasser und trockene Socken. Es gibt nichts Schlimmeres als nasse Füße. Und es gibt keinen Grund nervös zu sein, Welpe. Ich pass' schon auf dich auf."

„Ich bin n-nicht nervös", versicherte Caine. „Ich bin m-m-müde und das macht das Stottern auch schlimmer." Er war wirklich nicht nervös gewesen, bis Macklin ihn darauf hingewiesen hatte. Der Gedanke, dass ihn der Vorarbeiter so genau beobachtete, machte ihn natürlich unruhig, da er sein Interesse an Macklin nicht preisgeben wollte.

„Du musst nicht mitkommen", bot Macklin an.

„Nein! Ich will m-mitkommen. Ich werde schon noch richtig aufwachen."

„Bevor wir aufbrechen", warnte Macklin. „Auf dem Pferd einzuschlafen ist keine gute Idee."

„Ich hole mir noch Kaffee. Willst du auch noch welchen?"

Macklin hielt ihm seine leere Tasse hin.

Caine füllte beide Tassen auf und sie tranken, ohne miteinander zu sprechen. Als Macklin sein Frühstück beendet hatte, gingen sie zu den Ställen.

„Nimm Titan", wies Macklin ihn an. „Er weiß, was zu tun ist."

Caine nahm die Zügel des Wallachs, auf den Macklin gezeigt hatte, aus der Hand eines Arbeiters und schwang sich in den Sattel. Er war an den englischen Sattel gewöhnt, aber sie wollten Schafe hüten, nicht Vieh einfangen. Caine war sich sicher, dass es sich früher oder später an den Westernsattel gewöhnte.

Nach einer Stunde war er sich allerdings nicht mehr so sicher. Der Sattel war definitiv anders, aber dazu kam noch, dass er nicht in so guter Form war wie die anderen, die völlig locker saßen, während sie über die Anhöhe ritten. Die Temperaturen fielen beständig, je höher sie hinauf kamen, die schwache Wintersonne war zwar hell genug, um Caines Augen tränen zu lassen, spendete aber keine Wärme. Als sie die Schafsweide erreicht hatten, hoffte Caine, dass er sich kurz bewegen und aufwärmen konnte.

„Trink etwas Kaffee." Macklin ritt an Caines Seite und gab ihm eine Thermoskanne, als sie anhielten. Caine nahm einen Schluck und spürte, dass das heiße Getränk seinen Körper ein wenig wärmte.

„Also, was tun wir jetzt?"

„Zuerst wollen wir die Schafe davon überzeugen, uns zu folgen. Es ist normalerweise ziemlich einfach, da sie sich inmitten der Pferde und Hunde bewegen. Langsam, aber einfach. Der schwere Teil daran ist, sie alle in die richtige Richtung zu bewegen. Es gibt immer ein paar, die in eine andere Richtung wollen."

Caine nahm einen weiteren Schluck und reichte die Thermoskanne zurück an Macklin. „Wie kann ich helfen?"

„Du kennst die Signale für die Hunde noch nicht. Nicht, dass sie viele Anweisungen brauchen. Also beobachtest du die Ausreißer, sobald wir anfangen. Wir wollen keines von ihnen verlieren."

„Gut, das schaffe ich. Kann ich mir kurz die Beine vertreten? Ich bin etwas steif vom Ritt."

„Es ist kalt genug, die Schlangen sollten sich schon versteckt haben. Wenn du auf eine triffst, bleib stehen, bis sie verschwunden ist. Hier draußen will man nicht gebissen werden, selbst mit dem Gegengift, das wir dabeihaben. Es würde noch immer verdammt wehtun."

„Ich werde vorsichtig sein", versprach Caine. Er stieg etwas steif aus dem Sattel und streckte sich ein paar Mal, um die verspannten Muskeln zu lösen.

Macklin begann, Anweisungen zu rufen und die Männer und Hunde taten ihre Arbeit. Caine stand etwas entfernt und sah ihnen dabei zu. Er führte Titan auf das obere Ende des Felds, um einen besseren Überblick zu bekommen. Der Untergrund wurde steiniger, je höher er kam. Steile Hänge brachen aus dem Grund und schufen sogar kleine, höhlenartige Formationen. Caine ging um einen solchen Steilvorhang herum und entdeckte ein Schaf, das feststeckte.

„Macklin", rief er. Er wollte die Situation nicht verschlimmern, aber der Vorarbeiter hörte ihn nicht. Daher kletterte er auf die Steine hinauf, um ein zweites Mal zu rufen. Macklin bemerkte ihn endlich und Caine winkte ihn zu sich.

Während er darauf wartete, dass Macklin zu ihm kam, stieg er etwas tiefer in die Spalte und versuchte, einen Weg zu finden, um das Schaf zu befreien.

„Caine, wo bist du?"

„Hier drinnen", rief Caine. Er lehnte sich gegen einen Stein, um seinen Halt zu festigen. Der Stein rutschte, fiel herunter und offenbarte eine riesige Schlange. „Oh *scheiße*", hauchte Caine und drängte sich gegen die Felswand.

„Caine?"

„Äh, w-w-wir h-h-haben ein P-P-Problem." Macklin tauchte endlich am Eingang der Kluft auf. „S-S-Schlange."

„Beweg' dich nicht." Macklins Stimme klang so angespannt, wie es Caine noch nie gehört hatte. „Egal was du tust, beweg' dich nicht."

Caine wirkte in seiner Bewegung erstarrt, während Macklin sich langsam näherte, zu der Stelle, an der Caine die Schlange entdeckt hatte. Nachdem Macklin einen Blick auf sie erhascht hatte, atmete er vor Erleichterung tief aus. „Komm hier rüber", befahl Macklin scharf und packte Caine am Handgelenk, weil dieser nicht schnell genug war. „Das ist eine Inland-Teppichpython, was zur verdammten Hölle hast du dir dabei gedacht, Welpe?" Macklin schüttelte Caine an den Schultern, während er brüllte, mit einem Ausdruck im Gesicht, den Caine nicht so recht deuten konnte. Die Wut war deutlich zu erkennen, aber der Rest … Er konnte es nicht glauben. Macklin konnte doch keine Angst um ihn gehabt haben. „Ich hab dir gesagt, dass es hier Schlangen gibt. Ich hab dich gewarnt, dass sie sich zurückgezogen haben. Wenn du eine Mulgaschlange oder eine Tigerotter gefunden hättest, wärst du jetzt tot."

„Es tut mir l-l-leid", stammelte Caine. „Ich hab das Schaf gesehen und w-w-wollte helfen."

„Diese Art von Hilfe bringt einen Mann um. Lass mich das nicht noch einmal durchmachen."

Bevor Caine antworten konnte, hatte Macklin seine Lippen auf Caines gepresst und küsste ihn hart und tief. Caine stöhnte in den Kuss, Schrecken rang mit Verlangen als Macklins Bartstoppeln über seine Lippen rieben. Der eiserne Griff um seine Arme hielt ihn davon ab, Macklin näher zu ziehen, aber er lehnte den Kopf leicht nach hinten, in der stillen Hoffnung auf mehr.

Macklin zog sich plötzlich zurück und ging weg, als wäre der Kuss nie passiert. Caines Gedanken waren in Aufruhr und es zog in seinen Lenden. „S-S-Scheiße …", murmelte er. Er rieb sich übers Gesicht, als er Macklin langsam folgte. „Was jetzt?"

Macklin hielt sich allerdings nicht mit einer Antwort auf, sondern rief Anweisungen zu zwei Männern, die das blökende Schaf befreien sollten. Caine seufzte und stieg wieder auf Titan. Er wartete ab und ging Macklin aus dem Weg, während sie die Schafe über die Winterweide trieben, aber am Abend würde er eine Erklärung einfordern.

Solange Macklin ihm nicht die Tür vor der Nase zuknallte.

9

MACKLIN GING Caine für den Rest des Tages aus dem Weg. Nicht, dass Caine versuchte, mit ihm zu reden. Er wollte dieses Gespräch nicht vor all den anderen Männern führen, vor allem da es sie nichts anging. Als sie zurück ins Tal ritten, fragte sich Caine, ob sie das überhaupt in Macklins Haus diskutieren sollten. Der Vorarbeiter lebte zwar allein, aber nicht von den anderen Familien abgeschieden. Sollte es in einem lautstarken Streit enden, so konnten die anderen ihr Wortgefecht mitanhören. Vermutlich war es am einfachsten, wenn Macklin zum Haupthaus kam, dort hatten sie mehr Privatsphäre. Jedoch bezweifelte er, dass der Vorarbeiter einfach so zustimmte. Caine wollte es aber auch nicht wie einen Befehl klingen lassen. Sie hatten schon genug Probleme, als dass sie noch einen Machtkampf gebrauchen konnten.

Macklin kam nicht zum Abendessen, wodurch Caines Verdacht bestärkt wurde, dass der andere Mann wohl weiterhin so tun würde, als wäre der Kuss nie passiert. Daher sprach Caine während des Essens mit Jason, der noch ganz aufgedreht war, da er zum ersten Mal mit Polly mitgeritten war. Jason hatte großartige Arbeit geleistet, und das wollte Caine ihn auch wissen lassen.

„Wirklich?", fragte Jason.

„Ich bin kein Experte", erinnerte ihn Caine, „aber es erschien mir so, als wart Polly und du genau dort, wo ihr gebraucht wurdet. Polly ist nie weggerannt oder hat sich mit etwas anderem beschäftig, und du hast nicht einmal herumgealbert. Vielleicht musst du noch ein paar Dinge lernen, aber heute hast du den anderen sehr geholfen."

„Mr. Armstrong hat gesagt, dass ich wohl ab diesem Winter auf der Station mithelfen kann. Ich will ihn nicht enttäuschen", erklärte Jason.

„Das wirst du nicht. Und was hältst du davon, mir alles beizubringen, wenn er dich lässt? Ich werde sicher viel mehr zu lernen haben als du."

„Nach der Zuchtsaison gibt es nicht viel zu tun. Die Schafe mit Futter versorgen, sie bei Schneefall in einen Unterstand treiben, die Dingos auf Abstand halten. Wir verbringen den Winter meist damit, die Dinge zu reparieren, die im Sommer kaputt gegangen sind. Und ich habe Unterricht."

„Das klingt sehr friedlich."

„Es ist verdammt langweilig", widersprach Jason. „Ich muss noch die Unterrichtseinheit machen. Mum sagt, dass ich sie heute Abend machen muss, weil ich beim Herdentreiben dabei war, aber ich darf nicht zurückfallen, sonst darf ich beim nächsten Mal nicht helfen."

„Viel Glück", wünschte Caine. Er beendete sein Abendessen und ging dann – wie er hoffte locker – zu Macklins Haus. Die Tür war zu, aber im Haus brannte Licht. Er klopfte und wartete. Macklin öffnete ihm einen Augenblick später. „Ich hab dich beim Abendessen vermisst."

„Ich musste etwas erledigen", sagte Macklin, ohne Caine aufzufordern, hineinzugehen.

„Das dachte ich mir." Caine hoffte, dass seine Stimme beherrscht klang. „Ich wollte nicht unser abendliches B-Bier verpassen."

„Ich hab heute keine Zeit", widersprach Macklin.

„Schwachsinn." Caine drängte sich an Macklin vorbei ins Haus. „Du gehst mir aus dem Weg."

„Ich stand dort oben etwas neben mir. Vergiss es einfach."

„Was, wenn ich es nicht vergessen will?", fragte Caine. „Was, wenn ich mir wünsche, dass es noch einmal passiert?"

„Du bist seit einem Monat hier. Du kannst im nächsten schon wieder fort sein. Du bist einsam und du denkst, ich bin ein guter Ersatz für den Typ, der dich in den Staaten sitzen gelassen hat. Du kennst mich nicht gut genug, um mich zu wollen."

Caine war für einen Moment völlig überrumpelt. „Hast du mir eigentlich jemals zugehört? Ich werde hier nicht weggehen. Selbst wenn du mich nicht willst, selbst wenn der Kuss nur eine einmalige Sache war, bleibe ich hier. Das hier ist mein Zuhause, kapiert?"

„Nein", sagte Macklin. „Ich verstehe es nicht. Ich sag nicht, dass ich dir nicht glaube, aber ich verstehe es einfach nicht. Ich weiß nicht, wie du dein Leben so umkrempeln konntest und schon nach einem Monat behaupten kannst, dass Lang Downs dein Zuhause ist. Und weil ich es nicht verstehe, hab ich Schwierigkeiten dir zu vertrauen."

„Das ist okay." Caine wägte seine nächsten Worte ab. „Warum hast du mir nicht gesagt, dass du schwul bist?"

„Weil es nichts ändert." Macklin fuhr mit der Hand durch sein strähniges Haar. „Das hier ist nicht Philadelphia. Das ist das Outback. Schwul zu sein ist keine Wahl."

„Nein, das ist es nicht", stimmte Caine zu. „So bist du nun mal und so bin auch ich. Die Leute sehen zu dir auf, denkst du wirklich, dass es dann anders wäre?"

„Vielleicht nicht. Aber es ist egal, weil ich hier draußen nie jemanden getroffen habe, mit dem ich zusammen sein wollte. Und ich will nicht der Lover von jemandem sein, der mein Leben hier draußen nicht akzeptieren kann."

„Und jetzt, da du mich getroffen hast …?"

„Du … Du bist dieses wunderschöne, exotische Geschöpf." Macklin hatte offensichtliche Schwierigkeiten, seine Gedanken in Worte zu fassen. „Ich kann nicht damit aufhören, dich anzustarren, aber du scheinst einfach nicht echt zu sein."

Caine atmete tief ein und trat näher, umfasste Macklins Hand. „Ich bin echt. Und ich bin genauso fasziniert von dir." Er strich mit den Lippen an Macklins entlang, um seine Aussage zu unterstreichen.

Macklin stöhnte leise, sein Griff verstärkte sich um Caines Hand, während er mit der anderen Caine am Hinterkopf packte und näher zog. Caine schlang seinen freien Arm um Macklins Hals, hielt sich an ihm fest, als der Vorarbeiter ihn hart küsste. Als dürstete es ihn danach. Caine gab ihm nur zu gerne, was er brauchte. Er strich an Macklins Nacken entlang, öffnete leicht den Mund. Macklins Zunge drang zwischen seine Lippen, nahm ihn mehr und mehr in Besitz und erregte Caine schneller, als er es je für möglich gehalten hatte. Vielleicht war es wirklich Johns Fehler gewesen, dass der Sex langweilig gewesen war, denn mit Macklin war es eindeutig anders.

Macklin hob den Kopf, seine Augen waren geweitet und sein Atem ging schnell. „Das ist keine gute Idee."

„Für mich fühlt es sich aber wie eine verdammt gute Idee an." Caine rieb sich an Macklin, konnte fühlen, dass Macklin genauso erregt war, wie er selbst.

„Wir müssen zusammenarbeiten", erwiderte Macklin.

„Das werden wir auch." Caine küsste sich an Macklins Kiefer entlang. „Ich werde dich bei der Arbeit auch nicht küssen."

„Das meinte ich nicht. Wenn wir miteinander schlafen und es nicht funktioniert, was sollen wir dann tun? Lang Downs ist meine Heimat. Ich kann nicht einfach woanders arbeiten."

„Und wenn es doch klappt? Willst du einfach eine Chance auf Glück wegwerfen?"

Macklin schüttelte den Kopf und wand sich aus Caines Umarmung. „Lang Downs ist die einzige Konstante in meinem Leben. Das kann ich nicht riskieren. Du kennst den Weg hinaus."

Caine sah Macklin geschockt hinterher, als der in einen anderen Teil des Hauses verschwand. Caines Körper verzehrte sich noch immer nach der Nähe, erinnerte ihn daran, was gerade passiert war. Langsam drehte er sich um und ging nach draußen, starrte hoch zu diesem fremden Sternenhimmel, während er versuchte, das soeben geschehene zu begreifen. In einem Moment küsste ihn dieser Mann noch, als ob er nie mehr damit aufhören wollte und im nächsten warf er ihn praktisch aus dem Haus. Es machte einfach keinen Sinn.

Caine war versucht, erneut an die Tür zu klopfen und eine bessere Erklärung einzufordern. Aber er bezweifelte, dass es half. Macklin war eine Nummer für sich und ihn zu etwas zu überreden war, als wollte man die Gezeiten ändern.

Caine kickte den Kies vor sich her, als er zum Haupthaus zurückging. Der Schmerz des langen Reitens machte sich wieder bemerkbar, da seine Erregung nachließ. Er schmollte, das wusste er. Aber er war gerade vom ersten Mann, der ihn seit Monaten interessierte, zurückgewiesen worden und zudem hatte Macklin völlig neue Gefühle in ihm erweckt – und das mit nur einem Kuss.

Im Haus angekommen ging er die Treppe hinauf und starrte dann auf die schmale Dusche. Er wollte lieber ein langes Bad in der Wanne nehmen. Er hatte Onkel Michaels Zimmer nie betreten, weil es sich nicht richtig angefühlt hatte, aber jetzt wagte er es, in der Hoffnung, dass das Badezimmer größer als seines war. Er fand eine altmodische, krallenfüßige Badewanne. „Oh danke, Onkel Michael", murmelte Caine. Er ließ die Wanne mit heißem Wasser volllaufen, dann eilte er in sein Zimmer zurück, um alles zu holen, das er für ein ausgiebiges Bad brauchte. Als er zurückkam, war der Raum bereits von Dampf erfüllt. Er zog sich aus und stieg in die Wanne, seufzte vor Erleichterung, als die Hitze in seine müden Muskeln sickerte.

Er schloss die Augen und dachte noch einmal über das Gespräch mit Macklin nach. Er hatte nicht erwartet, dass sie gleich im Bett des Vorarbeiters landeten, aber ebenso wenig hatte er damit gerechnet, abgewiesen zu werden. Der Kuss war leidenschaftlich und umso verwirrender war das Ende ihres Gesprächs. Wenn Macklin das Interesse erwiderte, warum hatte er ihn dann weggestoßen?

Caine rutschte tiefer in die Wanne, damit seine Schultern bedeckt wurden. Es machte keinen Sinn. Die Leute konnten ihre Beziehungen auch hier auf Lang Downs führen – es gab immerhin einige Familien auf der Station. Es war möglich, jedoch waren es nur heterosexuelle Paare, soweit Caine das beurteilen konnte. Macklin hatte aber auch nicht gesagt, dass schwul zu sein, das eigentliche Problem darstellte. Vielleicht lag es wirklich daran, dass Macklin dachte, Caine würde nicht bleiben oder die Beziehung nicht ernst nehmen.

„Es gibt eine Lösung." Caine starrte zur Decke hoch.

Doch diese zu finden, war nicht einfach, denn Macklin war davon überzeugt, dass Caine früher oder später ging. Deshalb konnte er sich vermutlich auch nicht vorstellen, dass Caine an seiner Seite bleiben wollte. Aber die Zeit war auf Caines Seite. Er gab keine Deadline, er konnte sich Zeit lassen, um Macklin zu beweisen, dass er es ernst meinte. Macklin sah vielleicht aus, als sei er aus Stein gemacht, aber diese Schale hatte heute Risse bekommen, als er seine Angst und seine Wut offen gezeigt hatte. Caine wollte ihn nicht verärgern, aber er konnte ihn zumindest reizen. Nach einiger Zeit hatte sich Caine etwas beruhigt und dachte über ihren Kuss in Macklins Wohnzimmer nach. Er versuchte, Macklins Reaktion einzuordnen. Das war kein Desinteresse gewesen, sondern Angst und auch ein wenig Verzweiflung. Caine grinste. Er fragte sich, was Macklin von einer selbst gekochten Mahlzeit für zwei hielt, denn so konnte er ihnen die nötige Privatsphäre verschaffen.

Dieser Gedanke erregte ihn. Er hatte nur kurz die innige Umarmung Macklins gespürt, aber das Gefühl der harten Muskeln hatte sich bereits in Caines Haut eingebrannt. Er schloss die Augen, erinnerte sich daran, wie Macklins Hände verlangend seine Arme und seinen Nacken umschlossen. Er hielt sich nicht für besonders unterwürfig, aber verdammt, in diesem Moment hatte es sich angefühlt als würde er *genommen* werden. Wenn der Sex mit Macklin genauso war, dann war er danach vermutlich ein Häufchen Asche. Vor allem da der Kuss schon so heiß war.

Er strich sich über die Brust, versuchte sich vorzustellen, wie sich Macklins Berührung anfühlte. Caine konnte fühlen, wo Macklin ihn gepackt hatte, als sie die Schlange fanden. Die Haut hatte sich nicht verfärbt, aber war noch immer etwas empfindlich. Waren Macklins Hände genauso bestimmend, wenn sie miteinander schliefen? Drückte er ihn ins Bett und ließ seinen ganzen Körper erbeben? Caine imitierte die Bewegung, die er sich vorstellte, zog etwas stärker an einer Brustwarze und zischte leise. Das erregende Gefühl durchfuhr seinen gesamten Körper, als er sich Macklins schwielige Hände statt seiner weichen Finger vorstellte.

Caine hatte noch nie so viel Lust dabei empfunden, wenn er sich selbst berührte. Er war wie jeder andere Mann mit seiner rechten Hand bestens vertraut, aber das hier fühlte sich anders an, stärker, als ob Macklin wirklich bei ihm war und ihn berührte.

Es ließ sich immer weiter fallen, umspielte erneut mit einer Hand seine Brustwarzen und umfasste mit der anderen seinen Schwanz, der schon hart war. Er strich langsam am Schaft entlang, versuchte sich dabei vorzustellen, dass Macklin es tat – nur war das schwierig. Caine glaubte nicht, dass Macklin ein selbstsüchtiger Liebhaber war, aber er hatte den Verdacht, dass der Sex mit ihm genauso schnell und hart war, wie die Küsse, die sie geteilt hatten. Er wäre wohl schneller auf seinen Knien, den Hintern in die Höhe gestreckt, als er blinzeln könnte. Er stöhnte bei dem Gedanken, ließ seine Hand tiefer zwischen seine Beine wandern. Genau hier würde Macklin ihn berühren und vorbereiten. In der Wanne konnte er sich nicht so gut bewegen, um die Position nachzuahmen, die Macklin von ihm verlangen dürfte. Aber er konnte langsam mit einem Finger eindringen und sich vorstellen, dass Macklin ihn berührte. Er rieb über seine Prostata und stöhnte leise, als sein Glied zuckte. Caine drückte erneut dagegen und drang gleichzeitig mit einem zweiten Finger ein. Caine bewegte sie langsam, nicht, dass Macklin es wäre, aber es war schon eine Weile her, seit er irgendetwas in sich gespürt hatte. Der Sex mit John war über die Jahre seltener geworden und hatte meistens in einem lieblosen Blowjob geendet. Der Sex mit Macklin wäre schnell, aber sicher nicht so lasch. Nicht, wenn dieser Mann so küsste.

Er entspannte sich langsam und Caine begann, seine Hand schneller zu bewegen. Dabei schloss er die Augen und stellte sich Macklins Gesichtsausdruck vor, nachdem sie sich in seinem Wohnzimmer geküsst hatten. Das, und ein besonders gut gezielter Stoß gegen seine Prostata, waren alles, was Caine brauchte. Er stöhnte, als sein Glied zuckte und er sich ins Wasser ergoss, begleitet von purer Erleichterung. Caine ließ sich gegen die Wand der Wanne sinken, seine Hand lag noch immer zwischen seinen Beinen. „Verdammt …“, murmelte er. „Der Sex mit Macklin wird mich noch umbringen.“

Er ließ das Wasser aus der Wanne abrinnen und drehte die Hähne wieder auf. Wenn er sauber werden wollte, brauchte er frisches Wasser.

Als Caine das Badezimmer verließ, war er vollkommen erschöpft. Der frühe Morgen, der lange Ritt, der Schreck mit der Schlange und die Konfrontation mit Macklin, kombiniert mit seinem Orgasmus, ließen ihn sich komplett schlapp fühlen. Er fiel ins Bett und während er einschlief, fiel Caine ein, dass er Macklin nicht zu den morgigen Plänen befragt hatte. Er dachte darüber nach, wieder aufzustehen und den Wecker zu stellen. Aber sein Bett war warm, der Raum kalt und sein ganzer Körper taub. Er hoffte, rechtzeitig aufzuwachen und wenn er es nicht tat, würde er sich bei Macklin am Abend entschuldigen. Vielleicht konnte er Kami in der Kantine helfen und für sich und Macklin ein spezielles Abendessen zubereiten.

Er lächelte bei der Vorstellung, zu was das wohl führen mochte und als er eingeschlafen war, träumte er von heißen Händen, harten Lippen und einem australischen Akzent.

10

MACKLIN UND die anderen waren schon fort, als Caine schlaftrunken in die Kantine taumelte. Er holte sich eine Tasse Kaffee, verzichtete jedoch auf das Frühstück, da er Kami nicht belästigen wollte und es schon vor Stunden serviert worden war. Stattdessen schnappte er sich eine Schüssel Müsli und ein wenig Milch. Das hielt ihn zumindest bis zum Mittagessen satt.

„Mr. Armstrong hat dich heute auch nicht mitkommen lassen?", fragte Jason, der soeben in die Kantine gekommen war und sich neben Caine setzte.

„Ich hab ihn vergessen zu fragen, wann sie aufbrechen", gestand Caine. „Ich muss mich wohl an das frühe Aufstehen gewöhnen, denke ich. Warum hat er dich nicht mitgenommen?"

„Vermutlich wird es stürmen und weiter oben soll es Eis geben. Er hat meiner Mutter versprochen, dass er mich nicht mitnimmt, wenn es gefährlich wird – und scheinbar denkt er, dass es draußen heftig wird."

Caine erblasste. „Dann ist es gut, dass ich nicht mitgekommen bin. Ich wäre wohl nur ein Hindernis. Also, was wirst du heute tun?"

„Schulaufgaben", erwiderte Jason mürrisch, was Caine zum Lachen brachte.

„Denkst du, deine Mutter erlaubt, dass du heute meinen Lehrer spielst, nur für ein paar Stunden? Damit ich lernen kann, welche Kommandos du mit Polly verwendest. Ich habe zwar keinen Hund, aber wenn ich die Kommandos nicht kenne, dann werde ich nie nützlich sein. So können wir beide die Zeit totschlagen, und wenn sie ja sagt, helfe ich dir später mit deinen Aufgaben."

„Los, fragen wir sie", meinte Jason deutlich begeistert.

„Ich hol' mir noch einen Kaffee. Sogar hier im Tal ist es heute kalt und feucht." Caine wollte sich nicht vorstellen, wie es weiter oben sein musste. Vermutlich musste er Macklin aufwärmen, wenn er wieder auf der Station war. Der Gedanke ließ ihn lächeln.

„Es gibt ein paar Thermoskannen in der Küche, wenn du eine willst. Ich kann eine von Kami holen", schlug Jason vor.

„Pass auf deinen Kopf auf", sagte Caine mit einem Lachen.

„Er wird mir schon nichts tun. Er mag mich."

Jason kam kurz darauf mit einer Thermoskanne wieder. Caine füllte sie, zog dann seinen Driza-Bone eng um seine Schultern und den Hut tief ins Gesicht. „Dann wollen wir mal sehen, was du und Polly mir beibringen könnt."

ALS JASON endlich zufrieden war, beherrschten die Befehle „Geh weg" und „Komm", „Steh" und „Sieh zurück" Caines Gedanken. Seine Füße waren eiskalt und er fragte sich, wie es wohl den anderen gerade erging. Es wurde langsam Mittag und wenn er den Vortag als Richtlinie heranzog, sollten sie jetzt auf dem Rückweg sein. Samt den Schafen, die sie wohl vor sich hertrieben, wobei Macklin mit Sicherheit am Ende der Herde ritt, um sicherzugehen, dass alles glatt lief.

Das Bild sollte jedoch nicht nur seine Gedanken beruhigen.

Zu Mittag machten sie eine Pause, um zu essen und sich wieder aufzuwärmen, und gingen anschließend zu Jason nach Hause, damit Caine wie versprochen Jason mit seinen Aufgaben helfen konnte. Glücklicherweise war die Matheaufgabe einfache Algebra und in Geschichte ging es um den Ersten Weltkrieg. Trotz einer anderen Perspektive konnte Caine ein wenig helfen. Um drei wurden sie fertig und Caine begann sich Sorgen zu machen. Es waren noch ein paar Stunden bis zum Sonnenuntergang, aber am Vortag waren sie um diese Zeit schon wieder in der Station gewesen. „Sollen wir uns Sorgen um sie machen?"

Jason zuckte die Schultern. „Noch nicht. Sie werden halb erfroren und schlecht gelaunt sein, da es den ganzen Tag genieselt hat, aber sollten sie tatsächlich in Schwierigkeiten stecken, hätte Mr. Armstrong einen Funkspruch geschickt oder jemanden hierher reiten lassen."

„Sorgen wir dafür, dass genug Kaffee und Tee bereitsteht, wenn sie zurückkommen. Sie müssen sich wieder aufwärmen. Macklin hat mich schon davor gewarnt, dass es gefährlich sein kann, wenn man durchgefroren und durchnässt ist."

„Kami wird das vorbereiten", sagte Jason. „Er kennt das schon."

Das Blöken der Schafe hallte in das Tal hinunter. Caine blickte auf und sah die ersten Schafe den Hügel hinabkommen. „Lauf und sag Kami, dass sie hier sind", sagte Caine. „Ich werde sehen, was ich tun kann, um sie so schnell wie möglich ins Warme zu bringen."

Jason rannte zur Kantine, während Caine zum Gatter ging und es für die Reiter öffnete. Die anderen Jackaroos, die Macklin nicht begleitet hatten, schlossen dort zu Caine auf. „Könnt ihr euch um die Hunde und die Pferde kümmern, damit die anderen sich drinnen aufwärmen können?", fragte Caine die Männer, die mit ihm warteten.

„Keine Sorge, Kumpel", meinte Neil, einer der ganzjährigen Arbeiter, der Macklin am Vortag begleitet hatte.

Als die Männer ankamen, übernahmen Neil und die anderen deren Pferde und Caine schob sie in Richtung Kantine. Macklin kam zuletzt, was ihn nicht überraschte. „Überlass dein Pferd Neil", sagte Caine, als er auf Macklin zutrat. „Er wird sich darum kümmern, während du dich aufwärmst."

„Ich werde mich selbst darum kümmern", bestand Macklin.

Caine rollte seine Augen und folgte Macklin in den Stall. „Lass mich dir wenigstens helfen. Du musst halb erfroren sein."

„Mir geht's gut", sagte Macklin, aber Caine konnte schwören, dass die Lippen des Vorarbeiters blau angelaufen waren. Er nahm Macklins Sattel, brachte ihn nach draußen, damit Neil oder einer der anderen ihn holen konnte, und ging zurück, um Macklin zu helfen.

„Komm", sagte Caine erneut. „Alle anderen sind schon drinnen und wärmen sich auf."

„Mir geht's gut", beharrte Macklin.

Caine ergriff Macklins Hand und zog den Handschuh ab. Die Haut darunter war kühl. „Dir geht es nicht gut. Dir ist kalt und du bist nass. Du warst derjenige, der mir einen Vortrag über die Gefahren von Unterkühlung gehalten hat. Geh heim und zieh dir trockene Sachen an. Ich hol dir eine Tasse Kaffee. Besser noch, geh heim und nimm eine heiße Dusche. Du kannst den Kaffee trinken, wenn du fertig bist."

Caine ließ Macklin alleine, widerstand der Versuchung, dem Vorarbeiter heim und unter die Dusche zu folgen. Stattdessen ging er zur Kantine und füllte eine Thermoskanne mit Kaffee. Sie konnten sich den Kaffee teilen, sobald Macklin sich umgezogen hatten, und sie die weiteren Arbeiten besprachen. Er klopfte nicht an, als er vor Macklins Tür stand, da er erwartete, dass der Vorarbeiter eine heiße Dusche nahm. Stattdessen stand Macklin in der Küche, um sich eine Tasse Tee zu machen.

„Warum hast du mir nicht gesagt, dass du Tee statt Kaffee willst. Kami hatte beides vorbereitet. Und wieso duschst du nicht?"

„Weil es noch etwas zu tun gibt", sagte Macklin. „Ich werde vor dem Schlafengehen duschen."

„Zieh dir wenigstens etwas anderes an." Caine strich über Macklins Schulter. „Selbst mit deinem Driza-Bone ist dein Shirt nass geworden und deinen Füßen geht es sicherlich auch nicht besser."

Macklin zögerte noch immer.

„Geh!", befahl Caine. „Oder ich fange hier und jetzt an, dich auszuziehen. Und irgendwie habe ich das Gefühl, dass du das nicht willst."

Macklins Blick verfinsterte sich. Das gab Caine genug Mut, noch einen Schritt näher zu kommen. Aber bevor er den Knopf von Macklins Arbeitsshirt erreichte, drehte sich der Vorarbeiter um und verschwand in einen anderen

Raum. Caine ließ ihn gehen. Er stellte den Wasserkocher ab, als das Wasser kochte und fügte die Teeblätter hinzu, um den Tee dann ziehen zu lassen. Er wollte schon eine Tasse für seinen Kaffee suchen, entschied sich aber anders, da er nicht so stark in Macklins Privatsphäre eindringen wollte. Am besten, er trank aus der Thermoskanne, bis Macklin wieder da war und fragte ihn dann nach einer Tasse.

Es dauerte nicht lange. Macklin hatte offensichtlich nicht geduscht, aber wenigstens die Kleidung gewechselt. Das war Caines größte Sorge gewesen. „Dein Tee zieht schon. Ich wusste nicht, ob du Zucker willst."

Macklin antwortete nicht, sondern öffnete einen der Schränke und nahm zwei Tassen heraus. In die eine füllte er zwei gehäufte Löffel Zucker, ehe er den Tee hinzufügte. Caine reichte er die zweite Tasse, wobei er noch immer kein Wort sprach. Caine widerstand dem Drang, die Stille mit sinnlosem Plaudern zu füllen. Macklin mochte so etwas nicht. Er wollte, dass Macklin die Zeit genoss, in der sie zusammen waren.

Der Vorarbeiter setzte sich zu ihm an den kleinen Tisch. „Noch zwei Tage, dann sollten wir alle Schafe auf den Winterweiden haben", sagte Macklin endlich.

„Das ist gut", antwortete Caine. „Dann können wir mit dem Züchten beginnen, nicht wahr?"

„Ja. Wir werden die Mutterschafe in Gruppen aufteilen, je nach den Böcken, mit denen wir sie kreuzen wollen. Dann lassen wir der Natur ihren Lauf."

„Das klingt nach viel Arbeit."

„Zeitintensiv, aber nicht hart", meinte Macklin. „Am wichtigsten ist es, Inzucht zu vermeiden. Wir stocken unseren Bestand dadurch auf, dass wir die Lämmer behalten, was bedeutet, dass die Väter dieser Schafe auch auf der Station sind. Es ist aber wichtig, dass wir kein Mutterschaf mit dem Vater kreuzen."

„Das macht Sinn", sagte Caine. „Also müsst ihr Buch führen."

„Wir haben ein Zuchtbuch. Nun, nicht mehr wirklich ein Buch – es ist alles auf dem Computer – aber alle Mutterschafe haben eine Marke und wir behalten durch diese Nummern den Überblick, damit wir sie mit anderen Böcken zusammenführen können."

„Das klingt, als braucht man einen Abschluss in Biologie, um das alles im Überblick zu behalten", sagte Caine mit einem Lächeln.

„Oder sehr viel Erfahrung", gab Macklin zurück. „Willst du die Aufzeichnungen sehen?"

„Das würde ich sehr gerne."

„Ich werde meinen Laptop holen."

Ein Klopfen unterbrach sie. „Nachdem ich nachgesehen habe, wer das ist", fügte Macklin hinzu.

„Entschuldige die Störung, Boss", sagte Neil, „aber Devlin Taylor ist hier und möchte mit Caine sprechen."

„Wir werden zum großen Haus kommen."

„Unser Nachbar?", fragte Caine. „Was will er hier?"

„Vermutlich Ärger machen", murmelte Macklin. „Nimm deinen Kaffee mit, Welpe. Er kann einem das Ohr abkauen, also machen wir es uns besser gemütlich, während wir ihm zuhören."

„Du musst nicht mitkommen, wenn du nicht willst", bot Caine an. „Neil hat gesagt, er wolle mit mir sprechen."

„Ich traue ihm nicht. Sicher will er dir einen Haufen Scheiße auftischen. Er will Lang Downs und ich weiß nicht, welche Geschichten und Falschinformationen er erfinden wird, um es zu bekommen."

„Er kann sagen, was er will", sagte Caine. „Ich hab kein Interesse daran, das Grundstück zu verkaufen, also kümmert es mich nicht, was er zu sagen hat."

„Es kann zu einem Problem werden, wenn er dir falsche Ratschläge gibt und sich dadurch die Situation der Station verschlechtert."

„Macklin", sagte Caine, als er dessen Arm ergriff und Macklin stoppte, ehe er die Tür öffnen konnte. „Du bist mein Vorarbeiter, nicht er. Deine Hingabe zu Lang Downs steht außer Frage. Wenn ich Rat brauche, dann wende ich mich an dich und auch wenn Taylor mir etwas anderes ratet, höre ich trotzdem auf dich. Dir vertraue ich am meisten, selbst wenn du für mich nicht so anziehend wärst."

„Erwähne das nicht vor Taylor", warnte Macklin, ehe er sich aus Caines Griff befreite und die Tür öffnete.

„Ich bin unerfahren, nicht dumm", konterte Caine, ergriff dann seinen Hut und folgte Macklin nach draußen.

Hätte Caine Macklin noch nicht getroffen, wäre Devlin Taylor wohl das Musterexemplar australischer Ausstrahlung gewesen. Jedenfalls dachte Caine so, als er den Mann erblickte, der auf der Veranda stand. Sonnengebräunte Haut, sonnengebleichtes Haar, ein kräftiger Körper und diese lässige Haltung – aber Caine hatte Macklin zuerst getroffen und so konnte er, als er Taylor ansah, diese kleinen Unterschiede erkennen, die Taylor weniger attraktiv machten. Seine Stiefel waren Macklins ähnlich, jedoch nicht abgenutzt. Seine Schultern waren breit, aber nicht ganz so massiv. Seine Hüften waren schmal, aber Caine konnte einen leichten Bauchansatz über dem Gürtel erkennen. Devlin Taylor mochte im Outback leben, aber er war nicht Macklin Armstrong.

„Stell mich deinem neuen Boss vor, Armstrong", meinte Taylor mit falscher Jovialität. „Meine Jungs haben mir gesagt, dass du letzten Monat vorbeigeschaut hast, also habe ich mir gedacht, ich erwidere den Gefallen. Du weißt schon, gute Nachbarschaft."

Caine knirschte leicht mit den Zähnen, da Taylors Schlag auf seinen Rücken sehr stark war.

„C-Caine N-Neiheisel", sagte Caine, da er nicht wollte, dass Macklin antwortete. Taylor sollte ihn ansprechen, nicht den Vorarbeiter.

„Neiheisel", wiederholte Taylor. „Was ist das für ein Name?"

„Cincinnati Deutsch", antwortete Caine verärgert, da er die angedeutete Beleidigung verstand.

Taylor schüttelte den Kopf. „Also, du bist der Großneffe des alten Langs, richtig?"

„Richtig. Meine G-Großmutter war seine ältere S-S-Schwester." Er öffnete die Tür und lud Macklin und Taylor ins Haus ein.

„Das muss ein ganz schöner Schock gewesen sein, diese ganzen Unannehmlichkeiten des Outbacks zu erleben, nachdem du die ganze Zeit in der Stadt gelebt hast", sagte Taylor, als sie ins Wohnzimmer traten.

„Gar nicht", antwortete Caine. „Es ist ein Abenteuer. Wollen Sie etwas trinken? Kaffee, Tee?"

„Zu einer Tasse Tee würde ich nicht Nein sagen."

„Ich bin gleich zurück."

Caine ließ die zwei Männer im Wohnzimmer zurück und ging in die kleine Küche, die für seinen eigenen Gebrauch bestimmt war. Er hätte nach Kami sehen können, aber wollte ihn nicht so kurz vor dem Abendessen stören. Er ging gerade ins Wohnzimmer zurück, als er hörte, dass die beiden Australier miteinander sprachen.

„Er wird es nie schaffen, Armstrong. Er ist ein Großstadtjunge durch und durch und ich habe erfahren, dass er auch noch eine Schwuchtel ist. Die Jackaroos werden nie auf ihn hören und wenn du dich auf seine Seite stellst, hören sie auch nicht mehr auf dich. Hilf mir. Überzeuge ihn mit mir, dass er die Station verkaufen soll. Ich werde ihm einen guten Preis zahlen. Vereinen wir die Stationen und werden wir durch die große Anzahl an Schafen reiche Männer."

„Zweimal hast du mir schon dieses Angebot gemacht und ich hab jedes Mal abgelehnt", schnappte Macklin. „Was lässt dich denken, dass ich dieses Mal annehme?"

„Zu diesem Zeitpunkt kanntest du ihn noch nicht. Wie kannst du mit hocherhobenen Kopf dastehen, wenn du weißt, dass du für eine Schwuchtel arbeitest?"

„Ich bin stolz darauf, für Michael Langs Neffen zu arbeiten", entgegnete Macklin.

Caine ging zurück in die Küche, unsicher wie er sich verhalten sollte. Er hatte nicht erwartet, dass seine sexuelle Orientierung schon so früh ein Thema war. Wenn er jemanden traf, sicher, aber er hatte erwartet, dass er Zeit hatte, um sich zu beweisen und als Teil der Station galt, bevor es überhaupt zur Sprache gebracht wurde. Er versteckte es nicht – er hatte es Macklin am ersten Tag gesagt, da es sich in ihrem Gespräch so ergeben hatte – aber er ging damit nicht hausieren. Mit zwei Tassen Tee ging er zurück ins Wohnzimmer, wobei er absichtlich genug Lärm machte, damit Macklin und Taylor ihn hörten.

„Also, was bringt Sie heute hierher, Mr. Taylor?", fragte Caine höflich.

„Ich wollte meinen neuen Nachbarn treffen, wie ich gesagt habe. Und ich wollte meine Hilfe anbieten. Ratschläge, mehr Männer, egal was – du musst nur jemanden nach Taylor Peak schicken."

„Das ist ein großzügiges Angebot, aber ich bin mir sicher, dass wir es auch so schaffen", meinte Caine. „Macklin hat alles unter Kontrolle."

„Das mag ja sein, aber dein Onkel und ich waren gute Freunde und in seinem Andenken möchte ich dir gerne helfen. Wir haben ein paar Rudel wilder Hunde in den höheren Lagen gesehen. Du musst vorsichtig sein, wenn du keine Schafe verlieren willst."

„Wir werden vorsichtig sein." Caine wollte nicht über Macklins Entscheidung sprechen, die Schafe schon herunterzutreiben oder darüber, dass sie im letzten Monat tote Tiere gefunden hatten. Er dachte nicht, dass Taylor etwas so Niederträchtiges tat, wie Schafe zu töten, um ihn zum Verkauf zu bewegen, aber er wollte den Mann auch nicht auf dumme Gedanken bringen.

Selbst wenn Taylor lediglich über verschiedene Ansichten zum Management diskutierte, wollte Caine Taylor nicht die Gelegenheit geben, ihm unliebsame Ratschläge zu erteilen. Vermutlich hätte Caine sogar zugehört, wenn die Verwaltung ein Thema wäre, aber Taylor hatte höhere Motive und Caine traute dem Ganzen nicht.

„Du musst hier draußen sehr einsam sein", sagte Taylor.

„Ich bin wohl k-kaum allein", sagte Caine mit einem gezwungenen Lachen. Er wusste wohin das führen sollte, aber er würde den Teufel tun und Taylor die Bestätigung geben. Wenn er den Mumm gehabt hätte, ihn direkt zu fragen, dann hätte Caine vielleicht geantwortet, aber Taylors vorsichtiges Antasten war nicht mal eine kleine Reaktion wert. Macklin konnte vielleicht sein Gestotter als Nervosität interpretieren, aber Taylor kannte ihn noch nicht gut genug. „Hier leben fünfzig andere Leute."

„Das sind doch keine Freunde, das sind Jackaroos", höhnte Taylor.

„Nein", erwiderte Caine, „das sind Macklin, Kami, Jason, Neil und all die anderen. Oder sind Sie einer dieser B-B-Bosse, die denken, man könne sich nicht mit seinen Angestellten anfreunden?"

„Es ist schwer, Freunde zu feuern", entgegnete Taylor.

„Wenn man mit ihnen b-b-befreundet ist, arbeiten sie meist hart genug, sodass man sie nicht f-feuern muss." Caine wandte sich Macklin zu. „Wann musste zuletzt jemand auf Lang Downs g-gefeuert werden?"

„Manche haben sich entschieden zu gehen oder sind einfach nach ein oder zwei Saisons nicht zurückgekommen. Aber seit ich der Vorarbeiter bin, hab ich nie jemanden gefeuert. Meine Leute arbeiten dazu zu hart."

Caine warf Taylor einen siegessicheren Blick zu. „Nun, Mr. Taylor, es ist wohl nicht schädlich, wenn man mit den Arbeitern auf der Station befreundet ist."

„Es gibt Freunde und dann gibt es Begleiter", versuchte es Taylor erneut.

„Das ist w-wahr", sagte Caine, „aber ich muss erst einmal in meinem neuen Leben a-ankommen, bevor ich mir darüber G-Gedanken machen kann. Sind Sie verheiratet, Mr. Taylor?"

„Geschieden", sagte Taylor und wurde dabei rot. Caine verkniff sich ein Lächeln. Eins zu null für die Schwuchtel. „Meine Frau hatte Schwierigkeiten damit, so weit von der Stadt weg zu sein. Sie hat gesagt, dass Boorowa nicht als Stadt zählt."

„Das h-h-hängt wohl von der eigenen Definition von einer S-Stadt ab. Ich habe den Tag dort genossen, allerdings hoffe ich darauf, dass ich Sydney noch einen Besuch abstatten kann."

„Du kannst mich nächsten Monat begleiten", bot Macklin an. „Ich werde für eine Woche in Sydney sein. Das ist mein jährlicher Urlaub."

Das Angebot überraschte Caine, besonders weil Taylor noch immer hier war und auch so negativ über Caines Sexualität gesprochen hatte. Aber vielleicht wollte Macklin Taylor einfach zeigen, dass es ihm nichts ausmachte. Er lächelte Macklin zu und hoffte, dass er richtig lag. Aber selbst wenn nicht, die Woche in Sydney würde hoffentlich wie im Himmel werden. „Danke, das wäre s-schön. Ich will nicht unhöflich sein, Mr. Taylor, aber ich muss noch arbeiten, bevor es A-A-Abendessen gibt. Wenn es sonst nichts mehr zu bereden gibt, sollten wir unser Zusammentreffen beenden."

„Nein, das war alles." Taylor war eindeutig überrascht. „Nun, solltest du deine Meinung ändern, komm einfach vorbei. Ich bin mir sicher, wir finden eine Lösung."

„Wenn ich mich je a-anders entscheide, werde ich mich daran e-e-erinnern", gab Caine zurück. Nicht, dass er das je tat, aber Taylor hätte ihm das nie geglaubt, also beließ er es dabei.

Caine begleitete Taylor zur Tür und schloss sie hinter ihm, statt ihn auf der Veranda zu verabschieden. Seine Mutter wäre über die fehlenden Manieren entsetzt, aber Caine wollte diesen Mann einfach nur loswerden. Er drehte sich um, doch Macklin drückte ihn gegen die Tür.

„Denk nicht mal dran, an Devlin Taylor zu verkaufen."

Caine lächelte und legte seine Arme um Macklins Hals. Der Vorarbeiter wollte zurückweichen, doch Caine hielt ihn fest. „Hab ich dir nicht gesagt, dass ich bleibe?"

Macklin befreite sich aus Caines Umarmung und dieser ließ es zu. „Ja, aber du hast Taylor gesagt, dass du dich an sein Angebot erinnern würdest."

„Das heißt aber nicht, dass ich es je annehmen werde, selbst wenn ich wirklich die Station verließe", gab Caine zu bedenken. „Und nach dem, was ich beim Teemachen gehört habe, verkaufte ich nicht mal, wenn er meine einzige Wahl ist. Wie kommst du überhaupt mit ihm zurecht?"

„Sein Verhalten ist ziemlich typisch. Warum fahre ich wohl einmal im Jahr nach Sydney? Und ich komme nicht mit ihm zurecht, außer, ich habe keine andere Wahl. Wie viel hast du mitbekommen?"

„Er wollte, dass du mich zum Verkauf überredest und dann folgte seine Tirade darüber, dass ich schwul bin", antwortete Caine. „Er weiß nicht viel über dich, nehme ich an?"

„Niemand weiß viel über mich, außer Michael. Und ihn hat es nicht gekümmert. Er hat mich voll und ganz unterstützt."

„Ich bin froh, das zu hören. Es ist ein schönes Gefühl, dass er auch mit mir kein Problem gehabt hätte."

Macklin schnaubte. „Er hat es dir nie gesagt, was? Nun ja, irgendwie macht es Sinn, da er dich nicht wirklich gekannt hat. Er war auch schwul, Welpe. Er und sein Vorarbeiter Donald waren Partner. Donald starb kurz nachdem ich herkam. Ich hatte angenommen, du wusstest es."

„Nein, er hat es mir nie gesagt. Ich kann mich auch nicht daran erinnern, dass er den Namen Donald erwähnte. Hat es jeder gewusst?"

„Niemand sprach darüber, aber ich kann mir nicht vorstellen, dass sie es nicht wussten. Die Station war damals nicht so groß, also gab es kein eigenes Vorarbeiterhaus. Nur das große Haus und den Schlafbunker. Donald und Michael lebten im großen Haus, die anderen im Schlafbunker. Zu dem Zeitpunkt, als neue Häuser gebaut wurden, war Donald krank. Daher hat man allen erklärt, dass Donald mehr Fürsorge und Raum brauchte als die Schlafbunker bieten konnten. Die meisten Männer, die zur Zeit hier leben, kamen nach Donalds Tod auf die Station. Aber ich hab nie gefragt, ob sie es wussten. Wie gesagt, es wurde nicht darüber gesprochen."

„Also wissen es die Männer von dir auch nicht?"

„Es ist nichts, worüber man so offen spricht. Es gibt keinen Grund, es ihnen zu sagen. Ich hab niemanden wie Donald."

„Du könntest jemanden haben."

„Willst du Taylor noch mehr Munition für seine Angriffe geben, Welpe?", fragte Macklin.

„Mir ist Taylor völlig egal", erwiderte Caine. „Ich möchte mein Leben so leben, wie ich es für richtig halte. Zusammen wären wir glücklich, Macklin."

Macklin verzog sein Gesicht. „Ich hab dir schon gesagt, dass das nicht funktionieren kann."

„Nein, du hast mir gesagt, dass du Angst hast, es zu versuchen. Es kann ja schief gehen", beharrte Caine. „Natürlich kann es das, es gibt keine Garantie, aber es kann genauso gut klappen. Onkel Michael und Donald haben es geschafft. Vielleicht schaffen wir es auch."

„Verdammte Scheiße, Welpe, du bist zäh. Das ist eine schlechte Idee."

„Es ist keine schlechte Idee." Caine kam auf Macklin zu und legte eine Hand auf den Unterarm des Vorarbeiters. „Versuch es wenigstens, Macklin. Lass mich dir beweisen, dass ich es wert bin."

„Ich werde darüber nachdenken", gab Macklin schließlich nach.

Das genügte Caine. Solange Macklin darüber nachdachte, konnte Caine weiterhin den Widerstand des Vorarbeiters abschwächen.

11

DIE DATEN über die Zucht waren einfach aufgebaut und doch komplex in ihrer Menge an Informationen. Macklin hatte jede einzelne Aufzeichnung, die es seit der Gründung von Lang Downs gab, computerisiert, und so konnte man die Abstammung jedes Schafes über Generationen verfolgen. Caine warf einen Blick darauf und reichte den Laptop anschließend an Macklin zurück.

„Wie verhindern wir, dass sich die falschen Schafe miteinander fortpflanzen?"

„Jedes Schaf hat eine Ohrmarke", erklärte Macklin. „Wir markieren sie in Gruppen, also kommt eine bestimmte Anzahl von Nummern von einem einzigen Bock. Dann vergleichen wir die Nummern mit den Daten, damit wir sie nicht mit ihren Erzeugern kreuzen. Es ist sehr zeitaufwendig, aber es schützt den Stammbaum und somit können wir weiterzüchten und das Lammfleisch verkaufen."

Caine nickte. „Druckt ihr euch die Daten aus oder wie überprüft ihr die Datensätze, wenn ihr bei den Schafen seid?"

„Wir haben es auf einem PDA gespeichert", sagte Macklin. „Die Schafe kommen herein, wir prüfen die Nummern und teilen sie dann in Gruppen ein."

„Es gibt eine Menge, die ich nicht verstehe, aber irgendwann werde ich wohl bei allem durchblicken."

„Es ist nicht schwer. Ich bin mir sicher, dass du das bewältigen kannst", sagte Macklin.

Es war eine langweilige, kalte und schmutzige Arbeit, auf dem Feld zu stehen, während die Männer die Schafe in kleinen Gruppen hereinbrachten. Die Männer riefen ihm die Nummer von der Ohrenmarke zu, Caine überprüfte sie und identifizierte die Eltern. Macklin verteilte dann die Schafe auf die Gehege, nach einem System, das Caine noch nicht verstand.

Caine hatte zwei Thermoskannen Kaffee bis zur Mittagszeit geleert und war dennoch durchgefroren. Die anderen Männer bewegten sich und trieben die Schafe an, während er selbst im Zentrum der Gehege stand und darauf wartete, dass die Männer zu ihm kamen.

Während des Mittagessens ging Caine auf Macklin zu. „Kann ich mit jemandem den P-Platz tauschen? Ich f-f-friere, wenn ich die ganze Zeit s-still stehe. Jason hat m-mir b-b-beigebracht, wie ich mit den H-Hunden zusammenarbeiten kann."

„Stotterst du, weil dir kalt ist oder weil du besorgt bist, dass ich Nein sagen könnte?"

„Mir ist k-kalt", sagte Caine. Er war froh, dass es die Wahrheit war. Macklin machte ihn noch immer ein wenig nervös, aber nicht, wenn es um die Station ging. Natürlich war es möglich, dass Macklin Nein sagte, aber Caine vertraute darauf, dass er nicht jede Frage von ihm ablehnte.

„Halt dich an Neil." Macklin reichte Caine mehr Kaffee. „Ich werde sehen, ob Jason deinen Job übernehmen will. Ich hab ihm gesagt, dass er am Nachmittag helfen darf, wenn er am Morgen alle seine Aufgaben erledigt."

„Er wollte mit P-Polly arbeiten", sagte Caine. „Ich will ihn nicht davon abhalten zu helfen."

„Er arbeitet hart und Polly lernt schnell. Aber die erste Lektion, die jeder Jackaroo lernen muss, ist, dass man die Aufgabe erledigt, die einem zugewiesen wurde. Selbst wenn man Mist schaufeln muss und das wird im Winter oft der Fall sein. Also vergiss das nicht."

Das Funkeln in Macklins Augen verriet Caine, dass es nur ein Scherz war, aber Caine lächelte. „Ja Sir, Mr. Armstrong, Sir. Was auch immer ich zu tun habe."

„Schnapp dir was zu essen." Macklin stieß ihn in Richtung des Essens, das Kami vorbereitet hatte. „Du wirst es brauchen, wenn du heute Schafe hüten willst."

Jason kam herein, während Caine aß, und war offenbar schon gespannt auf den Nachmittag. Seine Miene fiel etwas in sich zusammen, als er mit Macklin sprach, nickte dann aber und setzte sich neben Caine. „Mr. Armstrong hat gesagt, dass du mit den Schafen helfen wirst. Du solltest Polly mitnehmen. Du kennst sie besser als die anderen Hunde."

„Bist du dir sicher, dass es dir nichts ausmacht?", fragte Caine. „Immerhin ist sie dein Hund."

„Ich würde schon gern mit ihr arbeiten, aber Mr. Armstrong hat mich daran erinnert, dass jeder hilft, auch wenn man keine Schafe hütet. Sogar Kami, der nie in der Nähe der Gehege ist, hilft mit."

„Das tut er", stimmte Caine zu. „Ich hätte ohne sein Hühnercurry wohl eine viel schwerere Zeit da draußen."

„Mein Lieblingsessen ist sein Pad Thai", sagte Jason. „Aber das macht er nicht so oft im Winter. Da kocht er eher Eintopf, Curry und dicke Soßen, die einen lange warm halten."

„Ich bin mir sicher, dass sein Pad Thai genauso gut ist wie alles andere. Aber ich bin froh um das Curry. Ich fühl' endlich meine Zehen wieder."

„Dann trag' ein zusätzliches Paar Socken", sagte Jason.

„Ich trage schon zwei", gab Caine zurück. „Nächstes Mal, wenn ich in Boorowa bin, suche ich mir Stiefel mit Vlies."

„Viel Glück damit. Iss schnell auf. Mr. Armstrong geht schon wieder nach draußen. Du solltest ihn nicht warten lassen."

Caine aß das letzte bisschen Curry und eilte nach draußen. „Komm, Caine", rief Neil, als Caine die anderen Männer erreichte. „Lass uns anfangen."

Neil pfiff nach seinem Hund, ein alter Schäferhund, den Caine noch nicht kannte. Er sah sich nach Polly um, als Jason auf ihn zukam. „Geh mit Caine mit."

„Komm, Polly", rief Caine. „Lass uns den Jackaroos zeigen, was zwei Welpen draufhaben."

Der Nachmittag verging schneller als der Morgen, da er sich ständig um die Schafe kümmern musste. Sie wurden in kleinen Gruppen von der Herde abgetrennt und dann nach Macklins Anweisungen aufgeteilt. Caine und Polly arbeiteten nicht so reibungslos zusammen wie Neil und sein Hund Max, aber Caine war trotzdem zufrieden. Neil musste Max nur einmal zu ihnen schicken, um sie zu korrigieren. Seine Schafe waren auch nicht ganz so strukturiert und eng gebündelt wie die, mit denen Neil arbeitete, aber für den ersten Arbeitstag war es nicht schlecht.

„Wir werden noch einen Jackaroo aus dir machen", lobte Neil, als sie für den Tag fertig waren und zum Abendessen gingen.

„Du warst großartig!", meinte Jason, als sie einige Minuten später in die Kantine traten. „Du hast wie ein echter Jackaroo ausgesehen!"

„Polly hat sich gut geschlagen", wehrte Caine ab. „Ich hab ihr nur gesagt, was sie tun soll, mehr nicht."

„Aber du hast ihr die richtigen Kommandos gegeben", beharrte Jason. „Wirst du Mr. Armstrong sagen, dass ich dir das beigebracht habe? Vielleicht lässt er mich dann morgen mithelfen."

„Ich werde es ihm sagen. Aber ich kann nicht versprechen, dass es einen Unterschied machen wird. Er bestimmt, wer welchen Job erledigt, nicht ich." Vielleicht hatte Caine eines Tages genug Selbstvertrauen und natürlich das Vertrauen der Männer, um mitzuentscheiden. Aber für den Moment reichte es, wenn Macklin ihm abends erklärte, wie es am Folgetag ablief. Seine Kommentare hatten Caine einen Einblick in die Persönlichkeit und Fähigkeiten der Crew gegeben.

Macklin war noch nicht in die Kantine gekommen als Caine mit dem Abendessen fertig war, daher nahm er einen Teller für den Vorarbeiter und ging zu dessen Haus. Er fand Macklin im Wohnzimmer vor, in dem dieser die Zuchtaufzeichnungen genau studierte. „Du warst heute nicht beim Abendessen."

„Ich war noch vom Mittag satt", erwiderte Macklin, ohne auch nur aufzusehen.

„Ich hab dir dein Abendessen mitgebracht. Ich stelle es in die Küche. Du kannst es als Mitternachtssnack essen, wenn du möchtest. Willst du Bier oder Tee?"

„Bier", antwortete Macklin geistesabwesend.

Caine rollte die Augen und trug den Teller in die Küche, um ihn dort in den Kühlschrank zu stellen. Er holte zwei Bier, öffnete sie und begab sich zurück ins Wohnzimmer. „Also, was steht so wichtiges in diesem Buch, dass du nicht einmal aufsehen wolltest, als ich hereingekommen bin? Es sieht für mich nicht anders aus als letzte Nacht."

„Ich suche nach den Mutterschafen, die letztes Jahr nicht erfolgreich gelammt haben", erklärte Macklin. „Diejenigen, die wir heute hereingebracht haben, sind die Jüngsten. Wir haben noch nicht mit ihnen gearbeitet. Die älteren, sollten sie Fehlgeburten oder erfolglose Zuchten hinter sich haben, will ich mit anderen Böcken zusammenbringen. Vielleicht zeigen sich dann bessere Ergebnisse."

„Und diese Mutterschafe werden morgen drankommen?", fragte Caine.

„Sie sind alle mit der restlichen Herde vermischt. Wir halten die Einjährigen separat, wenn sie entwöhnt wurden, aber der Rest hat sich über den Sommer vermischt. Ich will sie jetzt in der Datenbank markieren, damit ich morgen einen besseren Überblick habe."

„Kann ich helfen?" Caine nahm einen Schluck Bier und setzte sich neben Macklin auf die Couch.

„Es ist ein Ein-Mann-Job. Aber etwas Gesellschaft macht mir nichts aus."

„Dann bleibe ich." Caine hatte ohnehin nicht vorgehabt, einfach zu gehen, aber Macklins Einladung freute ihn. Er mochte den Gedanken, dass Macklin ihn hierhaben wollte.

Eine Zeit lang saßen sie im angenehmen Schweigen nebeneinander, bis Caine eindöste. Irgendwann klappte Macklin seinen Laptop zu und die Bewegung weckte Caine auf. „Tut mir leid, ich war wohl keine so gute Gesellschaft heute."

„Du hast hart gearbeitet. Du musst müde sein. Warum schläfst du nicht ein wenig?"

„Ich werde in ein paar Minuten gehen. Noch will ich nicht Gute Nacht sagen."

„Warum nicht? Denkst du über etwas nach?"

„Jemand", korrigierte Caine und zog leicht an Macklins Hand, bis der Vorarbeiter näher rutschte. „Ich wollte dich den ganzen Tag schon küssen."

„Caine …" Macklins Stimme klang abwehrend, aber Caine ließ nicht nach, lehnte sich stattdessen weiter nach vorn, um Macklin zu küssen.

Macklin übernahm die Kontrolle und der Kuss wurde hart, rau und leidenschaftlich. Caine keuchte und erlaubte Macklin seinen Mund zu beherrschen, zog sich aber nach einer Weile zurück. „Du k-küsst mich immer als würdest du s-sterben, wenn du nicht sofort m-mehr von mir bekommst."

„Ist das schlecht?" Caine spürte die Verletzlichkeit in Macklins Frage und das berührte ihn in seinem Innersten.

„Nicht schlecht", antwortete Caine schnell. „Es fühlt sich unglaublich an, aber manchmal ist es schöner, es nicht zu überstürzen."

Macklin errötete leicht, was Caine ein schlechtes Gewissen bereitete, aber es war schon zu spät, um es zurückzunehmen. Am besten, er zeigte Macklin einfach was er vermisste. „Ich denke, wenn du dem nur eine W-Woche im Jahr nachgibst, dann ist die Z-Z-Zeit viel zu kurz, um langsam und zärtlich vorzugehen, aber jetzt stehen die Dinge a-anders. Wir müssen uns nicht beeilen, o-o-okay?"

„Nervös, Welpe?", fragte Macklin.

Caine schüttelte den Kopf und drückte gegen Macklins Schultern, bis dieser sich entspannt zurücklehnte. „A-A-Angetörnt." Er setzte sich nicht ganz auf Macklins Schoß, sondern lehnte sich über ihn, um mit seinen Lippen sanft über Macklins zu streichen. „Ich kann mich nur s-schwer konzentrieren, wenn du mir so n-nah bist."

„Musst du dich denn konzentrieren?", fragte Macklin, der diesmal Caine die Kontrolle überließ.

„W-Wenn du willst, d-dass ich s-spreche", gab Caine zurück, während er mit den Lippen über Macklins Wange und zu seinem Ohr hochstrich. „Oder ich k-könnte dich einfach k-küssen."

Macklin legte die Arme um Caine. „Küss mich einfach."

Das musste man Caine nicht zweimal sagen. Er knabberte leicht an Macklins Ohrläppchen und blies gegen die Ohrmuschel, die wohl der einzige, empfindliche Punkt am ganzen Körper dieses Mannes war. Es machte das Schaudern, das Macklins Körper durchströmte, umso erregender für Caine. Er folgte der Linie von Macklins Unterkiefer, der schon mit leichten Stoppeln bedeckt war, bis zum Kinn. Er leckte daran entlang und schmeckte ein wenig Seife von Macklins Dusche. In dem Moment, als sich ihre Lippen berührten, packte Macklin Caine ziemlich fest, es fühlte sich an, als wurde er von Macklin verschlungen.

Caine entspannte sich und setzte sich endlich auf Macklins Oberschenkel, während der Vorarbeiter ihn küsste. Caines Kopf fühlte sich schwammig an, als er die Initiative erneut ergriff. Er streckte sich nach oben, sodass Macklin den Kopf zurücklehnen musste, um den Kuss nicht zu unterbrechen. Statt Macklin einfach zu erlauben seinen Mund einzunehmen, rang Caine nun um die Kontrolle. Zu seiner Überraschung zog Macklin sich etwas zurück, erlaubte somit, dass Caine den Kuss vertiefen und seinen Mund erkunden konnte. Unglaublich erregt hob Caine leicht den Kopf, sein Atem war schnell und flach, während er den Mann unter sich betrachtete. „Du m-m-machst mich v-v-verrückt", keuchte Caine.

Macklin packte Caines Hüften, sodass der wieder auf seinen Schoß saß und ihre Erektionen aneinander rieben. „Das beruht auf Gegenseitigkeit."

Caine rieb sich an Macklin und küsste ihn erneut. Caine bot seinen Mund willig an, ließ sich vollkommen fallen, als plötzlich die Lichter flackerten und ausgingen.

„Scheiße", fluchte Macklin und hielt Caine ruhig. „Wir müssen die Generatoren zum Laufen bringen."

„Kann das kein anderer machen?" Caine wollte sich nicht bewegen, nicht jetzt, wo er Macklin so nah war.

„Die Ställe sind abgeschlossen, damit die Kinder nicht darin spielen und wir beide sind die Einzigen, die einen Schlüssel haben. Wenn wir nicht rausgehen, klopft entweder Neil oder einer der anderen in den nächsten Minuten hier an."

Wenige Minuten waren nicht genug für das, was Caine wollte. Mit einem frustrierten Fluch auf den Lippen rutschte er zur Seite. „Lass uns gehen. Je eher wir sie zum Laufen bringen, desto eher sind wir zurück."

„Nicht heute Nacht", warnte Macklin. „Sobald die Generatoren laufen, müssen wir die Stromleitungen überprüfen, um zu sehen, wo das Problem liegt. Eine offene Leitung kann ein Feuer verursachen, und das wollen wir nicht."

„Kümmer' du dich um die Generatoren. Ich sattle die Pferde", sagte Caine.

Macklin nickte, und holte dann eine Taschenlampe aus einem Schrank neben der Tür. Die Dämmerung hatte der Nacht noch nicht Platz gemacht, dennoch war Caine um das Licht froh. Er kannte die Station noch nicht so gut wie Macklin. Der Vorarbeiter öffnete den Schuppen mit den Generatoren und nahm eine Taschenlampe von einem Regal. „Nimm. Du brauchst sie, um die Pferde bereit zu machen – die Stalllichter sind nicht mit den Generatoren verbunden."

„Wir sehen uns in ein paar Minuten", sagte Caine, nahm das Licht und ging zum Stall. Dort waren schon ein paar Männer, die ihre Pferde bereit machten. Caine sattelte Macklins Pferd und ging dann zu Titan. Caine wusste, dass das zu einer Diskussion mit Macklin führte, da er sie begleiten wollte, aber er wollte nicht zurückgelassen werden.

„Was tust du da?", fragte Macklin.

„Ich sattle Titan", antwortete Caine und war überrascht, dass seine Stimme so ruhig klang. Seine Erregung war durch die Unterbrechung verschwunden, aber Macklins Stimme ließ sie wieder aufflammen.

„Den Teufel wirst du tun", konterte Macklin. „Du gehst zurück ins Haus und ins Bett."

Caine hätte am liebsten erwidert, dass er sicher nicht ohne Macklin ins Bett ging, aber er wusste nicht, ob sie wer hören konnte und er wollte nichts mit einer unbedachten Bemerkung ruinieren. „Warum? Du gehst auch raus."

„Das tu ich und auch Neil und ein paar andere, die die Station so gut kennen wie ich. Alle anderen bleiben hier, wo es sicher ist."

„Ich komme mit", beharrte Caine. „Es ist auch m-meine Station und es liegt in meiner Verantwortung, zu prüfen, ob alles s-s-sicher ist."

„Das wirst du nicht", grollte Macklin. Er kam näher, als wollte er Caine durch seine bloße Erscheinung dazu zwingen, hier zu bleiben. Aber Caine ließ sich nicht einschüchtern.

„Dann wird auch kein anderer gehen", sagte Caine. „Wenn es nicht sicher ist, dann sollte keiner rausgehen und wenn es getan werden muss, will ich das gleiche Risiko tragen wie alle anderen."

„Du weißt nicht, auf was du dich da einlässt. Du weißt nicht, wonach du suchen musst und was zu tun ist, wenn du es findest." Macklin hatte geschrien, sodass Titan, der sonst ruhig war, nervös tänzelte.

„Du v-v-verängstigst Titan." Caines Herz pochte mit jedem Satz schneller.

„Ich zeig' dir verängstigt … Na gut, komm mit uns mit, aber bleib' direkt hinter Ned, und tu' das, was ich dir sage."

„Das werde ich", versprach Caine. Er kannte den Drill bereits. Das war immer wieder Macklins Bedingung gewesen, wenn sie die Station verlassen hatten. Nach dem Zwischenfall mit der Schlange hatte Caine sich den Ratschlag sehr zu Herzen genommen.

Macklin eilte davon und kam kurz darauf mit Ned zurück. Caine folgte ihnen nach draußen und schwang sich auf Titans Rücken. Macklin erteilte ein paar Befehle und schickte Neil und zwei andere zu den Stromleitungen in den Süden. „Wir folgen den nördlichen Leitungen", meinte Macklin an Caine gewandt. „Wir werden über Funk in Kontakt bleiben und Kami wird uns anfunken, sollte der Strom zurückkommen."

„Es stürmt nicht", sagte Caine, als sie hinausritten und den Leitungen folgten, die Lang Downs nach Süden mit Taylor Peak und nach Norden mit Cowra verbanden. „Was sonst kann einen Stromausfall verursachen?"

„Ein Transformator könnte ausgefallen oder ein Baum auf die Leitungen gefallen sein. Es stürmt zwar nicht, aber die Winde können ziemlich heftig werden. Es muss nicht unbedingt ein Problem auf unserem Land sein, aber wir müssen es trotzdem überprüfen. Ich hoffe, du hast dich unter dem Driza-Bone warm angezogen, Welpe. Es wird vermutlich eine lange Nacht."

„Es wird schon gehen", meinte Caine, obwohl er bereits die Kälte in seinen Füßen spürte. Zwei Stunden später wünschte er sich, nicht darauf bestanden zu haben, mit Macklin mitzukommen. Selbst der Driza-Bone schützte ihn nicht vor der Kälte und Caine begann zu frösteln.

Das Funkgerät an Macklins Gürtel knackte. „Wir haben das Problem gefunden, Boss. Einer der Transformatoren, nahe am Zaun zu Taylor Peak, ist ausgefallen. Es ist keine Leitung beschädigt."

„Gute Arbeit", antwortete Macklin. „Kehrt zurück, wenn ihr könnt. Wenn nicht, geht zu einer der Hütten und reitet morgen zurück. Geht keine unnötigen Risiken ein."

„Ja, Boss. Bis morgen."

„Wir können zurück", meinte Macklin an Caine gewandt. Es war das erste Mal, dass er sich seit ihrem Aufbruch an Caine wandte.

„G-G-G-Gut", meinte Caine, seine Zähne klapperten. „J-Je eher, d-d-desto besser."

„Von all den dummen und idiotischen … Komm schon, Welpe. Es gibt eine Hütte, zehn Minuten von hier entfernt. Wir verbringen die Nacht dort und das nächste Mal bleibst du zu Hause, wenn ich es dir verdammt noch mal sage."

„Das werde ich verdammt noch mal nicht tun", konterte Caine, während er Titan herumwandte, „weil du auch nicht bleiben wirst und ich will nicht, dass du etwas tust, was ich nicht auch tun würde. Ich ziehe mich das nächste Mal eben wärmer an."

Macklin führte sie zu einer der Hütten. An einer Seite konnte man die Pferde befestigen. Macklin nahm die Sättel ab und warf den Pferden jeweils eine Decke über den Rücken. „Geh rein und mach Feuer", ordnete Macklin an. Er zog das Funkgerät von seinem Gürtel und benachrichtigte die Station, dass sie in einer Hütte übernachteten.

Caine stolperte hinein und benutzte die Taschenlampe, um das Holz zu finden. Glücklicherweise hatten seine Eltern einen Holzofen, weswegen er gelernt hatte, wie man ein Feuer machte. Er suchte gerade nach den Streichhölzern, als Macklin hereinkam.

„Wo ist das Feuer?"

„Wo sind die Streichhölzer?", schnappte Caine zurück. „Es ist das erste Mal, dass ich hier bin. Ich weiß nicht, wo alles ist."

Macklin griff sich die Streichhölzer aus einer Schublade neben dem Ofen in der Küche. „Ich mach schon."

„Nein, du wirst mir die Streichhölzer geben und ich werde es machen", entgegnete Caine. „Ich bin nicht hilflos. Ich hatte nur die Streichhölzer nicht gefunden."

Macklin warf ihm die Schachtel zu und stand mit finsterem Blick und verschränkten Armen da, während Caine sich hinkniete und am Feuer arbeitete. Caine ignorierte ihn, zündete das Streichholz an und hielt es vorsichtig an den Zunder. Er steckte kleine Zweige in die Flammen, bis sie endlich die großen Holzscheite erreichten. Als er aufstand und sich zu Macklin umwandte, konnte er dessen überraschten Blick sehen. „Nicht schlecht für einen Hereingeschneiten, oder?"

„Echt nicht schlecht", stimmte Macklin zu. „Es wird etwas dauern, bis es wärmer wird. Es gibt ein paar Decken auf den Schlaflagern, aber ich weiß nicht, wie sauber sie sind."

„Wir nehmen sie morgen mit zurück und waschen sie", sagte Caine, während er seine Beine in eine der Decken wickelte und sich vor das Feuer setzte. „Vielleicht schlafe ich einfach hier. So kann ich in der Nacht noch Holz nachschieben."

„Auf einem Klappbett schläfst du besser."

„Es ist am Feuer wärmer."

„Hilf mir, den Tisch zu verrücken, dann können wir die Betten nahe ans Feuer schieben. So bleiben wir warm und haben es gemütlich."

12

SIE STELLTEN die Klappbetten vor dem stärker werdenden Feuer auf, doch selbst unter der Decke konnte Caine nicht aufhören zu zittern. Er versuchte, so ruhig wie möglich zu bleiben, da er Macklin nicht stören wollte, aber er stellte sich wohl nicht allzu geschickt an, da der sich aufsetzte. „Ist dir immer noch kalt?"

„J-Ja", sagte Caine.

„Ich hab eine Idee." Macklin schob sein Bett neben Caines und breitete seine Decke über beide Betten aus. „Komm her."

Caine zögerte kurz, rutschte aber dann zu Macklin. Der Körper des Vorarbeiters drängte sich an seinen, umfing Caine mit Wärme. Caine seufzte und entspannte sich, als er die Hitze spürte. „Wie kannst du nur so warm sein?", fragte er.

„Dickes Blut", gab Macklin zurück. „Die Kälte scheint mir weniger auszumachen als den anderen."

„Glückspilz", murmelte Caine, während er sich näher an Macklin kuschelte und die Decken eng um sie zog.

„Beweg dich nicht zu viel. Das bringt mich vielleicht auf dumme Gedanken."

Caine drückte sich diesmal absichtlich näher und fühlte Macklins wachsende Erregung. „Vielleicht will ich das ja."

„Caine."

„Du hast damit angefangen", gab Caine zu bedenken, ohne sich von Macklins abwehrendem Tonfall beeindrucken zu lassen. „Wenn du nicht willst, dass ich an Sex denke, dann hättest du mich einfach einschlafen lassen sollen. Das wäre, zu deiner Information, in zwei Minuten der Fall gewesen." Er drehte sich in Macklins Armen, um ihn anzusehen. „Also, jetzt da du es angesprochen hast, musst du es auch durchziehen."

„Ich *muss*?"

Caine küsste sich an Macklins Kinn entlang. „Oder ich verführe dich, wenn du das bevorzugst."

„Fuck", stöhnte Macklin.

„Nicht ohne Kondome und Gleitgel", sagte Caine. „Aber ich bin mir sicher, dass wir trotzdem unseren Spaß haben werden." Caines Hand strich über Macklins Schritt.

„Dem kann ich nur zustimmen." Macklins Stimme klang rau, sehr zu Caines Zufriedenheit. Caines Lippen strichen Macklins Kinn entlang zum Ohr hinauf, als er sanft dessen Erregung durch die Hose massierte.

Macklin schnappte sich Caines Hand, presste ihn in die Matratze und rollte sich über ihn. Hart pressten sich Macklins Lippen auf Caines, der ihm bereitwillig die Kontrolle überließ. Caine genoss Macklins Gewicht auf sich. Die breiten Schultern und der schwere Körperbau umfingen ihn mit Wärme, was sein Verlangen stärker werden ließ. Caine sehnte sich nach Macklins Berührungen, nach Macklin selbst. Seit dieser ihm von Onkel Michael erzählt hatte, hoffte Caine, dass sich die Geschichte mit ihnen beiden wiederholte. Dieser Moment schien ein guter Anfang zu sein. Caine legte die Arme um Macklins Schultern und strich dann dessen Rücken hinunter, bis er seinen Hintern packte und Macklin dazu aufforderte, sich zu bewegen. Sie konnten vielleicht nicht miteinander schlafen, aber das bedeutete nicht, dass sie sich nicht trotzdem berühren konnten.

Caine öffnete die Knöpfe an Macklins Shirt, um dann die Hände unter den schweren Stoff gleiten zu lassen, nur um darunter ein langes Unterhemd zu erspüren. Seine Hände fuhren darunter, um endlich die lang ersehnte Haut zu berühren. Er erkundete Macklins Bauch, fuhr an den Haaren entlang nach oben. Caine war neugierig, ob Macklins Brust glatt oder behaart war. Als seine Hände nach oben glitten, spürte er einen leichten Flaum.

„Was machst du da?", fragte Macklin, als er den Kuss unterbrach.

„Dich genießen lassen, hoffe ich zumindest." Caine strich mit seinem Daumen über eine Brustwarze. „Sag mir nicht, dass du noch nie auf diese Weise berührt wurdest." Macklin antwortete nicht, aber das war Caine Antwort genug. „Hier ist es zu kalt, aber sobald wir wieder zurück sind, werde ich dich auf einem Bett festnageln und dir zeigen, was du verpasst hast."

„Ich werde dich an dein Versprechen erinnern, Welpe." Macklin öffnete Caines Shirt. „Kein Wunder, dass du gefroren hast! Wo ist dein Unterhemd?"

„Was für ein Unterhemd?", fragte Caine ernst. „Wenn ich es nicht in Boorowa gekauft habe, besitze ich keines."

Macklin knurrte. „Wir müssen offensichtlich noch einen Trip nach Boorowa machen. Bis dahin gebe ich dir ein paar von meinen. Sie werden dir zu groß sein, aber das ist besser, als dir die Eier abzufrieren." Er strich mit einer Hand nach unten und legte sie auf Caines Schritt. „Ich will nicht, dass ihnen was passiert."

„I-I-Ich a-a-auch nicht", stöhnte Caine. Die Erregung verknotete seine Zunge. „B-B-Bitte ..." Er konnte sich nicht konzentrieren, doch Macklin verstand ihn trotzdem und massierte seine Erregung durch seine Kleidung. Caine wand sich auf dem Bett und wünschte sich, es wäre warm genug, um sich den Kleidern und den Decken zu entledigen und nichts als Haut zu spüren. „F-F-Fuck …", stöhnte Caine, als er sich dem Höhepunkt näherte.

Macklins Lippen legten sich auf seine, um jegliches Sprechen abzuwürgen. Caine wehrte sich nicht, sondern vertiefte den Kuss. Die Lust pulsierte in seinem Körper, doch sein Herz sehnte sich nach mehr. Er wollte mehr von Macklin, er wollte einen Partner.

Er stand an der Kippe zum Höhepunkt und doch war es nicht genug. Caine unterbrach den Kuss und war versucht, nach mehr zu betteln. Aber ehe er auch nur ein Wort herausbrachte, streichelte Macklin über Caines Wange. Diese zärtliche Geste gab ihm den letzten, kleinen Stoß. Mit einem tonlosen Seufzen ergab er sich seinem Höhepunkt. Macklin grunzte leise, sein Körper erzitterte und kam dann zur Ruhe. Er keuchte gegen Caines Hals, sein Atem war heiß in dem noch immer kalten Raum.

Als Caine sich wieder bewegen konnte, schlang er seine Arme um Macklins Schultern, um ihn nahe zu halten. Macklin hatte nichts gesagt, aber Caine hatte den Verdacht, dass für Macklin der Sex mit dem Höhepunkt geendet hatte. Caine hatte nicht die Absicht, das geschehen zu lassen. Und wenn er dabei auf die Ausrede zurückgriff, dass er Macklin als Wärmequelle benötigte. Aber Caine hoffte dennoch, dass es nicht notwendig war. Er wünschte sich, dass Macklin aus freien Stücken bei ihm blieb, dass er verstand, dass Caine ihm so viel geben konnte, wenn er dessen Angebot nur annahm.

Macklin rollte sie auf die Seite, zog Caine mit sich und hielt ihn in seinen Armen. „Es gibt kein heißes Wasser in der Hütte, aber wenn du mich für ein paar Minuten aufstehen lässt, erwärme ich ein Handtuch am Feuer. Sonst wird es vielleicht etwas ungemütlich."

„Gleich", meinte Caine und schmiegte sich an Macklins Schulter. „Ich w-will noch nicht, dass du dich bewegst."

„Ich geh' nirgendwohin, Welpe", versprach Macklin. „Auch wenn ich für eine Minute aufstehe, so werde ich doch wieder zu dir zurückkommen und dich wärmen."

„Ich sorg' mich nicht um h-heute Nacht. W-Wirst du m-morgen Nacht n-noch da sein?"

„Morgen Nacht wirst du in deinem gemütlichen Bett schlafen."

Und wo wirst du sein? Caine wollte ihm genau diese Frage stellen, aber er hielt sich zurück, da er Macklin mit seiner Anhänglichkeit nicht abschrecken wollte. „Du kannst mir dabei Gesellschaft leisten", sagte er stattdessen.

„Du wolltest mir zeigen, was ich verpasst habe", sagte Macklin. „Wir werden sehen, was der Morgen bringt. Wir sollten uns noch etwas säubern und dann schlafen."

Caine ließ ihn gehen und beobachtete Macklin im flackernden Licht, wie er ein Tuch mit ein wenig Wasser tränkte. Caine schauderte bei dem Gedanken, wie kalt das Wasser wohl war, aber Macklin hielt es für ein paar Minuten nahe an die Flammen. „Es ist nicht wirklich warm, aber es sollte nicht mehr eisig kalt sein. Lass mich dich waschen."

Caine nickte, sein Atem stockte, als Macklin seine Hose öffnete und mitsamt seiner Boxershorts herunterzog. Das Tuch war nur lauwarm, was Caine schaudern ließ, während Macklin über seine empfindliche Haut strich. Aber es fühle sich dennoch gut an. „Ich kann nichts für deine Boxershorts tun, aber zumindest sollte es etwas gemütlicher sein."

Caine wand sich, bis er seine Hose und die Boxershorts ausziehen konnte, um dann nur noch die Hose hochzuziehen. „Ich bin lieber nackt als klebrig. Ich bin dran."

„Ist schon gut", meinte Macklin, während er nach hinten rutschte. „Dreh dich um und schlaf."

„Du hast g-g-gesagt, dass du mich w-w-wärmst."

„Sieh mich nicht so an, Welpe", protestierte Macklin. „Ich werde nur etwas Holz nachlegen. Ich bin gleich wieder zurück."

Das machte die Zurückweisung nicht besser, aber Caine wollte Macklin nicht zeigen, dass er ihn mit dieser Geste verletzt hatte. Er rollte sich auf seine Seite, um den Vorarbeiter nicht ansehen zu müssen, und wartete schweigend, bis dieser wieder zurückkam. Das verräterische Rascheln von Kleidung war wie Salz in Caines Wunden. Macklin war nicht „in Ordnung"; er wollte einfach nicht, dass Caine ihn berührte.

Er bewegte sich nicht, als Macklin zurück unter die Decke kroch und sich an ihn schmiegte, doch Macklins Arme zogen ihn näher und seine Lippen legten sich auf Caines Nacken. Caine entspannte sich und legte seine Hand auf Macklins Arm.

Macklins nackten Arm.

Caine sog überrascht den Atem ein. Er bewegte die Finger an Macklins Arm entlang, erwartete, am Ellbogen oder Bizeps auf Stoff zu stoßen, aber auch dort spürte er nur Macklins Haut. Er wollte sich zu Macklin drehen, um dessen Körper weiter zu erkunden, aber Macklin zog seine Arme enger um Caine. „Schlaf jetzt, Welpe. Wir haben morgen noch viel Arbeit vor uns."

Caine lehnte sich gegen Macklin, streckte die Hand nach hinten und legte sie auf den Oberschenkel des Vorarbeiters. Dort spürte er Stoff, aber eher die glatte Seide von Unterwäsche als den schweren Jeansstoff. Mit einem Lächeln schloss er die Augen und versuchte zu schlafen.

AM NÄCHSTEN Morgen erwachte Caine nur langsam, flüchtig ahnend, dass Macklin in der Nacht aufgestanden war, um Holz nachzulegen. Er spürte, dass Macklins Arm auf seiner Hüfte lag und der harte Körper – und eine Erektion – sich von hinten an ihn schmiegte. Er erschauderte und hoffte, dass Macklin nach dieser Nacht mehr Nähe zuließ.

Er drehte sich langsam um, darauf bedacht, Macklin nicht zu wecken. Aber die grünen Augen öffneten sich sofort und somit war Caines Hoffnung, Macklin mit morgendlichen Sex zu wecken, zerstört. Er sah Verwirrung, Erkenntnis und schließlich Unbehagen über Macklins Gesicht flackern. „Wir sollten aufbrechen", sagte der Vorarbeiter.

„Gleich", gab Caine zurück, um sich dann für einen Morgenkuss nach vorne zu lehnen.

Macklin wich nicht zurück, aber er erwiderte den Kuss auch nicht wirklich, jedenfalls nicht wie in der Nacht zuvor. Er lies es eher steif über sich ergehen. Dieses Verhalten verletzte Caine, aber er erklärte es sich damit, dass Macklin vermutlich niemals einen Morgen danach erlebt hatte und somit nicht wusste, wie er damit umgehen sollte. Caine konnte sich noch ein wenig länger zurückhalten, er wollte Macklin nicht verschrecken. „Ist die Vorratskammer gefüllt, damit wir etwas essen können?"

Macklin stand auf und drehte sich um, als er seine Hose hochzog. Caine konnte sich das Lächeln nicht verkneifen, als wisse er nicht, dass Macklin mit einem Ständer aufgewacht war. „Vielleicht gibt es noch etwas Vegemite oder Brot oder Kekse. Aber ich weiß nicht, wie frisch das Zeug sein wird."

Caine schauderte leicht. Er schätzte einige australische Sachen, aber Vegemite war definitiv nichts, was er mochte. „Vielleicht warte ich lieber, bis wir wieder in der Station sind."

Macklin grinste und drehte sich um, als er sein Shirt zuknöpfte, um das Unterhemd und das bisschen Haut darunter zu verstecken. „Und ich dachte schon, wir würden einen richtigen Aussie aus dir machen."

„Es braucht mehr als ein paar Monate im Outback, um Vegemite zu meinen Lieblingsspeisen zu zählen", meinte Caine. „Besonders wenn Kamis Kochkünste nur eine Stunde oder zwei entfernt sind."

„Da wir gerade von Kami sprechen – wir sollten zurückreiten." Macklin warf Caine einen auffordernden Blick zu, da er noch immer im Bett lag.

Caine stand auf und schauderte leicht, als seine Füße den Boden berührten. Er ging auf Macklin zu und ignorierte dabei dessen unbehaglichen

Gesichtsausdruck. Er musste lernen, mit den Intimitäten außerhalb des Bettes umzugehen. Caine fand, dass es der beste Weg wäre, wenn er ihm keine andere Chance ließ. „Nachdem wir uns einen ordentlichen 'Guten Morgen' gewünscht haben."

„Caine."

„Was?", fragte Caine. „Letzte Nacht konntest du gar nicht damit aufhören, mich zu küssen. Was ist falsch daran, es heute Morgen zu tun?"

„Gestern Nacht war …"

„Genau", sagte Caine, als Macklin seinen Satz nicht zu Ende sprach. „Gestern Nacht war. Versuch' nicht so zu tun, als wäre es nie passiert oder als hättest du es nicht genauso genossen wie ich. Ich möchte nicht, dass du mich heiratest, Macklin. Ich wollte nur einen Gutemorgenkuss."

Caine hätte Macklins aufkommende Panik vermutlich amüsant gefunden, wenn er nicht gerade eine gegenteilige Reaktion erhoffte. Er seufzte. „Warum ist es für dich so schwer?", fragte er sanft.

„Wir haben jetzt keine Zeit, um darüber zu sprechen", erwiderte Macklin. „Wir müssen zurück zur Station."

„Warum?", fragte Caine. „Warum diese Eile? Was ist so wichtig, dass du nicht vorher die Frage beantworten kannst?"

„Warum ist es so wichtig, dass wir jetzt darüber diskutieren?", konterte Macklin.

„Weil wir jetzt hier sind und du dich seltsam verhältst, und wenn du mir jetzt k-keine Erklärung lieferst, dann wirst du es vielleicht nie tun."

„Vielleicht ist es auch besser so", murmelte Macklin.

„Macklin, hör auf, auszuweichen."

Macklin seufzte und zog sich zurück, ging rastlos in der kleinen Hütte auf und ab. „Weil ich es noch nie zuvor getan habe, okay? Ich habe gefickt, aber das war's. Ich weiß nicht, was du von mir willst und das macht mich so nervös als wäre ich ein von Dingos umzingeltes Schaf."

Er strich sich durch seine verstrubbelten Haare, während er sprach. Dann wandte er sich um und warf Caine einen Blick zu, als wäre alles seine Schuld. Macklins ehrliche Worte besänftigten Caine und er trat auf Macklin zu. „Was ich jetzt will, ist ein einfacher Kuss. Was sich daraus entwickelt, bleibt uns überlassen. Das ist das Schöne an einer Beziehung. Es geht nicht darum, was ich will, sondern was wir wollen."

„Und wenn du haben könntest, was immer du willst?", fragte Macklin zögerlich.

„Was Onkel Michael mit Donald hatte", antwortete Caine sofort. „Aber sie bauten das nicht an einem Tag oder in einem Monat auf. Beziehungen brauchen Zeit und Arbeit. Man muss kämpfen, verhandeln und manchmal auch ein wenig zurückstecken. Und manchmal funktionieren sie nicht, dann muss man das akzeptieren und weitermachen."

„Genau das beunruhigt mich", gestand Macklin. „Wenn es nicht funktioniert, werde ich gehen müssen."

„Wenn es nicht funktioniert, gehe ich", bot Caine an. „Du brauchst mich nicht, um die Station zu leiten und Lang Downs ist dein Zuhause. Selbst wenn wir es n-n-nicht schaffen, tätest du nichts, um der Station oder ihrem Ruf zu schaden."

„Du machst es mir verdammt schwer zu widerstehen."

Caine lächelte. „Dann tu es nicht", sagte er. Er hob erneut den Kopf und hoffte auf einen Kuss. Dieses Mal gab Macklin nach. Der Kuss war nicht so leidenschaftlich und verlangend wie die Küsse der vergangenen Nacht, aber Caine kümmerte es nicht. Er ließ sich in die Umarmung fallen, die die Begegnung ihrer Lippen begleitete, während seine Finger in Macklins Haare glitten.

Anscheinend schien sich Macklin daran zu erinnern, dass nicht jeder Kuss hart und schnell sein musste. Seine Lippen wurden weicher, die Sanftheit von letzter Nacht kehrte zurück. Caine seufzte glücklich in den Kuss hinein. Er war sich sicher, dass er Macklin Tag und Nacht so küssen konnte und trotzdem nie genug bekam.

Das Funkgerät knackte auf dem Tisch hinter ihnen, was beide auffahren ließ, aber als Macklin sich von Caine lösen wollte, stahl er noch einen schnellen Kuss, ehe er Macklin losließ.

„J-Jetzt kannst du ihnen a-antworten." Es war ihm egal, dass er gerade stotterte. Er wollte, dass Macklin wusste, wie sehr er die Küsse genoss. Vielleicht half es dabei, Macklin davon zu überzeugen, dass er es ernst meinte.

Caine zog seine Stiefel und seinen Mantel an, während Macklin sich mit der Station absprach und jedem versicherte, dass er und Caine die Nacht gut überstanden hatten und nun aufbrachen. Er ordnete an, dass die Männer die Herde für die Zucht trennen sollten.

„Aber ich weiß nicht, welche Mutterschafe ich zu welchen Böcken stellen soll", meinte Ian.

„Solange sie nicht bei ihren Vätern landen, ist es okay", sagte Macklin. „Ich werde meine Pläne entsprechend anpassen, wenn ich zurückkomme und mir deine Arbeit ansehe."

„Das heißt wohl, dass wir jetzt zurückreiten sollten", sagte Caine, als Macklin das Funkgerät zurück auf den Tisch gestellt hatte.

„Gleich", meinte Macklin. „Aber zuerst stehle ich mir noch einen Kuss, der mich den Ritt über warmhält."

Caine war sich sicher, dass er sich noch nie so schnell bewegt hatte wie jetzt, als er zu Macklin trat. Seine Freude über Macklins Aussage vermischte sich mit dem Kitzel, als sie sich sanft küssten. Als Macklin den Kopf hob und Caine anlächelte, war dessen Glück vollkommen.

13

EINE WOCHE später war Caine knapp davor, Macklin zu erdrosseln. Der Vorarbeiter lud ihn zwar jeden Abend zu einem Bier ein und küsste ihn bereitwillig, wann immer sie alleine waren, doch jedes Mal, wenn Caine andeutete mehr zu wollen, zog sich Macklin zurück, verschloss sich oder fand eine Ausrede, um ihren gemeinsamen Abend zu beenden. Caine wusste, dass Macklin noch nie eine ernsthafte Beziehung gehabt hatte und dass er warten musste, bis dieser sich daran gewöhnte, aber Caine wurde des Wartens langsam müde.

„Aussies sind einfach zu stur …", murmelte Caine, als er zur Kantine ging. Sie hatten die Herde vollständig in die Zuchtgehege aufgeteilt. Morgen, nachdem sie die Böcke zu den Mutterschafen gebracht hatten, würden die Sommerarbeiter zurück nach Boorowa oder Cowra reisen, während die dauerhaften Siedler auch den Winter über auf der Station blieben.

Kami hatte ein spezielles Abschiedsessen zubereitet und alle versammelten sich in der Kantine – auch diejenigen, die normalerweise in ihren Häusern aßen. Caine genoss die festliche Atmosphäre und auch die Geste, alle Arbeiter ordentlich zu verabschieden, aber als das Abendessen von Gesprächen und gemeinsamen trinken abgelöst wurde, sehnte er sich nach einer Gelegenheit mit Macklin alleine zu sprechen. Er wollte wissen, was im Kopf des anderen Mannes vor sich ging. Außerdem brauchte er seinen Gutenachtkuss und den bekam er nicht in einer Kantine voller Jackaroos. Er musste also abwarten, bis sich alle in ihre Häuser oder in den Schlafbunker zurückgezogen hatten, damit er und Macklin zu dessen Haus gehen konnten.

Als es fast Mitternacht war, löste sich die Menge endlich auf. Caine stand so nahe an Macklin, dass es gerade nicht auffällig war, während er Hände schüttelte und sich bei den Leuten für die harte Arbeit bedankte. Es fühlte sich ein wenig seltsam an, aber er war nun mal derjenige, der dem Besitzer von Lang Downs am nähesten kam, und er wollte das allen klar machen, sowohl denjenigen, die gingen, als auch denjenigen, die blieben. Als er sich bei den letzten Arbeitern bedankt hatte, wandte sich Caine Macklin zu. „Ich hatte schon befürchtet, keine Zeit mehr für unser Bier zu haben."

„Du hattest also noch nicht genug Bier, Welpe?", neckte Macklin.

Caines Lächeln wurde breiter. „Ich würde zu einem weiteren nicht Nein sagen."

„Komm mit, Welpe", meinte Macklin mit einem Kopfschütteln.

Sie gingen schweigend zu Macklins Haus, nah beieinander, aber ohne sich zu berühren. Mehr als einmal war Caine versucht, nach Macklins Hand zu greifen, aber er war sich nicht sicher, wie Macklin diese Geste aufnahm. Obwohl es keine weitere Nacht wie in der Hütte gegeben hatte, schienen er und Macklin eine Art Balance erreicht zu haben. Die Abende, die sie trinkend, sich küssend und diskutierend auf der Couch verbracht hatten, waren ruhig gewesen, jedenfalls solange Caine nicht versuchte, ihre Beziehung zu vertiefen. Heute kam es vermutlich anders, denn Caine wollte Macklin damit konfrontieren, warum sie auf der Station nie über das Küssen hinausgekommen waren.

Sie gingen nach drinnen und Caine folgte Macklin in die Küche, wo er dessen Hand ergriff, als der den Kühlschrank öffnen wollte. „Ich brauche kein Bier. Ich brauche einen Kuss von dir."

Macklin zog Caine an sich heran. Der Kuss war hart und schnell, das komplette Gegenteil der Küsse, die sie über die letzte Woche geteilt hatten. „Ich hab drauf gewartet, seit du heute in die Kantine gekommen bist."

Caines Augenbrauen hoben sich vor Überraschung. Macklin hatte ihm seit dem Morgen in der Hütte keinen Kuss verweigert, aber das war das erste Mal, dass er zugab, es zu wollen. „Ich hätte nichts dagegen gehabt, wenn du mich sofort geküsst hättest."

Das waren wohl die falschen Worte gewesen.

„Du weißt, dass wir das nicht tun können."

„Nein, weiß ich nicht. Ich weiß, dass du das *sagst*, aber ich bin der Meinung, dass du einfach nur überreagierst. Okay, die Männer kennen mich vielleicht nicht so gut wie dich, aber sie küssen den Boden auf dem du gehst. Sie wären überrascht, aber ich bin mir sicher, dass sie nichts sagen würden. Bei dir nicht."

„Du wärst überrascht, wie stark ihre Vorurteile sind."

Caine kniff die Lippen zusammen. „Na gut, ich möchte darüber einfach nicht streiten. Trotzdem denke ich, dass du falsch liegst. Ich will aber über etwas anderes sprechen."

„Zum Beispiel?"

„Zum Beispiel darüber, worüber du die ganze Woche nachgedacht hast", schlug Caine vor. „Und warum du mich nicht mit ins Bett genommen hast."

„Ich hatte viel im Kopf", gab Macklin abwehrend zurück.

„Worüber hast du nachgedacht? Was bekümmert dich?"

„Ich gehe normalerweise nach Sydney, wenn ich die Sommerbelegschaft nach Boorowa gebracht habe. Ich bleibe für eine Woche und … entspanne für ein paar Tage, bevor ich dann die Vorräte für den Winter mitnehme."

„Du meinst, dass du in die Bars gehst, Twinks mitnimmst und mit ihnen fickst, ehe du sie verlässt", mutmaßte Caine.

„Ich mache ihnen keine Versprechungen."

„Ich habe nie behauptet, dass du das tust, aber es ist nun mal die Wahrheit. Wirst du auch dieses Jahr gehen?"

„Ich wollte dich fragen, ob du mitkommen willst."

„Was? Warum?" Macklin hatte bereits erwähnt, dass Caine ihn begleiten konnte, aber er hatte es seit Taylors Besuch nicht mehr angesprochen, und mit all der Spannung zwischen ihnen, hatte Caine auch nicht erwartet, dass Macklin es tat.

„Damit wir ein wenig Zeit an einem sicheren Ort haben. Irgendwo, wo die Leute uns nicht kennen und es sie nicht kümmert."

Caine dachte über die Einladung nach. Macklin musste sich offensichtlich dazu überwinden, Caine zu fragen, und zwar nicht als ein sogenannter Jagdgefährte, sondern als potenzieller Liebhaber. In mancher Hinsicht war es sicherlich einfacher, ihre Beziehung fernab von der Station zu beginnen, fern von den Augen der Leute, die hier arbeiteten – aber wenn sie das taten, wenn sie ihr gemeinsames Leben im Geheimen begannen, würde es später, bei einer möglichen Trennung, noch mehr wehtun. Caine hätte viel für Macklin getan, aber er konnte sich einfach nicht verstecken. „Was, wenn ich k-keine S-Sicherheit will? Ich will ein Leben mit dir und wenn ich das nicht haben k-k-kann, dann möchte ich ein Leben mit jemandem, einem P-Partner, der an meiner Seite steht und mich unterstützt, so wie ich ihn unterstütze. Einmal im Jahr nach Sydney zu verschwinden ist nicht das Leben, das ich will."

Macklin strich sich durch die Haare. „Du weißt nicht, was du da verlangst."

„Habe ich mich unklar ausgedrückt?"

„Verdammt, du verstehst mich immer falsch."

„Dann erklär' es mir", sagte Caine. „Ich will dich nicht verärgern, aber offenbar verstehe ich etwas nicht, was für dich eindeutig ist. Hilf mir auf die Sprünge."

„Du bist nicht mehr in Philadelphia. Hier draußen gibt niemand zu, schwul zu sein", entgegnete Macklin. „Ich behaupte nicht, dass hier niemand homosexuell ist. Sie sprechen nur nicht darüber, denn wenn sie es tun, verbringen sie den Rest ihres Lebens damit, Witze und Kommentare abzuwehren, wenn es keine Fäuste sind."

„Deswegen sollen wir uns also verstecken", folgerte Caine. „Onkel Michael hat sich nicht versteckt. Möglicherweise hat er nicht darüber gesprochen, aber er hat es ebenso wenig versteckt."

„Und niemand außer Kami und mir erinnert sich an Donald. Er starb vor über zwanzig Jahren. Außerdem waren die Dinge damals anders. Die Station war kleiner und sie entschuldigten ihre Wohnsituation als eine Notwendigkeit."

„Wie stellst du dir das zwischen uns vor, wenn wir unsere Beziehung nicht öffentlich machen können?", fragte Caine ernsthaft. „Ich will in deinen Armen schlafen, dein Körper dicht an meinen gepresst. Ich will ein *Leben* zusammen, nicht den gelegentlichen verstohlenen Fick."

Macklin seufzte. „Darauf habe ich keine Antwort, Caine. Ich weiß nicht, wie ich dir das geben soll, was du willst, und trotzdem noch etwas für den Rest unserer Leben übrig habe. Wenn das hier rauskommt, kommen die Jackaroos vielleicht nicht mehr zurück. Wie stehen wir dann da?"

„Wenn diese Jackaroos nicht zurückkommen, können wir dann andere anheuern?", fragte Caine. „Vielleicht finden wir welche, die uns als Paar akzeptieren?"

„Vielleicht", sagte Macklin. „Aber wer weiß, ob die auch was von Schafen verstehen. Was ist, wenn wir mit einer völlig unerfahrenen Crew enden, der wir alles beibringen müssen. Was ist, wenn wir ohne Wintercrew dastehen. Wir könnten vor dem Nichts stehen."

„Die Wirtschaft ist zurzeit sehr angeschlagen", erinnerte Caine ihn. „Meinst du wirklich, die Leute gehen einfach ohne Aussicht auf einen anderen Job? Und selbst wenn sie es tun würden, denkst du nicht, dass wir trotzdem Leute finden, einfach weil ein Job besser ist als keiner?"

„Ich weiß es nicht", gab Macklin zurück. „Ich weiß nur, dass es ein gewaltiges Risiko ist."

„Taylor weiß bereits über mich Bescheid, was bedeutet, dass es wohl nur eine Frage der Zeit ist, bis es sich herumspricht", gab Caine zu bedenken. „Wir können all dem entgegentreten, ohne ein Paar zu sein. Aber wenn wir so oder so in Schwierigkeiten geraten, stehe ich es lieber mit dir zusammen durch. Geh nicht nach Sydney. Bleib stattdessen bei mir."

„Ich weiß nicht, ob ich das kann", antwortete Macklin ehrlich. „Der Einzige, dem ich es noch gesagt habe, war Michael."

„Du hast es auch mir nicht direkt gesagt." Caine lächelte, als er sich an ihren ersten Kuss erinnerte. „Du hast mich geküsst und bist weggerannt." Er nahm Macklins Hand. „Vielleicht ist es an der Zeit, mit dem Rennen aufzuhören."

„Verdammt, Welpe, frag nach etwas Schwierigem."

„Offen schwul zu sein ist eine Vertrauenssache. Vertrauen darin, dass die Welt um dich herum dich akzeptiert, dass die Leute dich in deinen Entscheidungen unterstützen, dass du dein Leben offen statt im Verborgenen leben kannst. Du hast eine Station voller Männer und Frauen, die an dich glauben. Vielleicht schadet es nicht, auch an sie zu glauben."

„Okay, ich verstehe." Macklin hob die Hände. „So oder so werde ich morgen mindestens nach Boorowa fahren müssen, wegen der Vorräte. Ich kann nicht an einem Tag hin- und zurückfahren. Willst du mich zumindest nach Boorowa begleiten? Nicht, weil wir uns verstecken, sondern weil du an meiner Seite sein willst?"

Caine nickte. „Und wenn wir zurückkommen, wirst du aufhören, mich auf Abstand zu halten." Ein schmerzerfüllter Ausdruck flackerte über Macklins Gesicht. „Ich werde dich nicht mitten im Hof oder in einer Herde küssen. Die anderen müssen das nicht sehen, aber ich möchte einfach nicht verbergen, dass wir zusammen sind."

„Wir verbergen es auch jetzt nicht", gab Macklin zu bedenken.

„Nein, aber wenn jemand genauer hinschaut, kann man mich jede Nacht um dieselbe Zeit heimgehen sehen. Vielleicht können wir das ändern, wenn wir zurückkommen. Du kommst stattdessen manchmal zum Haupthaus und bleibst über Nacht", meinte Caine.

„Vielleicht", sagte Macklin zaghaft. „Ich hab es dir schon gesagt, ich weiß nicht, wie man sich in einer Beziehung verhält. Sei geduldig mit mir. Ich will dich nicht enttäuschen."

Caine war sich sicher, dass niemand zuvor Macklins verletzliche Seite zu Gesicht bekommen hatte und genau dieser Moment ließ ihn den Frust der ganzen Woche vergessen. Macklin war vielleicht etwa zehn Jahre älter als Caine, aber wenn es darum ging, in den unsicheren Gewässern einer Beziehung zu navigieren, war Caine erfahrener. „Halt dich an mich, alter Mann. Ich werde dir all das b-beibringen, was du wissen musst."

„Du denkst, du kannst einem alten Hund neue Tricks beibringen?", neckte Macklin.

„Das hab ich schon", gab Caine zurück. „Du konntest nur auf eine Weise küssen, als wir damit angefangen haben."

Macklin grinste und küsste Caine das Lächeln vom Gesicht. „Jetzt, da wir all das aus dem Weg geschafft haben, willst du ein Bier?"

„Nein", sagte Caine. „Es ist spät und wir müssen morgen früh raus, wenn wir mit dem Züchten fertig werden und dann nach Boorowa fahren wollen. Außerdem muss ich noch packen. Ich sollte wohl gehen, damit wir beide genügend Schlaf bekommen."

„Du kannst hier schlafen."

„Bist du dir sicher?" Caine konnte seine Überraschung nicht verbergen. Nach dem, was Macklin gesagt hatte, war er sich sicher gewesen, dass Macklin ihn nicht aufhalten würde.

„Um zu schlafen, nicht um die ganze Nacht zu vögeln", stellte Macklin klar. „Es wird ein früher Morgen und noch früher, wenn du vor dem Frühstück packen musst. Wenn du lieber gehen willst, versteh' ich das."

„Nein!", meinte Caine hastig. „Ich will bleiben. Ich wollte nur, dass du dir sicher bist."

„Bleib", wiederholte Macklin. Ein leichtes Zittern in seiner Stimme verriet seine Unsicherheit, aber Caine ging nicht darauf ein. Macklin hatte ihm angeboten zu bleiben, und das war alles, was zählte.

Caine antwortete mit einem sanften Kuss. Heute schliefen sie nur, aber morgen Nacht, wenn sie Zeit hatten und nicht früh aufstehen mussten, sah er, ob er Macklin verführen konnte. Heute Nacht reichte es ihm, einfach in den Armen des anderen Mannes einzuschlafen.

Macklin erwiderte den Kuss und zog Caine in seine Arme. Er hielt ihn dicht an sich gedrückt, bewegte sich aber nicht in Richtung Schlafzimmer. „Ich dachte, wir wollten schlafen gehen", murmelte Caine.

„Sei geduldig mit mir. Ich hab das hier noch nie gemacht."

„Es ist nicht schwer", meinte Caine mit einem Lächeln. „Wir gehen in dein Schlafzimmer, ziehen uns aus, krabbeln unter die Decke und schlafen. Genau so, als wärst du alleine."

„Das sagt sich so leicht", murmelte Macklin.

„Komm." Caine zog an Macklins Hand. „Oder hast du es dir anders überlegt?"

„Ich hab es mir nicht anders überlegt." Macklin atmete tief ein. „Okay, Schlafenszeit."

Macklins Schlafzimmer war ungefähr gleich groß wie Caines und auch ähnlich ausgestattet, aber es gab keinen tragbaren Heizer, der den Raum warm hielt. Er schauderte ein wenig und war froh, dass er sich mit Macklin das Bett teilte.

„Ich, äh, ich mach' mich dann bettfertig." Macklin wies zu einer Tür, die, wie Caine vermutete, zum Badezimmer führte.

Caine drückte ihm einen schnellen Kuss auf die Lippen. „Ich werde warten."

Als sich die Tür hinter Macklin geschlossen hatte, zog Caine das Hemd aus. Er zitterte in dem dünnen T-Shirt, das er darunter trug. Caine wollte es auch ausziehen, aber er wusste nicht, ob es Macklin verunsicherte. Er wusste auch nicht, in welcher Kleidung der andere Mann schlief. Der Temperatur des Raumes nach zu urteilen, zweifelte Caine daran, dass Macklin nackt schlief, zumindest nicht im Winter. Trotzdem war es ein verlockender Gedanke und Caine war versucht, ein Heizgerät vorzuschlagen. Er musste Macklin einfach davon überzeugen, das nächste Mal mit ihm im Haupthaus zu schlafen.

Caine faltete sein Hemd und seine Jeans, und legte diese dann säuberlich auf die Kommode. Macklins Schlafzimmer war penibel aufgeräumt. Wenn sie miteinander geschlafen hätten, wären verstreute Klamotten nicht so schlimm gewesen. Aber so war Caines Kleidung eine willkommene Ablenkung, während er darauf wartete, dass Macklin aus dem Badezimmer kam.

Die Tür öffnete sich, als Caine sich zu fragen begann, ob Macklin es sich doch noch anders überlegt hatte und schon in der Badewanne schlief. Er trug einen rot-blauen Flannelpyjama, den Caine eher mit seinem Großvater assoziierte. Er musste gegen ein Schmunzeln ankämpfen, da er Macklin nicht verärgern wollte. Dabei war er anscheinend nicht so erfolgreich wie erhofft, wenn er Macklins finsteren Blick richtig deutete.

„Was? Die sind bequem für kalte Nächte. Außerdem hat ihn noch kein anderer gesehen."

„Er sieht sehr warm aus", meinte Caine beruhigend. „Und es ist sehr kühl hier drin."

„Du musst frieren." Macklin besah sich Caines T-Shirt und seine Boxershorts. „Steig ins Bett."

„Ich hab auf dich gewartet."

„Nun, jetzt bin ich hier." Macklin breitete die Daunendecke über dem Bett aus. „Rein mit dir."

„Welche Seite ist deine?"

„Leg dich jetzt ins Bett", knurrte Macklin. Caine krabbelte unter die Decke und rutschte auf die andere Seite, damit Macklin sich neben ihn hinlegen konnte. Als Macklin die Daunendecke über sie zog, befingerte Caine die Knöpfe der Pyjamajacke.

„Ich denke, dass du die hier nicht brauchen wirst, immerhin haben wir heute etwas mehr Körperwärme zur Verfügung."

„Ich dachte, wir wollten schlafen."

„Das werden wir", versprach Caine. „Aber Haut an Haut zu liegen, ist viel besser. Versuch es. Wenn es zu kalt wird, kannst du dich wieder anziehen."

„Nur wenn du dein Shirt ausziehst."

Caine setzte sich auf und zog sich sein T-Shirt aus. Seine Nippel wurden an der kühlen Luft hart und als er sich wieder hinlegte, sah er Macklin erwartungsvoll an.

Macklins Blick fixierte seine Brust. „B-Bitte ...", wisperte Caine erregt.

Macklin beugte sich näher und leckte erst über den einen, dann über den anderen Nippel. Caine keuchte, kam Macklin entgegen, ehe er an dessen Haaren zog. „Wenn wir s-schlafen wollen, musst du j-jetzt a-aufhören."

Zu Caines Überraschung nickte Macklin und setzte sich auf, um sich sein Pyjamashirt auszuziehen, ehe er sich wieder hinlegte. Er zog Caine in seine Arme und küsste ihn sanft. „Wie schläfst du am besten?"

Caine antwortete nicht laut, sondern drehte sich in Macklins Armen um, damit sich der Vorarbeiter an ihn schmiegen konnte. Er zog einen Arm von Macklin über seine Taille und seufzte genießerisch. Eine leichte Erregung blieb zurück, doch es fühlte sich richtig an. Sie mussten sich nicht beeilen, denn das, was sie gerade taten, war schon ein großer Schritt. Vielleicht machten sie morgen Nacht einen weiteren Schritt nach vorn, vielleicht auch nicht. Caine konnte warten, solange Macklin ihn hielt, als wolle er ihn nie wieder loslassen.

Er schlief mit einem Lächeln auf dem Gesicht ein.

14

MACKLINS WECKER ging früh am Morgen los und ließ Caine aus seinem tiefen Schlaf schrecken. Der Vorarbeiter drehte sich auf die Seite, um ihn abzustellen, ehe er sich wieder an den warmen Körper schmiegte und seine Nase an Caines Nacken rieb. Caine lächelte, presste sich näher an Macklins Körper und dessen Erektion, die er an seinem Hintern spürte. Er drehte sich in Macklins Armen und ließ eine Hand zwischen sie gleiten, um ihn durch den Stoff des Pyjamas zu streicheln.

„Fang nicht mit etwas an, was wir nicht zu Ende bringen können", stöhnte Macklin.

Caine strich noch einmal leicht über Macklins Erregung, bevor er sich zu einem Kuss hinauf lehnte. „Morgen, wenn uns keiner zum Frühstück erwartet, wecke ich dich richtig auf."

„Und wie wird das aussehen?", fragte Macklin mit rauer Stimme.

Caine leckte über seine Lippen, als er sich vorstellte, seinen Mund von Macklins Brust bis zum Hosenbund des Pyjamas hinabwandern zu lassen. „Was denkst du?"

„Verdammte Scheiße", stöhnte Macklin. „Ich werde nicht mehr aufhören können daran zu denken, wie es aussehen wird, wenn sich dein Mund mit meinem Körper beschäftigt."

„Gut", meinte Caine mit einem triumphierenden Lächeln. „Es wird dich warmhalten, wenn wir heute draußen sind."

„Und wie wirst du dich warmhalten?", fragte Macklin.

Caines Grinsen wurde breiter. „Ich werde daran denken, dass ich deine lange Unterwäsche unter meiner Kleidung trage. Oh, und dass ich dich heute Abend ganz für mich allein haben werde." Er strich an Macklins Seite entlang. „Ich habe vor, das auszunutzen …"

Macklin stöhnte erneut und rollte sich von Caine weg. „Wenn du so weiter machst, werde ich den ganzen Tag über breitbeinig laufen müssen und jemand wird es merken."

Caine gab nach. Er wollte Macklin nicht zu sehr drängen. „Das wollen wir ja nicht, richtig? Ich könnte die lange Unterwäsche hierlassen."

„Sei kein Galah", sagte Macklin. „Es gibt keinen Grund für dich zu frieren. Ich werde einfach an etwas anderes denken."

„Ein Galah?" Caine kannte den Ausdruck nicht.

„Eine Art Vogel", erklärte Macklin. „Es soll heißen, dass man nicht dumm oder albern sein soll. Du sollst nicht frieren, nur weil der Gedanke daran, dass du meine Kleidung trägst, mich hart werden lässt."

„Ich schätze, wir sollten aufstehen, was?", seufzte Caine.

„Wenn du dich jetzt noch umziehen und packen willst, dann ja. Ich möchte nicht, dass du das Frühstück verpasst."

„Und ich will nicht dein Haus verlassen, wenn alle anderen auf dem Weg zur Kantine sind. Wir sollten jetzt keine Krise provozieren."

„Danke." Macklin küsste Caine schnell. „Ich besorge dir lange Unterwäsche."

Er zog sich das Pyjamashirt an und ging barfuß zum Schrank. Caine zitterte beim bloßen Anblick, während er sein T-Shirt anzog und auf die lange Unterwäsche wartete. Als er aufstand, um sich anzuziehen, fröstelte es ihn, da der Raum noch immer sehr kalt war. Nachdem er vollständig bekleidet war, stahl sich Caine noch einen Kuss. „Wir sehen uns beim Frühstück."

„Ich werde da sein."

Caine sah niemanden, als er zu seinem Haus ging. Er bemühte sich nicht, allzu leise zu sein, als er ins Haus trat, aber er rief auch nicht Kami zu, dass er da war, wie er es sonst immer tat. Über Kami machte er sich später Gedanken, wenn Macklin die Nacht bei ihm verbrachte oder Kami nachfragte, wo Caine die Nacht über gewesen war.

Oben angekommen duschte er schnell und zog sich einen sauberen Slip an, ehe er Macklins lange Unterhose unter der Arbeitskleidung anzog. Falls sie später noch genügend Zeit hatten, würde er nochmals duschen und sich umziehen, ehe sie nach Boorowa fuhren. Er wollte auf der langen Fahrt nicht nach Schaf riechen. Caine packte Kleidung zum Wechseln und ein paar Toilettenartikel in den Rucksack, wobei er sich wünschte, Gleitmittel und Kondome zu haben. Aber er hatte das ja nicht erwartet, als er nach Australien gekommen war. Vielleicht hatte Macklin etwas dabei. Als er mit dem Packen fertig war, ging er hinunter, um zu frühstücken.

„Was soll das heißen, du kommst morgen zurück?" Kamis Frage war das Erste, was Caine hörte, als er in die Küche kam. „Was ist mit deinem jährlichen Trip nach Sydney?"

„Ich hab beschlossen, dieses Jahr nicht zu fahren", erwiderte Macklin und nickte Caine zu, als er ihn sah. „Wir haben einen neuen Boss und mit Stürmen zu kämpfen, daher ist es besser, wenn ich in der Nähe bleibe. Caine und ich werden heute Abend nach Boorowa fahren, am Morgen die Versorgungsgüter abholen und morgen Abend wieder da sein."

„Es ist deine Entscheidung", sagte Kami, „aber lass es nicht an mir aus, wenn du mürrisch bist, weil du dieses Jahr nicht flachgelegt wurdest."

Caine hustete, um sein Grinsen zu verbergen. Wenn es nach ihm ging, wurde Macklin ab jetzt viel öfter als nur eine Woche im Jahr flachgelegt.

„Ich werde es nicht erwähnen", versprach Macklin. Seine Augen funkelten, als er zu Caine sah. „Komm, lassen wir Kami in Ruhe das Frühstück vorbereiten. Ich will noch mal über die biologische Haltung reden."

„Sicher", meinte Caine und folgte Macklin ins Wohnzimmer. Sobald sie alleine waren, begann er zu lachen. „Oh G-G-Gott, wenn K-Kami nur wüsste", keuchte er, als er sein Lachen unter Kontrolle hatte.

„Wenn du nicht etwas leiser redest, wird er es ohnehin bald wissen." Macklin lächelte, weshalb Caine erneut in Gelächter ausbrach.

„Also, was wolltest du?", fragte Caine, als er sich endlich gefangen hatte.

„Ich wollte mit dir allein sein, damit ich dich küssen kann", antwortete Macklin und ließ seinen Worten Taten folgen. Caine erwiderte den Kuss und lächelte, als sie sich voneinander trennten.

„Du sagst zwar, du hast keine Ahnung von Beziehungen, aber du schlägst dich heute sehr gut."

„Gut zu wissen. Lass uns essen gehen, damit wir die Böcke in die Gehege bekommen und losfahren können. Es wird früh dunkel und ich will, wenn möglich, davor noch in Boorowa ankommen."

„Bereit, wenn du es bist", sagte Caine. „Ich hab gepackt, bevor ich herunter gekommen bin."

Sie frühstückten mit den anderen Arbeitern und gingen danach sofort nach draußen, damit sie die Böcke zu den Mutterschafen führen konnten. Die großen Männchen waren bei weitem nicht so zahm wie die Mutterschafe. Sie kämpften gegen die Hunde und Männer an und versuchten überall hinzukommen, außer in eines der Gehege. Schließlich schafften sie es, die Böcke nach Macklins Anweisungen zu verteilen.

Macklin bedankte sich bei den Sommerarbeitern, schüttelte jedem die Hand und wünschte ihnen viel Glück. Caine wartete etwas abseits und bedankte sich ebenfalls, wenn sie auf ihn zukamen. Als nur noch die festen Angestellten übrig waren, blickte Caine auf seine Uhr. „Wir sollten uns ein paar Sandwiches für unterwegs einpacken."

„Gute Idee. Ich werde Kami fragen, ob er uns etwas vorbereitet, während wir den Ute beladen."

„Er wird uns sagen, dass wir das allein machen sollen."

„Nicht, wenn ich ihn frage", meinte Macklin.

Caine sah ihn skeptisch an und folgte Macklin in die Küche. „Kami, könntest du uns ein paar Sandwiches machen?"

„Brot ist in der Brotbox, Fleisch im Kühlschrank." Kami sah nicht auf, unterbrach auch sein eifriges Schneiden nicht.

„Hab's dir gesagt", formte Caine mit seinen Lippen. „Ich mach schon", sprach er laut aus. „Du belädst den Ute. So sparen wir Zeit und meinen Rucksack kann ich immer noch in den Ute werfen, bevor wir losfahren."

„Verdammter Vorarbeiter", knurrte Kami, als Macklin gegangen war. „Nimmt immer an, alle tun was er sagt, nur weil er es sagt."

„Er ist der Vorarbeiter."

„Und?", fragte Kami. „Das ist meine Küche. Ich entscheide, was hier passiert, nicht er."

„Er hat etwas über die Wintervorräte gesagt." Caine wollte nicht mit Kami streiten. Er und Macklin konnten das untereinander ausfechten. „Hast du ihm eine Liste gegeben? Wenn nicht, gibt es etwas Bestimmtes, das du brauchst? Ich kann es für dich aus der Stadt mitnehmen. Ich möchte nicht, dass dir wichtige Dinge fehlen, die du im Winter brauchst."

„Du bist ein guter Mensch, Caine. Dein Onkel wäre sicher stolz auf dich gewesen."

Das Kompliment überraschte Caine so sehr, dass es ihm kurz die Sprache verschlug. „Danke", sagte er endlich. „Ich bin froh, dass du so denkst. Hast du eine Liste?"

„Ich hab sie letzte Woche Macklin gegeben. Er ist auch ein guter Mensch. Ich hoffe, die Geschichte wiederholt sich."

Das war eine noch größere Überraschung. „Ich … Ich w-w-weiß nicht, was ich s-sagen soll."

„Sag nichts. Ich bin ein sentimentaler alter Trottel."

„N-Nein, das meinte ich nicht. Ich m-meinte -"

„Sag nichts", wiederholte Kami. „Macklin wird mit mir sprechen, wenn er so weit ist. Das hier ist nur ein Gespräch zwischen dir und mir."

Caine nickte und machte die Sandwiches fertig. Er warf sie zusammen mit ein paar Wasserflaschen und Chips in den Beutel. Damit waren sie bis nach Boorowa versorgt, konnten aber wohl gleich nach ihrer Ankunft im Hotel zu Abend essen.

Er ließ den Beutel an der Haustür stehen, ehe er nach oben eilte und den Rucksack holte. Macklin wartete bereits im Wohnzimmer auf ihn, als er herunter kam. „Bereit?"

„Bereit", sagte Caine, nahm ihr Mittagessen und folgte Macklin nach draußen. Macklin warf Caines Rucksack in den Kofferraum, zusammen mit seiner eigenen Ausrüstung, und deutete Caine einzusteigen.

Caine wartete, bis sie das erste Gatter passiert hatten und aus der Hauptstation gefahren waren, ehe er den Kopf zurücklehnte. „Du hast gesagt, dass Kami Donald kannte, richtig?"

„Ja", sagte Macklin. „Kami hat schon hier gekocht, als ich auf die Station kam. Ich kenne nicht seine ganze Geschichte, aber Michael hat ihn wohl auf die gleiche Weise aufgenommen wie mich. Warum fragst du?"

„Nur etwas, was er gesagt hat." Caine wollte nicht zu viel ausplaudern. „Es hat mich neugierig gemacht. Er hat auch gesagt, dass Onkel Michael stolz auf mich wäre."

„Er hat recht", stimmte Macklin zu. „Ich hatte nicht gedacht, dass du es eine Woche, geschweige denn Monate aushältst. Ich hab erwartet, dass du aufgibst, bevor du dich an das Outback gewöhnst. Ich habe falsch gelegen. Wir machen noch einen Viehzüchter aus dir."

Caine lächelte. „Ich weiß, dass ich damit nie so ungezwungen umgehen werde wie du oder Jason, weil ihr damit aufgewachsen seid. Aber ich will, dass es funktioniert. Ich will, dass die Leute von Lang Downs stolz auf mich sind."

„Das sind wir", versicherte ihm Macklin. „Du hast mich überzeugt und ich war entschlossen, dich auf Abstand zu halten."

„Du willst mich nur flachlegen", neckte Caine.

Macklin zischte leise. „Natürlich möchte ich das, aber das alleine reichte nicht, um mich umzustimmen", beharrte er nach einem Moment. „Es gab eine Menge gut aussehender Jackaroos, die im Laufe der Jahre auf der Station arbeiteten, und ich habe deswegen nie den Verstand verloren. Dein Aussehen hätte mich nicht umgehauen, wenn du ein anderes Kaliber von Mann wärst."

Caines Herz schlug nach diesen Worten schneller. „Darüber bin ich froh. Du wirst mich dennoch flachlegen, richtig?"

„Hier und jetzt, wenn du nicht aufhörst mich zu reizen", drohte Macklin.

„Soll mich das abschrecken?", fragte Caine mit einem Grinsen.

„Ja, weil es hier im Ute nicht genug Platz gibt."

„Ich bin mir sicher, du weißt, wo die nächste Hütte ist."

„Natürlich, aber das ist kaum besser. Schmale Betten und eisige Kälte. Benimm dich, bis wir in Boorowa sind, dann können wir darüber diskutieren, was wir heute Nacht und morgen tun und nicht tun werden."

„Oder wir diskutieren während der Fahrt darüber und tun es, sobald wir im Hotel ankommen", schlug Caine vor.

„Wenn wir jetzt darüber diskutieren, werden wir nicht mehr lange fahren. Sag mir lieber, wo wir bei der Bio-Zertifizierung stehen."

Sie verbrachten den Rest der Fahrt damit, die Vor- und Nachteile des Zertifikationsprozesses zu besprechen. Als sie die Hauptstraße erreichten, hatten sie die verbleibenden Details ausgearbeitet. Es würde noch ungefähr ein, zwei Monate dauern, ehe sie alles vorbereitet hatten, aber Caine war optimistisch, dass sie im Frühling damit beginnen konnten.

Als die Stadt nur noch eine Stunde entfernt war, erklärte Macklin, was Caine im Winter auf der Station erwartete. Er war ein wenig besorgt über den frühen Kälteeinbruch, aber sie versuchten damit zurechtzukommen.

„Also, was ist der erste Punkt auf der Liste?", fragte Caine, als sie den Stadtrand von Boorowa erreichten.

„Wir lassen Paul wissen, dass wir in der Stadt sind, damit er unsere Bestellung bis morgen bereitmachen kann. Dann checken wir im Hotel ein, damit wir für heute Nacht unsere Zimmer haben, und dann können wir über das Abendessen nachdenken."

„Unsere Zimmer?", fragte Caine. „Brauchen wir mehr als eins?"

„Nur, wenn du ein eigenes haben willst."

„Nach der letzten Nacht fragst du noch?"

„Ja, das tu ich", gab Macklin ernst zurück. „Ich möchte nicht einfach bestimmen, weil ich mir nicht sicher sein kann, was du willst. Das endet meist in einem Streit. Ich weiß, was ich will, aber du hast hier auch etwas zu sagen."

„Wir brauchen nur ein Zimmer."

„Dann checken wir in unser Zimmer ein und denken dann ans Abendessen", nickte Macklin. „Aber egal ob ein oder zwei Zimmer, wir müssen erst mit Paul reden. Ich hab ihm die Liste vorige Woche gefaxt, aber kein genaues Datum angegeben. Ansonsten bin ich immer eine Woche in Sydney, ehe ich alles mitnehme."

„Wir werden nach Sydney reisen", versprach Caine. „Aber nicht, weil wir uns verstecken müssen, sondern weil wir in die Stadt wollen. Ich wollte schon immer das Opernhaus besuchen."

„Bist du ein Opernfan?", fragte Macklin, als er den Truck parkte.

„Nicht wirklich, aber ich hab viel darüber gehört und es klingt, als wäre es einen Besuch wert."

Sie gingen in den Laden und Macklin grüßte Paul.

„Nun, wenn das nicht der Hereingeschneite ist", meinte Paul, als er sie sah. „Bereit aufzugeben?"

„Sicher nicht", meinte Caine. „Ich muss noch ein paar Sachen kaufen, während Macklin die Wintervorräte ordert. Es ist kälter, als ich erwartet hatte."

„Soll ich es, wie immer, bis nächste Woche bereit haben?", fragte Paul Macklin.

„Ich fahre dieses Jahr nicht nach Sydney. In Lang Downs gibt es zu viel zu tun. Wir werden die Vorräte morgen einladen, wenn du sie bis dahin bereitgestellt hast. Übermorgen spätestens."

„Ihr könnt die Vorräte morgen mitnehmen. Ich hab die Order schon teilweise zusammengestellt, da ich sichergehen musste, dass ich alles da habe.

Ich werde noch schnell deinen Hereingeschneiten versorgen, dann kann ich den Rest holen."

„Mein Name ist Caine. Nicht Hereingeschneiter."

„Dann kümmere ich mich um Caine." Pauls Stimme klang überrascht, als hätte er nicht erwartet, dass Caine für sich einstand.

„Er braucht lange Unterwäsche", meinte Macklin. „Er friert sich ansonsten den Arsch ab."

„Ich bin mir sicher, dass wir etwas Passendes haben", sagte Paul. „Du findest sie weiter hinten."

Caine fand das Regal, das Paul gemeint hatte, und wählte mehrere Sets aus. Er bezahlte, während Macklin mit Paul über dessen Geschäfte diskutierte, und als sie fertig waren, gingen sie zum Boorowa Hotel. Die Rezeptionistin blinzelte nicht einmal, als sie nur ein Zimmer verlangten, aber Caine nahm an, dass sie lediglich dachte, dass sie die Kosten reduzieren wollten. Sie lag nicht ganz daneben, denn jetzt, da Caine Macklin besser kannte, hätte er es auch vorgeschlagen, selbst wenn der kein Interesse an ihm gehabt hätte.

Sie ließen ihre Taschen im Zimmer und gingen zum Hotelrestaurant. So sehr sich Caine mit Macklin nackt im Bett wälzen wollte, sein Magen verlangte nach Essen. Wenn sie zuerst aßen, wurden sie später zumindest nicht unterbrochen.

15

CAINE HÄTTE später nicht mehr sagen können, was er gegessen oder worüber sie gesprochen hatten. Der Gedanke an die heutige Nacht ließ seinen Körper vor Erregung und Nervosität erzittern. Wenn Macklin genauso nervös war wie Caine, ließ er es sich nicht anmerken. Doch Macklin ließ selten etwas unter seiner stoischen Maske hervorscheinen, deshalb waren gerade diese kleinen emotionalen Momente sehr kostbar für Caine.

Nach dem Essen kehrten sie in ihr Zimmer im zweiten Stock des Hotels zurück und Caine war fast nicht mehr zu halten. Nur die nötige Diskretion hielt ihn davon ab, Macklin die Treppe hinaufzuziehen. Als sich die Tür hinter ihnen geschlossen hatte, warf sich Caine in Macklins Arme und küsste ihn tief und verlangend.

Macklin erwiderte den Kuss willig, hob aber nach einiger Zeit den Kopf. „Mach ein wenig langsamer, Welpe. Du hast mir einiges versprochen und wir haben die ganze Nacht für uns."

„W-W-Welche Versprechen?", fragte Caine stotternd vor Erregung.

„Du wolltest mir zeigen, was ich so verpasst habe. Ich weiß nicht wirklich, was das bedeutet, aber ich will es natürlich herausfinden."

Caine schluckte, denn er erinnerte sich an sein Versprechen, das er Macklin in der Hütte gegeben hatte. Damals hatte er erkannt, wie wenig Erfahrung Macklin hatte, Sex ausgeschlossen. „Z-Z-Zieh dein S-Shirt aus."

Macklin knöpfte sein Arbeitsshirt auf und warf es auf einen Stuhl, ehe er das Unterhemd auszog. Er wandte sich wieder Caine zu und wartete. Caine nahm sich einen Moment Zeit, um den Anblick zu genießen. Macklins Gesicht, mit den feinen Linien um den Augen, mochte zwar auf sein Alter hinweisen, aber er hatte den Körper eines viel jüngeren Mannes. Seine Schultern waren breit und stark und mit feinen Haaren bedeckt. Caines Finger strichen darüber, doch fühlte es sich nicht borstig an.

„Nun?", fragte Macklin ungeduldig.

„Nun, du s-siehst so gut aus, dass ich dich e-essen könnte", sagte Caine, während er Macklin aufs Bett drückte. „Ich k-könnte dich die ganze N-N-Nacht lang anstarren."

„Ich hoffe, dass du mehr tun wirst, als nur zu starren."

„S-Sicher." Caine kletterte neben Macklin aufs Bett. Er fuhr die Haare nach, die unterhalb des Schlüsselbeins anfingen und sich bis zu den Rippen erstreckten, von wo sie bis zum Hosenbund hinunter reichten. Später würde er Macklin den überflüssigen Stofffetzen ausziehen und der Linie weiter nach unten folgen. Vor Jahren dürfte Macklin seinen ersten Blowjob genossen haben und auch wenn Caine nicht der Erste war, der Macklins Brust liebkoste, so war er doch einer der wenigen und das genügte Caine. Die anderen waren nur One-Night-Stands gewesen. Er war Macklins fester Partner. Oder zumindest würde er das bald sein, wenn sie so weitermachten wie bisher.

„Warum ziehst du dein Shirt nicht auch aus?", fragte Macklin.

Caine schüttelte den Kopf. Wenn er das tat, lenkten ihn Macklins Berührungen zu sehr ab, um sein Versprechen einhalten zu können. „S-S-Später."

Um nicht mit Macklin diskutieren zu müssen, neckte er mit seiner Zunge dessen Brustwarze, die zum Teil von den Haaren auf Macklins Brust verdeckt wurde. Macklin bäumte sich mit einem leisen Fluch auf. Caine lächelte und leckte erneut, wobei er dieses Mal auch leicht daran saugte, während er ihn zurück aufs Bett drückte. Seine Finger begannen, Macklins anderen Nippel zu necken. Er wollte Macklin zeigen, welche Vorteile ein Partner hatte und wie schön es mit diesem war. Caine hatte zwar nicht so viel Erfahrung, aber wenigstens wusste er, wie man sich Zeit ließ.

Macklin zog an Caines Haar und küsste ihn. „Der Kerl aus Philadelphia, der behauptet hat, du wärst langweilig im Bett, ist ein völliger Galah. Du musst mich nur berühren und es fühlt sich an, als stünde mein Körper in Flammen."

Caine lächelte und küsste Macklin erneut. „Das k-k-kann ich n-nur zurückgeben. Mit i-ihm war es nie s-so schön, wie mit dir."

„Also sind wir ein Paar?", fragte Macklin lächelnd.

„Ja, aber ein P-Paar von was?"

Macklin grinste und rollte sich über Caine, sodass der auf dem Rücken lag. Er knöpfte Caines Shirt auf und zog es ihm von den Schultern. Mit Caines Hilfe konnte er ihm auch dessen Unterhemd ausziehen. „Lass mich sehen, ob ich schon was gelernt habe, okay?"

Caine hatte nicht erwartet, dass Macklin ihm die ganze Zeit über die Kontrolle überließ, aber er hatte nicht damit gerechnet, dass er sie schon so bald an sich riss. Caine beschwerte sich nicht, aber hoffte, dass er Macklins Brust noch einmal verwöhnen konnte. Er wollte dessen Körper erkunden und ihm zeigen, wie schön Sex war. Doch jetzt war nicht der richtige Moment, da Macklin ihn am Bett festgenagelt hatte. Macklins Körper drückte Caines Hüften nach unten, während seine Hände und Lippen mit überraschender Sanftheit über Caines Oberkörper strichen. Da er ihre ersten Küsse noch im Sinn hatte, erwartete er nicht, dass Macklin so sanft war. Der Vorarbeiter hielt jedoch seine Zähne von Caines Nippeln fern, während er abwechselnd über sie leckte und an ihnen sog. Seine Finger stimulierten ihn gerade genug, um Caine völlig hart werden zu lassen.

So heiß Caines Fantasien auch gewesen waren, er fand das hier um einiges erregender. Macklins Berührungen waren so sanft, dass sie für Caine ein größeres Aphrodisiakum als pure Lust waren. Er wollte Macklin sagen, dass sich die Berührungen gut anfühlten, dass er sich umsorgt und geschätzt fühlte, aber er konnte nicht, da er, wenn er so erregt war, so sehr stotterte, dass er fast nicht mehr sprechen konnte. Deshalb begnügte er sich mit Stöhnen und Grunzen, Zischen und Seufzen, und hoffte, dass es seine Lust deutlich genug ausdrückte. Da Macklin keine Anzeichen machte, aufhören zu wollen, hatte dieser es wohl verstanden.

Als Macklin begann, seine Jeans zu öffnen, fühlte Caine pure Erleichterung. Was auch immer heute Nacht passieren mochte, er hoffte, dass sie zumindest dabei nackt waren. Caine hob seine Hüften an und zwang sich zu sprechen. „B-B-Bitte s-sag mir, dass du K-Kondome hast."

„Nein", sagte Macklin mit einem Ächzen. „Ich kauf sie immer erst in Sydney. Ich hatte gehofft, du hast welche."

„John und ich waren sechs Jahre lang monogam. Wir h-haben nach einer Weile aufgehört, sie zu benutzen. Es i-ist nicht w-w-wichtig. Dann t-tun wir eben etwas anderes. Ich h-habe dir einen B-B-Blowjob versprochen."

„Du hast mir versprochen, mich mit einem zu wecken", sagte Macklin. Caines Unbehagen musste sich auf seinem Gesicht gezeigt haben, denn Macklin fügte hinzu: „Keine Sorge. Ich werde jetzt keinen Rückzieher machen."

Caine atmete auf, als Macklin seine Jeans komplett öffnete und zusammen mit seiner Boxershorts runterzog. Seine Hand schloss sich um Caines Schwanz und begann ihn fest zu streicheln, ohne dabei grob zu werden. Caines Hüften pressten sich der Berührung entgegen, baten verzweifelt um mehr. Er wusste, dass er sich eigentlich zurückhalten sollte, doch ließ sich sein Körper genauso wenig kontrollieren wie seine Stimme.

Dann lehnte sich Macklin zu Caines Ohr, wobei dieser schon keinen klaren Gedanken mehr fassen konnte. „Sieh dich nur an", murmelte Macklin. „Du bist ein gieriger kleiner Bottom. Deine Hose hängt in Höhe deiner Knie und du bettelst darum, berührt zu werden."

Caine hatte es immer gehasst, wenn John versucht hatte, schmutzig zu reden. Es hatte immer gezwungen und reizlos geklungen. Bei Macklin war es anders, vielleicht lag es an Macklins Akzent oder an dessen Berührungen, aber Caine wollte mehr. Mehr von Macklins Händen an seinem Körper, mehr von der Stimme an seinem Ohr. Mehr Macklin in seinem Leben.

Er hatte nie die Gelegenheit gehabt, all das auszuleben, also drehte er den Kopf und küsste Macklin hungrig. Macklin erwiderte den Kuss, drang mit seiner Zunge in Caines Mund ein, während er ihn leicht streichelte.

Als sie ihren Kuss unterbrachen, wanderte Macklins Hand zwischen Caines Schenkel, berührte seine Hoden und strich dann tiefer. „Ich wünschte, ich hätte ein wenig Gleitgel."

Caine stand auf, zog sich die Hose endgültig aus, damit er nicht stolperte, und wühlte durch seine Tasche, bis er eine kleine Flasche fand, die er nicht weggeworfen hatte.

„G-G-G-Gleitgel."

Caines Knie wurden ganz weich, als Macklin grinste und auf die Stelle klopfte, auf der Caine zuvor gelegen hatte. „Komm zurück, damit ich beenden kann, was ich begonnen habe."

Caine sprang regelrecht zurück ins Bett, aber statt sich hinzulegen, öffnete er Macklins Jeans und schob sie leicht nach unten. „Z-Z-Zieh sie aus."

Macklins Zögern überraschte Caine.

„W-Was ist?"

„Ich bin es nicht gewohnt, dass mich jemand nackt sieht", gestand Macklin. „In einem Hinterzimmer oder einer Gasse öffnet man die Hose nur so weit, dass man seinen Schwanz rausbekommt, aber man zieht sich nicht aus. Dafür ist nie genug Zeit oder Privatsphäre vorhanden."

Caine nickte, sein Herz schmerzte bei dem Gedanken, wie leer Macklins Leben gewesen sein musste. Er konnte sich nur eine Woche im Jahr gehen lassen, mit anonymen Begegnungen, und sonst nichts. „Du m-musst nicht, wenn d-du nicht willst, aber ich w-würde dich gern b-b-berühren."

Macklin nickte leicht und zog die Jeans aus. Caine schnappte nach Luft, als er Macklins Erektion sah – hart, unbeschnitten und die Spitze lugte kaum unter der Vorhaut hervor. Er strich leicht über den kaum sichtbaren Spalt.

„Halt' dich besser etwas zurück, Welpe." Macklin schnappte Caines Handgelenk. „Oder es wird vorbei sein, bevor wir überhaupt angefangen haben."

Caine gefiel der Gedanke, dass Macklin unter seinen Händen die Kontrolle verlor. Aber er hielt sich zurück, wenn das Macklins Wunsch war. Caines Hand strich sanft über Macklins Schenkel, bewunderte die darin schlummernde Kraft. Er wartete auf Macklins nächsten Schritt.

Caine musste nicht lange warten, denn Macklin drückte ein wenig Gleitmittel auf seine Finger und rieb sie aneinander, bis sie völlig bedeckt waren. „Sag mir, wenn es zu trocken wird", sagte er, als er mit einem Finger Caines Eingang neckte. „Ich will dich nicht verletzen."

Caine viel es schwer zu antworten, aber er konnte mit Sicherheit ein „Au!" von sich geben, wenn es schmerzte.

Macklin neckte ihn solange, bis Caine durchgehend stöhnte und sich gegen Macklins Hand presste, sein Körper nach mehr bettelte. Macklin gab ihm endlich, was er wollte und drang mit der Spitze des ersten Fingers ein. Caine bäumte sich auf, sein Körper war ausgehungert, verlangte nach diesen intimen Berührungen.

„Ich tu dir nicht weh, oder?"

Caine schüttelte heftig mit dem Kopf. „H-H-H-Hör nicht a-a-auf."

Macklin zog Caine in eine sitzende Position und küsste ihn hart, seine Zunge erforschte jeden Zentimeter von Caines Mund. „Ich hör nicht auf", versprach er. „Nicht bevor du völlig den Verstand verlierst."

Das dauerte nicht mehr lange, wenn Macklin weiterhin Caines Prostata stimulierte. Der Vorarbeiter hatte die empfindliche Stelle bei der ersten Berührung gefunden und nutzte sie gnadenlos aus. Sein Finger rieb immer wieder darüber, während die andere Hand Caines Schwanz rieb. Caine bebte und keuchte, da er sich immer weiter seinem Höhepunkt näherte. Als er es fast nicht mehr ertragen konnte, stoppten Macklins Hände. Sie zogen sich nicht zurück, sondern waren einfach nur in ihrer Bewegung erstarrt.

„Noch nicht", sagte Macklin. „Beruhige dich."

Caine öffnete die Augen und versuchte tief durchzuatmen, um sich ein wenig zu beruhigen. Macklins sanfte Küsse halfen dabei. Caine seufzte und entspannte sich. Währenddessen nahmen Macklins Hände ihre Tätigkeit wieder auf, schneller und verlangender als zuvor, was für Caine zu viel war; stöhnend ergab er sich seinem Höhepunkt. Er schrie heiser auf und als sein Orgasmus nachließ, fühlte sich jeder Muskel in seinem Körper völlig schlapp an. Er rang nach Atem und wollte Macklin die gleiche Lust spüren lassen. Caine hörte Macklins Stöhnen, öffnete seine Augen und sah, wie sich Macklin seinen Schwanz rieb und sich dann auf Caines Bauch ergoss.

„Ich wollte d-das tun."

„Sorry, ich konnte nicht anders", sagte Macklin und legte sich neben Caine. „Dich anzusehen, zu berühren … Das war zu viel."

„D-Das ist schon das zweite Mal, dass d-du dich um dich selbst g-gekümmert hast, s-statt es mich tun zu lassen. Mach d-das nicht noch mal. Ich komme mir sonst e-egoistisch vor."

„Weck mich wie versprochen auf und wir sind quitt."

„Das werde ich", versprach Caine. Er schmiegte sich an Macklin, die Sauerei auf seinem Bauch nicht beachtend. Als sein Puls sich beruhigt hatte, war er entspannt genug, um ohne Stottern sprechen zu können. „Wo hast du das gelernt? Das lernt man nicht von schnellen Nummern."

„Ich war zwanzig, als ich den ersten Urlaub in Sydney verbrachte. Michael hatte darauf bestanden, dass ich mich entspannen sollte, zumindest hat er es so genannt. Ich war noch ein ziemlich dürrer Bursche, nicht unbedingt Top-Material, auch wenn ich das damals gern gewesen wäre. Aber die Kerle, die nach einen Top suchten, hatten mich nicht beachtet. Ich beschloss, dass ich es wohl von jemand lernen musste. Ich fand jemanden, der älter war und mich zu sich nach Hause mitnahm. Das war im Nachhinein betrachtet ziemlich dumm, aber ich war jung und hatte es nicht besser gewusst. Glücklicherweise wollte er nicht mehr, als ich gewillt war zu geben. Ich hab die Woche mit ihm verbracht, bevor ich nach Lang Downs zurückgekehrt bin. Er hat mir alles über Sex beigebracht, was ich wissen musste, aber ich hatte bis jetzt nie wirklich die Gelegenheit es anzuwenden."

„Ich dachte, du hattest nie einen Lover."

„Er war kein Lover. Er wollte einen süßen, jungen Arsch zum Vögeln. Ich war willig. Das Vorspiel bestand darin, dass er mich mit den Fingern fickte, bis ich kam, dann vögelte er mich, bis ich wieder kam oder benutzte meinen Mund, bis er kam. Es war nicht grausam, aber es war nur Sex und wir wussten es beide. Und das war vor mehr als zwanzig Jahren. Ich war klug genug, um auf ein Kondom zu bestehen, aber das war's schon. Du bist der einzige Partner, den ich je hatte."

Dass Macklin ihn Liebhaber nannte, bestärkte Caine. Egal welche Hindernisse sie noch überwinden mussten, Macklin sah es nicht als Affäre an. „Ich würde gern sagen, dass es mir leidtut, dass du in dieser Zeit nie jemanden getroffen hast, aber wenn das passiert wäre, dann wären wir jetzt vielleicht nicht hier."

„Manchmal lohnt es sich zu warten." Macklin küsste Caine sanft. „Wir sollten schlafen. Wir haben morgen noch viel zu tun und eine lange Heimfahrt vor uns."

Caine nickte und küsste Macklin erneut, ehe er sich auf die Seite drehte und seinen Rücken an Macklin Brust presste. Sie waren noch immer nackt. Macklins Glied lag zwischen Caines Pobacken und drückte stark gegen dessen Muskel. Diese intime Berührung ließ Caines Körper erneut erzittern.

„Ich besorge morgen Kondome", versprach Macklin mit rauer Stimme.

„Gut." Caines Stimme zitterte vor Verlangen, aber er zwang sich dazu, sich zu entspannen. Sie hatten Zeit und mussten sich daher nicht beeilen. „Vergiss das Gleitgel nicht. Die Tube ist fast leer und Spucke oder Lotion ist nicht genug."

„Gieriger kleiner Bottom", neckte Macklin, aber strich dabei sanft über Caines Arm, bis seine Hand auf Caines Brust über dem Herzen ruhte.

„Nur bei dir", gab Caine zurück.

„Wirklich?"

Caine zuckte die Schultern. „Ich hab dir gesagt, was John vom Sex mit mir hielt. Er hat es nie gesagt, aber es war offensichtlich, dass es für keinen von uns beiden wirklich befriedigend war. Wir haben es einfach gemacht, weil wir ein Paar waren und Sex erwartet wurde, aber es hat sich nie so angefühlt, als würde ich sterben, wenn ich nicht sofort komme – so, wie du mich hast fühlen lassen."

Macklin zog an Caines Arm, als Zeichen, dass sich Caine auf den Rücken drehen sollte. Dann legte Macklin sich auf ihn und presste ihn in die weiche Matratze. „Es gibt nichts … *nichts* Langweiliges am Sex mit dir, Caine. Nichts." Er bewegte sich gegen Caine, sein Glied war schon wieder halbhart, so als wollte es seine Aussage unterstreichen. „Du bist gut aussehend, leidenschaftlich und mit dir zu schlafen ist um einiges aufregender, als all das Rumficken, das ich in all den Jahren hatte. Vielleicht ist es seine Schuld, vielleicht habt ihr einfach nicht zusammengepasst. Jedenfalls wirst du vergessen, was er gesagt hat, denn ich bekomme nicht genug von dir."

„Ich schätze, Boorowa hat keinen 24-Stunden-Laden, der Kondome verkauft." Caine wollte am liebsten beweisen, dass alles, was er mit Macklin tun konnte, sich gut anfühlte.

„Wohl nicht." Macklin seufzte. „Ich hätte vor dem Abendessen welche kaufen sollen."

„O-oder ich", gab Caine zurück, während er über Macklins Rücken strich. „G-G-Gott, ich bin n-n-noch n-nie so s-schnell wieder hart geworden."

Macklin gluckste. „Ich bin gute zehn Jahre älter als du und bin schon wieder hart. Wie gesagt, *nicht* langweilig im Bett, Welpe."

16

„D-dieses Mal w-will ich dich v-verwöhnen", beharrte Caine, als er sich unter Macklin hervorwand. „Ich will dich auch berühren."

Macklin fühlte sich unwohl, Caine sah es ihm an, aber er wollte nicht nachgeben. „B-Bitte? Ich werde auch a-aufhören, wenn du es verlangst, aber ich möchte dir das z-zurückgeben, was du mir gibst."

„Ich versuche es, Welpe", sagte Macklin, „aber ich bin es gewohnt, die Dinge in die Hand zu nehmen. Auf der Station, in den Bars, wo auch immer. Es ist schwer, davon abzulassen."

„Du kannst doch sicherlich mit einem Handjob umgehen", witzelte Caine.

„Es ist nicht so einfach. Herumvögeln ist die eine Sache, ein Paar zu sein die andere. Nur mit dir im Bett zu liegen macht mir Angst. Du bist erst seit ein paar Monate in Lang Downs, aber du weißt nicht, wie es Jahr für Jahr ist. Jeder Mann, der nach Lang Downs kommt, denkt, er wäre der Beste, der Härteste und stark genug, um Berge zu versetzen. Sie respektieren und hören auf mich, weil ich ihnen beweise, dass ich besser, härter und stärker bin als sie. Ohne das, würde ich die Kontrolle über sie verlieren."

„Du bist der Boss. Auf dich müssen sie hören."

„Nein, sie mussten auf Michael hören. Sie müssen vielleicht auf dich hören. Ich bin Vorarbeiter, weil sie wissen, dass ich ihnen in die Ärsche trete, wenn sie nicht tun, was ich sage."

„Und worin liegt der Unterschied, ob ich dir einen Handjob gebe oder du mir?" Caine verstand es noch nicht ganz.

„Es geht darum, jemand anderem die Kontrolle zu überlassen. Abgesehen von der ersten Woche in Sydney habe ich es nie jemanden erlaubt, nicht mal beim Ficken. Das hier ist anders."

„Also bist du irgendwie weniger schwul, wenn du mir einen Handjob gibst?", fragte Caine ungläubig. „Das macht keinen Sinn. Es ist eine Hand an deinem Schwanz. Du bist ein Kerl. Du wirst immer gleich reagieren, egal welche Hand es ist. Deine Hand an meinen Schwanz zu legen verrät mehr über deine Sexualität, als wenn du es zulässt, dass ich dich berühre."

„Aber ich bin derjenige, der die Kontrolle hat."

„S-Scheiß drauf. Du kannst im Outback so k-kontrolliert sein, wie du möchtest. Da draußen musst du es auch sein, aber im P-Privaten, wenn es nur uns beide gibt, will ich nicht, dass du in mir nur einen Körper siehst, den du ficken kannst. Ich will einen P-Partner, der mein Leben teilt, nicht immer wieder aufs Neue w-wegrennt. Ich dachte, du könntest das v-vielleicht sein, aber wenn du nicht mal zulassen kannst, dass ich dich b-berühre, wie kannst du mich dich dann l-l-lieben lassen?"

Wütend kletterte Caine aus dem Bett und sah sich nach seiner Unterwäsche um. Er wischte über die trocknende Sauerei auf seinem Bauch. Er hasste sie gerade so sehr, wie er sie zuvor genossen hatte. Caine nahm sich eine frische Boxershorts aus der Tasche und zog sie an, ehe er sich nach seinem Shirt umsah. Bevor er es erreichen konnte, legten sich Macklins Arme um ihn.

„Hast du das ernst gemeint?"

„Was?", schnappte Caine, entzog sich Macklin und griff nach seinem Shirt. Er wollte nicht halb nackt sein, da er sich so noch verletztlicher fühlte.

„Dass du mich liebst", sagte Macklin leise.

Oh, verdammt, habe ich das wirklich gesagt?

„Es ist jetzt nicht wichtig." Caine stand noch immer mit dem Rücken zu Macklin. „Du lässt mich ja nicht."

„Ich hab dich gewarnt, ich weiß nicht, was ich hier tue." Macklin legte seine Hände auf Caines Schultern. „Und du hast mir gesagt, dass es manchmal Verhandlungen und Kämpfe braucht, bevor eine Beziehung funktioniert."

„Du versuchst es nicht mal", erwiderte Caine, schüttelte Macklins Hände ab und zog sich seine Hose an. „Du versuchst mich nur, zu einem weiteren One-Night-Stand zu machen. Ich will das nicht, Macklin. Es geht hier um alles oder nichts. Ich will nicht zweitrangig sein."

„Du kannst nicht weiter davon entfernt sein", schwor Macklin. „Das, was wir zusammen getan haben ... Verdammt, Caine, ich habe nie jemanden so berührt wie dich. Ich wollte es nie. Die Küsse, zusammen einschlafen, die Nacht zusammen verbringen. Ich wollte das nie, außer mit dir. Ich kämpfe, denn ich habe nicht die leiseste Ahnung, wie ich dir geben soll, was du willst, weil ich es nie getan habe. Aber die Tatsache, dass ich es versuche, die Tatsache, dass ich es überhaupt *will*, sollte dir zeigen, wie sehr das alles von meiner Vergangenheit abweicht. Du verlangst, dass ich mich über Nacht verändere und das ist nicht so einfach."

„Also, was jetzt?", fragte Caine behutsam. „Wir geraten in eine Sackgasse."

„Ich weiß es nicht", gab Macklin genauso vorsichtig zurück. „Du kannst dich anziehen, runtergehen und ein anderes Zimmer nehmen, und all das, was wir getan haben, vergessen. Oder du bleibst hier und wir versuchen, zusammen einen Weg zu finden."

„Denkst du wirklich, dass es den gibt?", fragte Caine.

„Ich weiß es nicht", wiederholte Macklin. „Aber ich wünsche es mir."

„Meine Großmutter hat immer gesagt: ‚Wo ein Wille ist, ist auch ein Weg'. Ich schätze, wir müssen einfach weitersuchen."

„Erschreck mich nicht noch mal so", verlangte Macklin, als er Caine in seine Arme zog. „Ich kann mit toten Schafen, verdammten Schlangen, Stromausfällen und allem anderen, was das Outback zu bieten hat, fertig werden. Aber nicht damit, dass du einfach weggehst."

„Dann gib mir keinen Grund dazu." Caine kämpfte gegen den Drang an, sich an Macklin zu lehnen. Es wäre so einfach, nachzugeben und so zu tun, als sei nichts passiert, aber das machte es nicht besser.

„Ich hatte nicht damit gerechnet, dir heute einen Grund zu geben, dass du fast aus dem Zimmer stürmst. Ich sag' nicht, dass du kein Recht hattest, so verärgert zu sein. Ich sag' nur, dass es nicht so leicht für mich ist. Ich versuche, ehrlich zu sein. Mein Leben verändert sich gerade so sehr, auch meine Art zu denken, einfach alles. Das passiert nicht einfach über Nacht."

Manchmal schon, dachte Caine. Er erinnerte sich an seine Entscheidung, nach Australien zu gehen, aber anders als Macklin, hatte er nichts mehr zu verlieren. „Also, was tun wir jetzt?"

„Kommst du zurück ins Bett und schläfst in meinen Armen?", fragte Macklin. „Letzte Nacht fühlte es sich gut an. Ich weiß, das ist nicht genau das, was du willst, aber ich hoffe, es ist zumindest ein Anfang. Und morgen sehen wir, wie es weitergeht."

Der Morgen hätte eigentlich mit einem Blowjob für Macklin beginnen sollen. Nach dieser Nacht war sich Caine allerdings nicht mehr sicher, ob das passieren würde. Er wollte es mehr als zuvor, denn es war eine Chance Macklin zu beweisen, dass es sich gut anfühlte, jemand anderen die Kontrolle zu überlassen. Caine fürchtete allerdings, dass das nicht geschah. Er würde es versuchen, aber er rechnete nicht damit, erfolgreich zu sein. Trotzdem war es besser, mit Macklin an seiner Seite zu schlafen als alleine. Von Macklin darum gebeten zu werden war allerdings noch besser. Er musste sich über die kleinen Schritte freuen, statt anzunehmen, dass sie die einfach so abarbeiten konnten.

Nicht zum ersten Mal fühlte er sich, als hätte er eine völlig andere Welt betreten. „In deinen Armen zu schlafen fühlt sich gut an", sagte er, als er realisierte, dass Macklin auf eine Antwort wartete. „In ihnen aufzuwachen noch besser."

„Dann raus aus den Klamotten und rein ins Bett. Ich friere."

Caine lächelte und zog sich wieder aus, kletterte unter die Decke und kuschelte sich an Macklin. „Dreh dich um", sagte er. „Ich will dich im Arm halten."

Macklin verspannte sich, aber Caine stieß ihn gegen die Schulter. „Ich werde nichts machen, wofür du noch nicht bereit bist. Ich will dich einfach nur in meinen Armen halten."

Macklin nickte und drehte sich langsam auf die Seite, mit seinem Rücken zu Caine. Caine rutschte näher, zog die Kissen zurecht und ordnete ihre Arme und Beine so an, dass er sich an Macklin kuscheln konnte. Es war ein wenig seltsam, da Macklin etwas größer war, aber Caine fand es sehr gemütlich. „Siehst du", sagte er und küsste Macklins Schulter. „Das ist doch nicht so schlecht, oder?"

„Ich könnte mich daran gewöhnen", erwiderte Macklin.

„Ich mich auch."

DER HIMMEL draußen war noch pechschwarz, als Caine am nächsten Morgen von dem Lärm eines vorbeifahrenden Trucks aufwachte. Macklin hatte sich im Schlaf auf den Rücken gerollt. Er lag zwar noch in Caines Armen, aber sie waren nicht mehr so eng aneinandergeschmiegt. Caine grinste. Perfekt für eine morgendliche Fellatio.

Sich vorsichtig bewegend, damit Macklin nicht aufwachte, schlüpfte Caine unter die Decke und fuhr mit seinen Fingerspitzen über Macklins Schwanz. Macklin war bereits halb hart, und Caine fragte sich, wovon der Vorarbeiter wohl träumte. Caine hoffte, dass er in dem Traum eine große Rolle spielte.

Er rutschte ein wenig herum, um eine bequemere Position zu finden, und schloss den Mund um Macklins Schwanzspitze, sog leicht daran, damit Macklins Erektion weiter anschwoll. Er umfasste die Wurzel mit seiner Hand und rieb am Schaft entlang. Er wollte, dass Macklin vollkommen erregt erwachte, dass er nicht gegen die Behandlung protestierte.

Das Stöhnen über ihm verriet, dass er erfolgreich war.

„Caine."

Caine hörte nicht auf, sondern tastete nach Macklins Hand, um ihn zu beruhigen. Jetzt, da Macklin wach war, begann Caine sich ein wenig zu bewegen, damit er Macklins Schaft tiefer in sich aufnehmen konnte. Beinahe berührten seine Lippen Macklins Schamhaar.

„Verdammte Scheiße!"

Caine deutete dies als ein Zeichen der Zustimmung und schluckte noch einmal, bevor er sich zurückzog und mit seiner Zunge über den kleinen Schlitz leckte, der mit salziger Flüssigkeit bedeckt war. Macklin fluchte erneut und zog die Decken weg, um Caine zuzusehen. Caine erzitterte wegen der kühlen Luft, protestierte aber nicht. Wenn Macklin ihn sehen wollte, dann war es für Caine in Ordnung. Er würde alles tun, um seinen Partner zu beruhigen.

„Zu viel", keuchte Macklin, als Caines Zunge erneut über die Spitze leckte.

Caine zog sich leicht zurück und ließ seine Lippen an den harten Schaft entlangstreichen.

„Dreh dich um", sagte Macklin. „Ich will dich auch berühren."

Das war nicht gerade das, was sich Caine gewünscht hatte, aber es war besser, als wenn Macklin ihm gesagt hätte, dass er aufhören sollte. Vorsichtig, um den Kontakt nicht zu unterbrechen – er fürchtete, dass Macklin ihn nicht erneut anfangen ließ, wenn er jetzt aufhörte – bewegte er sich, bis seine Knie gegen das Kopfende stießen.

Macklin drückte Caines Hüften nach unten und rollte sich herum, bis er seine Beine über Caines Kopf gespreizt hatte. Caine stöhnte, denn Macklins Schwanz konnte durch die neue Position sehr einfach in seine Kehle gleiten. Er legte seine Hände an Macklins Hüften, gab somit zu verstehen, dass sich Macklin bewegen sollte. Der tat es nicht sofort, sondern behielt die Hüften auf einer Höhe, sodass die Spitze seines Glieds genau gegen Caines Gaumen drückte. Caine fühlte eine nasse Hitze, die sein eigenes vernachlässigtes Glied umfing. Er stöhnte mit vollem Mund, streichelte Macklins Seiten.

Als Macklin schauderte, schob Caine eine Hand zwischen ihre Körper, um nach Macklins Brustwarzen zu tasten. Er zog leicht an einem Nippel und wurde mit einem Stöhnen belohnt, das wundervolle Vibrationen durch sein Glied sandte. Macklin hob den Kopf gerade genug, um zu sprechen. „Wenn du damit nicht aufhörst, werde ich noch deinen Mund ficken, Welpe."

Caine strich erneut über die Brustwarze und hob den Kopf, wodurch sich Macklins Glied tiefer in seinen Mund schob.

Macklins Hüften zuckten nach unten und Caines Mund wurde vollkommen ausgefüllt. Er schluckte, denn er wollte nicht zu würgen beginnen, aber ließ den Kopf schnell zurückfallen, um Macklin die Geschwindigkeit bestimmen zu lassen. Caine wollte mit seinen Händen Macklins Hintern packen, an seinen Hoden herumspielen, aber nach der heftigen Reaktion wollte er nicht riskieren, dass Macklin sich vielleicht wieder zurückzog. Stattdessen spielte er weiterhin mit Macklins Brustwarzen und verschob den Rest auf später. Doch irgendwann würde er seinen Mund über diesen Muskel gleiten lassen, der immer wieder zwischen Macklins Hinterbacken hervorblitzte.

Macklin leckte erneut über Caines Schwanz, nachdem seine Hüften den passenden Rhythmus gefunden hatten. Doch Macklins Bewegungen blieben zögerlich. Als sei er sich nicht sicher, was er da tat. Der Gedanke brachte Caine fast zum Lächeln. Macklin konnte sich vielleicht nicht gehen lassen, aber er veränderte sich für Caine und ließ ihn so in sein Leben, wie es andere nie geschafft hatten. Das machte es einfacher, die zukünftigen Herausforderungen zu bewältigen. Es brauchte Zeit, aber Macklin lehnte Neues nicht ab. Er musste einfach jeden Schritt mit seinem eigenen Tempo bewältigen.

Macklins Stöße wurden schneller, der Rhythmus fehlte nun. „Kurz davor …", keuchte Macklin und entzog sich Caine, damit dieser, wenn er denn wollte, seinen Kopf wegziehen konnte. Caine zog ihn mit der einen Hand wieder zu sich, während die andere weiterhin Macklins Brustwarze umspielte. Das war Caines stumme Erlaubnis, dass Macklin in seinen Mund kommen durfte.

Nach ein paar Stößen kam Macklin und Caine versuchte, alles zu schlucken, doch gelang es ihm nicht wirklich. Macklin stöhnte, sein Kopf ruhte auf Caines Oberschenkel, während der Orgasmus ihn erzittern ließ. „Nicht bewegen", befahl Macklin, als Caine versuchte etwas abzurücken. „Ich bin noch nicht fertig mit dir."

Caine hatte nicht vorgehabt, sich Macklin komplett zu entziehen, sondern eher sich etwas auf die Seite fallen zu lassen, damit Macklin sich hinlegen konnte, aber der Vorarbeiter hatte wohl andere Pläne. Sein Mund umschloss Caines Erektion, während seine Finger zwischen Caines Hinterbacken glitten. Er hatte keine Ahnung, wann Macklin das Gleitgel gefunden hatte, aber die Finger, die in ihn glitten, waren feucht und bewegten sich mit Leichtigkeit. Wie in der vorherigen Nacht fand Macklin Caines Prostata und strich darüber. Caine warf den Kopf zurück, war gefangen zwischen Macklins zögerlichem Mund und seinen meisterhaften Fingern. Der Kontrast ließ ihn fast den Verstand verlieren.

Es war vielleicht der zögerlichste, holprigste Blowjob, den Caine je bekommen hatte, aber Macklins Finger ließen seinen Höhepunkt näher kommen. Macklins entschlossenes Verhalten, während er versuchte, Caine tiefer in den Mund zu nehmen, berührte Caine. Es war so einfach, sich in den Mann zu verlieben, den er jetzt sah. Das Problem war aber, dass er sich die restliche Zeit über anders verhielt.

„G-g-gleich …", japste Caine, nach einem besonders gut gezielten Stoß von Macklins Fingern. Macklin hob seinen Kopf, seine Hand rieb Caines Erektion kräftig und schnell. Das war zuviel, Caine verkrampfte sich und ergoss sich über Macklins Hand. Auch wenn ein Teil von ihm enttäuscht war, dass Macklin sich zurückgezogen hatte, so musste er sich doch vor Augen halten, dass es auch bei ihm lange gedauert hatte, bis er jemanden in seinen Mund hatte kommen lassen.

Die Tatsache, dass Macklin ihm überhaupt einen geblasen hatte, war ein riesiger Schritt gewesen. Daran musste Caine festhalten, sollte er einmal daran zweifeln, ob Macklin ihre Beziehung überhaupt ernst nahm.

Als Macklin plötzlich aufstand und ins Badezimmer ging, sagte sich Caine, er solle nicht in Panik verfallen. Macklin war nicht gegangen. Er holte vermutlich einen Waschlappen, um sie zu säubern. Als er das Wasser hörte, entspannte er sich und wartete darauf, dass Macklin zurückkehrte. Als es etwas länger dauerte, erinnerte er sich an Macklins Bedenken und wartete weiterhin geduldig, bis Macklin sich selbst gewaschen hatte. Seine Geduld hatte fast ihr Ende erreicht, als die Tür endlich geöffnet wurde und Macklin mit einem Waschlappen in der Hand herauskam, um Caines Bauch sanft zu säubern.

„Tut mir leid, dass ich so lange gebraucht habe", sagte Macklin. „Ich hab nur …"

„Hab ich dich wieder verschreckt? Ich hoffe, dafür war es zu gut."

Macklin zuckte die Schultern. „Es war gut. Ich bin nur zum Schluss ein wenig aus der Fassung geraten. Ich werde mich bessern."

Caine nahm den Waschlappen und warf ihn beiseite, ehe er neben sich aufs Bett klopfte. „Wenn du noch besser wirst, bringst du mich um."

„Ich bin zurückgewichen, bevor du gekommen bist."

„Wenn du abgebrochen hättest, dann hätte ich mich beschwert. Aber es hat lange gedauert, bis ich jemanden in meinen Mund habe kommen lassen. Es ist kein Wettbewerb, Macklin. Wenn du mich verwöhnst und ich dich, ist es kein Thema, wie es passiert. Du hättest aber nicht aufstehen müssen, um mich zu säubern. Ich hätte es gemocht, wenn du mich sauber geleckt hättest."

„Das ist etwas zu viel und zu schnell", meinte Macklin, „aber für dich schaffe ich es vielleicht beim nächsten Mal."

Caine konnte nicht aufhören, an Macklins Geschmack in seinem Mund zu denken. Er streckte sich zu seinem Geliebten und zog ihn in einen tiefen Kuss, denn dieser Wille kam einer Liebeserklärung gleich. Wenn Macklin nichts für ihn empfand, wenn es keine Chance gab, hätte er das nicht gesagt, sondern bei „zu viel, zu schnell" aufgehört.

Caine konnte sich den seltsamen Ausdruck auf Macklins Gesicht und die Art, wie er seine Lippen leckte, als schmeckte er etwas Seltsames oder Unerwartetes, zuerst nicht erklären, doch dann ergab es plötzlich einen Sinn. Er küsste Macklin erneut, diesmal mit geschlossenem Mund. „So schmeckst du. Ich hoffe, dass ich es bald wieder schmecken darf."

„Wenn du mich weiter so ansiehst, wirst du nicht lange warten müssen", meinte Macklin.

Caine war versucht, eine zweite Runde einzuleiten, aber die Sonne stand schon über dem Horizont. Sie hatten noch Arbeit zu erledigen und eine fünfstündige Fahrt vor sich. „Heute Nacht", sagte er stattdessen.

„Heute Nacht", stimmte Macklin zu.

17

ALS SIE den Truck mit den Vorräten von Paul beladen hatten und Macklin noch einmal davongeschlichen war, um Kondome zu kaufen, war es fast Mittag. Sie aßen in Boorowa zu Mittag und fuhren anschließend Richtung Norden nach Lang Downs. Sie kamen zeitig an, aber da sie die ganzen Vorräte abladen und verstauen mussten, waren sie bis zum Abendessen beschäftigt. Caine hatte bis dahin nicht mehr als einen Kuss bekommen. Er wartete ab, denn er wollte keine erneute Konfrontation mit Macklin provozieren, außerdem tranken sie später ihr abendliches Bier zusammen.

Nach dem Essen folgte Caine Macklin zu dessen Hütte. Er sprach nicht, da er keine Aufmerksamkeit erregen wollte, doch ebenso wenig versteckte er sich. Als sich die Tür hinter ihnen geschlossen hatte, warf sich Caine in Macklins Arme und küsste ihn leidenschaftlich. „Der Tag war viel zu lang, um ohne deine Küsse auszukommen."

„Was wirst du tun, wenn wir den ganzen Tag mit den anderen auf den Koppeln sind?", fragte Macklin amüsiert.

„Dich hinter einen Stapel Steine ziehen und dich dort küssen", gab Caine zurück, wobei er sich einen zweiten Kuss stahl.

„Es wundert mich, dass du von den Steinen noch nicht genug hast, immerhin bist du in eine Schlange gerannt", neckte Macklin.

„Ich werde das nächste Mal vorsichtiger sein. Oder hast du einen besseren Vorschlag?"

„Mein jetziger Vorschlag beinhaltet weniger Kleidung und mehr Körperkontakt", erwiderte Macklin, während er Caine ins Schlafzimmer zog. „Ich schwöre dir, die Kondome verfolgen mich."

Caine grinste, sein Magen kribbelte leicht bei dem Gedanken, erneut Sex mit Macklin zu haben. Würde er auf allen vieren auf dem Bett knien, sein Hintern dabei nach oben gestreckt oder bevorzugte Macklin eine andere Position? Er konnte es nicht mehr erwarten. „Worauf w-warten wir noch?"

Macklins Grinsen glich Caines. „Schon so angeturnt?"

Caine wurde rot, da sein Stottern ihn verraten hatte. „Du hast diese Wirkung auf m-mich."

„Gut", meinte Macklin, seine Stimme klang so selbstgefällig, dass Caine ihn leicht schlug. „Was? Ist es denn schlecht, dass ich stolz darauf bin, dass ich meinen Freund mit ein paar Worten anturnen kann?"

„Ich m-mag es nicht, wenn ich s-s-stottere", gab Caine abwehrend zurück.

Macklin küsste ihn so sanft, dass Caine sich in dessen Armen entspannte. „Tut mir leid, dass du stotterst. Ich weiß, dass du es nicht magst. Aber mir tut es nicht leid, dass ich dich so erregen kann, dass du dich nicht mehr vollständig unter Kontrolle hast. Kommst du?"

Caine nickte. Trotz der soeben gehörten Worte, konnte er sich nicht dazu überwinden zu sprechen, da er genau wusste, dass er stottern würde.

Macklin führte ihn ins Schlafzimmer, in dem sie vor zwei Wochen friedlich geschlafen hatten. Heute Nacht lief es wohl nicht so friedlich ab.

Anders als beim letzten Mal, als sie zusammen in Macklins Schlafzimmer standen, gab es diesmal keine Schüchternheit und kein Zögern. Macklin zog Caine an sich, seine Hände bewegten sich schnell und befreiten Caine in kürzester Zeit aus seiner Kleidung. Zu Caines Überraschung trat Macklin zurück und überließ es Caine, den Gefallen zu erwidern.

In dem Zimmer war es sehr kühl, daher war es ein verführerischer Gedanke, Macklin schnell auszuziehen, doch Caine beherrschte sich. Er leckte, küsste und streichelte Macklins Haut, sobald er sie entblößt hatte, konzentrierte sich dabei besonders auf Macklins Brustwarzen, und als er auf die Knie sank, auf Macklins Schwanz.

„Ich dachte, wir benutzen die Kondome", sagte Macklin mit rauer Stimme.

„W-Werden wir", versprach Caine, „a-a-aber ich k-kann doch e-e-erst etwas f-für d-dich tun, n-n-nicht wahr?"

„Aber nicht lange", warnte Macklin, der mit glitzernden Augen auf Caine hinunter sah. „Ich konnte dich heute Morgen zuerst nicht sehen, aber der Anblick von dir, auf den Knien und mit den Lippen um meinen Schwanz, das war fast zu viel für mich."

Caine antwortete nicht. Er blickte Macklin in die Augen, während er mit seinen Lippen dessen Schwanz umschloss und ihn so tief wie möglich aufnahm.

„Fuck", knurrte Macklin, packte Caine an den Oberarmen und warf ihn regelrecht aufs Bett.

Caine sah über seine Schulter zu Macklin zurück. Er kniete sich hin und wackelte einladend mit dem Hintern.

„Gieriger kleiner Bottom." Macklin kniete sich hinter Caine aufs Bett. „Weißt du, was mit den Leuten passiert, die mich necken?"

„S-Sie w-w-werden g-g-gevögelt?", fragte Caine hoffnungsvoll.

„Das auch. Aber zuerst bringe ich sie um den Verstand." Seine Hand glitt zwischen Caines Beine, strich über seine Hoden und dann über seinen Schwanz.

Caines Kopf sank auf seine Unterarme, und es kümmerte ihn nicht, dass gerade diese Position sehr gierig wirkte. Es war kein Geheimnis, dass er wollte, dass Macklin ihn nahm und je länger das Vorspiel dauerte, desto besser. Je erregter Caine war, desto besser konnte er sich entspannen. Vielleicht war das der Grund gewesen, warum er und John mit dem Sex aufgehört hatten. Caine war nie erregt genug gewesen, um es zu genießen.

Das wäre kein Problem, wenn Macklin weiterhin in sein Ohr wisperte und ihn dabei sanft streichelte. Sein Schwanz tropfte bereits und sie hatten noch nicht wirklich angefangen.

Macklins Daumen drückte gegen Caines Muskel und drang in ihn ein. Jedoch nicht tief genug, um Caines Prostata zu stimulieren, sondern nur um ihn leicht zu dehnen. Caine hob seine Hüften weiter an, versuchte eine angenehme Position zu finden. Macklins Daumen folgte ihm, drang jedoch nicht tiefer in Caine ein. „Entspann dich", flüsterte er in Caines Ohr. „Gewöhn' dich an dieses Gefühl."

Caine versuchte, Macklins Anweisung zu folgen, aber sein Körper kooperierte nicht.

„Du bist noch immer verspannt. Dreh dich um." Macklins Finger zog sich wieder zurück.

Caine rollte sich auf den Rücken. Macklin schob seine Beine auseinander, setzte sich zwischen sie und verteilte mehr Gleitgel auf seinen Fingern. Macklins Daumen drang erneut in Caine ein und Macklin leckte an Caines Schaft entlang. Caine entspannte sich und ein erregendes Kribbeln durchfuhr seinen Körper.

Als Macklin den Kopf erneut hob, sah er Caine ernst an. „Wie lange ist es her, dass du Sex hattest?"

Caine zuckte die Schultern. „E-Ein Jahr, v-vielleicht etwas m-mehr."

„Galah …", murmelte Macklin. „Er hatte dich im Bett und ist nicht bei jeder passenden Gelegenheit über dich hergefallen? Sein Pech."

Mein Glück, dachte Caine, während Macklin abwechselnd über seine Brustwarzen leckte. Doch das reichte nicht, Caine wollte mehr. Er wand sich auf dem Bett und versuchte, Macklins Daumen tiefer eindringen zu lassen.

Macklin erbarmte sich, drang mit zwei Fingern in ihn ein, dehnte ihn und strich über seinen empfindlichen Punkt. Caine schrie lustvoll auf, bettelte nach mehr.

„Okay?", fragte Macklin, ehe er Caine zärtlich küsste. Macklins Lippen glitten tiefer, neckten Caines Brustwarze, was ihn zum Stöhnen brachte. Er biss leicht hinein, was Caines Körper erneut erzittern ließ.

„Nicht zu hart?", fragte Macklin, als er Caine freigab.

Caine schüttelte mit den Kopf und Macklin nahm einen dritten Finger hinzu, traf mit jedem Stoß erneut Caines Prostata. Caine schrie auf, doch Macklin beruhigte ihn mit sanften Berührungen. „Tu ich dir weh?"

Caine gab ihm erneut mit einem Kopfschütteln zu verstehen, dass alles in Ordnung war. Es war schön, dass Macklin sich so um ihn sorgte, aber Caine wollte nicht mehr denken. Er wollte Macklin endlich spüren. „J-j-j-jetzt fick mich endlich …", keuchte Caine.

Macklin schüttelte den Kopf. „Nicht ficken … ich werde dich sanft lieben."

Die Worte berührten Caine. Macklin kämpfte vielleicht noch mit ihrer Beziehung, aber er verglich Caine nicht mit den Männern aus seiner Vergangenheit. „T-Tu es e-einfach!"

„Gieriger kleiner Bottom", neckte Macklin. „Du bist noch immer so angespannt. Komm für mich und ich geb' dir, was du willst."

Caine verbiss sich ein frustriertes Schnauben. Er wollte nicht ohne Macklin kommen. Er ergriff Macklins Handgelenk und zog dessen Finger aus sich heraus. „J-Jetzt!"

Es sah so aus, als wollte Macklin widersprechen, aber stattdessen zog er sich ein Kondom über und legte sich zwischen Caines Beine. „Willst du dich umdrehen?"

In Caines Fantasie kniete er auf Armen und Beinen und hatte den Hintern in die Luft gestreckt. Aber Macklin währenddessen anzusehen, war noch besser. Er schüttelte den Kopf und griff nach Macklin, um ihn näher an sich zu ziehen. Macklin bewegte sich willig, sein Schwanz drückte gegen Caines Ringmuskel, bis die Spitze eindrang. Caine biss sich auf die Unterlippe. Macklins Finger hatten ihn zwar geweitet, aber das hier war etwas anderes. Macklin stoppte sofort und lehnte sich nach vorne, um über Caines Haut zu lecken. „Sag mir, wenn ich weitermachen kann."

Es tat nicht wirklich weh, sondern glich eher einem leichten Stechen, aber Caine war dankbar, dass er Zeit hatte, sich an das Gefühl zu gewöhnen. Doch für Macklins offensichtliche Sorge war er noch dankbarer. Caine wusste nicht, wie Macklin mit den anderen Kerlen umgegangen war, aber langsam hatte er den Dreh raus, wie er mit seinem Partner umgehen musste.

Caine war nicht gewillt, seine Erlaubnis laut auszusprechen. Stattdessen neigte er seine Hüften, damit Macklins Glied tiefer in ihn gleiten konnte. Der Vorarbeiter verstand, was Caine damit ausdrücken wollte und drang zur Gänze in ihn ein. „Du fühlst dich so gut an", murmelte Macklin in Caines Ohr. „Ich werde zu schnell kommen."

Caine bewegte seine Hüften etwas heftiger, um Macklin aufzufordern sich zu bewegen. Macklin hatte in der vergangenen Nacht schon bewiesen, dass er, selbst wenn er zuerst kam, Caine nicht einfach hängen ließ. Das war für den Moment gut genug. Er vergrub eine Hand in Macklins strähniges Haar und küsste ihn. Mit der anderen umklammerte er Macklins Hintern, um ihm Halt und Ermutigung zugleich zu geben.

Macklin konnte sich nicht mehr zurückhalten und seine Stöße wurden härter. Caine stemmte die Füße in die Matratze und bewegte sich Macklin entgegen, genoss das Zusammentreffen ihrer Körper. Macklin schob eine Hand zwischen sie, schloss seine Finger um Caines Schwanz und rieb ihn im selben Rhythmus, wie er zustieß. Caine warf den Kopf zurück, ein erstickter Schrei entkam seinem Mund, als er sich seinem Orgasmus ergab. Macklin stieß noch ein paar Mal zu, verlängerte damit Caines Höhepunkt, ehe er erschauderte und dann über Caine zusammenbrach.

Caine strich über Macklins Haar und Rücken, während sie sich beruhigten. Irgendwann war er wieder in der Lage zu sprechen. „Das hast du nicht gelernt, während du in Seitengassen gevögelt hast."

Macklin zuckte die Schultern. „Nein, aber ich hab viele Jahre alleine in diesem Bett verbracht und von einem Partner geträumt. Und davon, was er mit mir tun und was ich ihm zurückgeben will. Ich habe ein paar Dinge ausprobiert, und da du sie genossen hast, hab ich weitere ausprobiert."

Caine lehnte sich hoch und küsste Macklin sanft. „Probier so viel du nur willst. Ich werde mich nicht beschweren."

„Du wirst mir sagen, wenn du etwas nicht magst, richtig?"

„Natürlich", versprach Caine. „Und du wirst mich ein paar Dinge ausprobieren lassen."

„Ich werde es versuchen", stimmte Macklin zu.

Caine wusste, das war das Beste, was er derzeit erwarten konnte. Er wand sich unter Macklin hervor und schmiegte sich an ihn. Macklin rollte sich etwas zur Seite, um das Kondom wegzuwerfen, aber er behielt dabei eine Hand auf Caines Hüfte, um klar zu machen, dass er sich nicht zurückzog. „Ich schätze, ich sollte uns sauber machen."

„Nimm deine Boxershorts", sagte Caine. „Ich will nicht, dass du dich jetzt bewegst. Wir können uns morgen sauber machen."

„Du musst aber früh aufstehen, wenn du bleiben willst", warnte Macklin. „Du musst zurück in deinem Haus sein, bevor jemand anderes wach ist."

Caine unterdrückte ein Seufzen. „Ich weiß", sagte er schlicht. „Ich wache lieber früher auf, als die Nacht alleine zu verbringen."

„Ich stell den Wecker."

Caine verzog sein Gesicht, als er sah, dass Macklin den Wecker auf halb fünf Uhr morgens gestellt hatte. Das war so früh, dass sich Caine fast umentschieden hätte. Er musste akzeptieren, dass Macklin Diskretion wahren wollte. Er würde weiterhin daran arbeiten, dass Macklin lockerer mit der Situation umging, zeitgleich aber auch Macklins Verlangen nachgeben. Und das war wirklich besser, als alleine zu schlafen.

CAINE GRUMMELTE, als er auf den Weg nach Hause war. Es war kalt, dunkel und er hatte schlecht geschlafen. Das Gefühl in Macklins Armen zu schlafen, war in Konflikt mit dem Wissen gestanden, dass er früh aufstehen musste. So war er alle halbe Stunde aufgewacht, um auf die Uhr zu sehen, damit er nicht zu lange blieb. Heute Nacht sollte Macklin bei ihm schlafen, damit der dann aufstehen und gehen musste.

Caine öffnete leise die Tür und schlich ins Haus, durch das dunkle Zimmer und auf die Treppe zu.

„Es ist ein wenig früh für einen Spaziergang."

Erschrocken fuhr Caine herum. „K-Kami, du hast mich erschreckt."

„Wenn du das Licht angemacht hättest, statt wie ein Galah im Dunkeln herumzuschleichen, hättest du mich gesehen." Kami schaltete das Licht an, als er sprach. Caine blinzelte ein paar Mal, um seine Augen an die Helligkeit zu gewöhnen.

„Ich k-k-konnte nicht schlafen, also bin ich s-spazieren gegangen."

Kami spitzte die Lippen und verschränkte die Arme vor der breiten Brust. Caine fühlte sich wie ein Schüler, der zum Direktor gerufen worden war.

Er sah schuldbewusst weg. „Ich bin in Macklins Haus eingeschlafen. Wir haben geredet und ich muss eingenickt sein. Ich wollte nicht, dass jemand auf falsche Gedanken kommt, also bin ich gegangen, als ich aufwachte."

„Dich um halb fünf herumschleichen zu sehen, als hättest du etwas zu verbergen, bringt die Leute viel eher auf falsche Gedanken, als wenn du um eine vernünftige Uhrzeit herumläufst", meinte Kami dazu. „Aber ich denke nicht, dass das die Wahrheit ist."

„Warum kümmert es dich?", fragte Caine.

„Weil Macklin mein Freund ist. Wenn du nur herummachen willst, dann solltest du das jetzt beenden", befahl Kami. „Wenn die Männer herausfinden, dass du mit ihm geschlafen hast, wäre alles ruiniert."

„Und wenn ich nicht nur h-herummachen will?", fragte Caine. „Wenn ich auch will, dass sich die Geschichte wiederholt?"

„Dann musst du dich so verhalten, als wärst du stolz auf ihn und eure Beziehung", riet Kami. „Die Männer respektieren Stärke. Wenn du stark genug bist, für dich und ihn einzustehen, dann werden sie es dabei belassen. Wenn du dich benimmst, als sei es etwas, wofür du dich schämst, werden sie dich nie in Ruhe lassen, und ihr beide werdet zu Witzfiguren."

„Er ist derjenige, der Angst hat", sagte Caine sanft. „Nicht ich."

„Weil er weiß, was passieren kann", konterte Kami. „Aber du bist anders. Du bist der Boss. Sie müssen dich nicht mögen und können dich nicht fortjagen. Wenn du stark genug bist und sie dich respektieren, wird auch Macklins Position nicht angezweifelt werden. Wenn sie dich aber nicht respektieren, wie können sie ihn dann respektieren, wenn er an deiner Seite ist?"

„Wie stell ich das an?", fragte Caine.

„Sei du selbst", sagte Kami. „Ganz du selbst. Du hast die Stärke deines Onkels, sonst hättest du es hier nicht länger als ein paar Wochen ausgehalten. Die Männer haben begonnen, das zu sehen. Sie nennen dich nicht mehr einen Hereingeschneiten. Jetzt ist es an der Zeit, ihnen den Rest von dir zu zeigen. Das heißt nicht, dass du jetzt eine große Szene veranstalten sollst. Macklin würde uns beide umbringen, wenn du das tust, aber du darfst niemanden vermitteln, dass du dich für ihn schämst. Kein Verstecken mehr, Caine, denn wenn sie es herausfinden, bevor sie dich akzeptiert haben, wird es viel schwerer sein, sie für dich zu gewinnen."

„Ich werde das nicht vergessen", sagte Caine. „Ich muss darüber mit Macklin reden, ihn zumindest vorwarnen."

„Das ist gut", sagte Kami. „Aber je länger du wartest, desto schwerer wird es sein. Jetzt geh nach oben, ich muss noch das Frühstück machen."

„Danke, Kami." Caine umarmte ihn. „Ich werde weder dich noch Macklin noch Onkel Michael enttäuschen."

„Ich bin mir sicher, dass du das nicht tun wirst", stimmte Kami zu. Er klopfte sanft auf Caines Rücken, ehe er ihn in Richtung Treppe bugsierte.

Caine ging nach oben und in sein Schlafzimmer, seine Gedanken rasten, während er sich auszog und etwas heraussuchte, um es nach dem Duschen anzuziehen. Er hatte gewusst, dass Kami sympathisch war, aber er hatte nie in Betracht gezogen, ihn um Rat zu fragen. Jetzt wünschte er, dass er es getan hätte. Nicht, dass es zuvor ein Thema gewesen wäre. Er ging ins Badezimmer und drehte das heiße Wasser auf. Er brauchte einen Plan, denn er hatte keine Ahnung, wie er Kamis Vorschlag umsetzen sollte.

Der erste Schritt war, den anderen zu sagen, dass er schwul war. Sein Coming-out als Teenager war ziemlich unspektakulär gewesen. Er hatte zwei ältere Cousins, die schwul waren. Mittlerweile waren sie verheiratet und lebten in Massachusetts und Maine. Durch ihre Coming-outs wusste Caine, dass es seine Familie akzeptierte. Sie hatten ihn aufgeklärt, ihm seine erste Schachtel Kondome gegeben und ihm beim Download seines ersten Schwulenpornos geholfen. In Philadelphia hatte er die längste Zeit in der schwulen Nachbarschaft verbracht, noch bevor er dort gelebt hatte. Hier, im Outback, erhielt er vermutlich nicht die gleichen Reaktionen.

Damit musste er leben. Die Männer respektierten Stärke, das hatten Kami und Macklin mehrmals betont. Gut, er war stark und nahm ihre Reaktionen an, wie auch immer diese ausfielen. Vielleicht verlor er ein paar Männer dabei, aber das konnte er verkraften. Er durfte nicht taumeln. Er musste der starke, selbstbewusste Mann sein, der er nie gewesen war.

Er dachte an Macklin, der heute Morgen zu angespannt war, um über ihn herzufallen, da er Angst hatte, dass jemand Caine beim Verlassen des Hauses sah. Er wollte mit seinem Partner aufwachen und ihn lieben oder mit ihm kuscheln, wenn ihnen nicht nach Sex war. Er wollte ein Leben mit Macklin und wenn es bedeutete, dass er Reserven anzapfen musste, dann konnte er damit leben.

Jetzt musste er nur noch herausfinden, wie sein Coming-out ablaufen sollte, um so wenig Aufsehen wie möglich zu erregen.

18

MACKLIN WAR nicht in der Kantine, als Caine den Frühstücksraum betrat, aber da ein paar Jackaroos bereits aufbrachen, musste Macklin wohl schon irgendwo auf der Station beschäftigt sein. Caine traf ihn dann entweder im Laufe des Tages oder auch nicht. Er hoffte, dass er einen flüchtigen Blick auf Macklin werfen konnte, vielleicht hatten sie sogar Zeit für einen Kuss oder zwei, aber wenn nicht, mussten sie eben bis zum abendlichen Bier warten. Nicht, dass sie in letzter Zeit sonderlich viel Bier getrunken hatten.

Als er zum Stall ging, war Caine für seine lange Unterwäsche dankbar. Macklin war nicht zu sehen, aber ein Blick in die Boxen zeigte, dass sie dringend ausgemistet werden mussten. „Er hat mir gesagt, dass ich Dreck schaufeln würde", murmelte Caine mit einem Grinsen, als er Mistgabel und Schubkarre holte.

Er hatte drei Boxen gesäubert und wollte gerade mit der vierten beginnen, als er hörte, dass die Stalltür geöffnet wurde. Er streckte den Kopf hinaus, um zu sehen, wer es war. „Hey, Neil."

„Ich habe ein Gerücht gehört, als ich gestern in Taylor Peak war, um das Heu abzuholen."

Caine sog scharf die Luft ein, aber er erinnerte sich an Kamis Worte und versuchte ruhig zu bleiben. „Gerüchte sind ekelhaft."

„Taylor sagt, du wärst eine Schwuchtel."

„Das ist nicht gerade das Wort, das ich verwendet hätte." Caine war erstaunt, dass er nicht stotterte. „Aber wenn du fragst, ob ich schwul bin … ja."

Neils Gesicht verzog sich vor Ekel. „Verdammter Kissenbeißer", spie er. „Geh dorthin zurück, wo du hingehörst, nach Sydney oder Amerika."

„Was hat meine Anwesenheit damit zu tun, ob ich schwul bin oder nicht?" Caine lehnte die Mistgabel an die Wand und kam aus der Box. Er hoffte, dass es zu keiner körperlichen Auseinandersetzung kam, denn er wollte Neils harsche Worte nicht unkommentiert lassen. Kami hatte gesagt, dass die Männer Stärke respektierten. Caine konnte Stärke zeigen. „Entweder mache ich meinen Job oder nicht, ganz gleich, wen ich in meiner Freizeit attraktiv finde."

„Das Outback ist kein Ort für Schwuchteln", beharrte Neil.

„Warum nicht?", fragte Caine. „Ich weiß zwar noch nicht alles, aber ich komme hier gut zurecht. Du hast dich nicht beschwert, als ich bei der Zucht geholfen oder dir eine Pause von der Kälte gegeben habe."

„Zu der Zeit wusste ich noch nicht, was du bist", gab Neil zurück.

„Ich bin der gleiche Mann wie zuvor. Das Einzige, das sich verändert hat, ist deine Perspektive, nicht wer ich bin oder wie ich mich verhalte."

„Ich will hoffen, dass sich dein Verhalten nicht ändert." Neil kam auf Caine zu. „Wenn du irgendwas versuchst, landest du auf deinem Arsch."

Caine besah sich Neil von oben bis unten. Der Mann war nicht unattraktiv, wenn man von seinem Verhalten absah, aber er war nicht Macklin. „Darum musst du dich nicht sorgen", meinte er mit erzwungener Lässigkeit. „Du bist nicht mein Typ."

„Was ist dann dein Typ? Weinerliche Tunten?"

„Was ist hier los?"

Macklins Stimme unterbrach Neils Tirade. Caine war versucht zu sagen, dass sein Typ einem sexy Vorarbeiter entsprach, mit dem er so guten Sex wie nie zuvor gehabt hatte, aber er glaubte nicht, dass Macklin so geoutet werden wollte. „Neil und ich haben uns nur unterhalten."

„Wir haben uns verdammt noch mal nicht unterhalten", knurrte Neil. „Wenn du solche Sachen sagst, denkt noch jeder, dass ich auch eine Schwuchtel bin."

„Das ist der ignoranteste Blödsinn, den ich je gehört habe", sagte Caine kopfschüttelnd. „Geh zurück an die Arbeit, Neil, die Schafe füttern sich nicht selbst."

„Du solltest daran denken, mit wem du hier redest", meinte Macklin mit harter Stimme. „Er ist der Boss und wenn er dich feuert, weil du ein ignoranter Fanatiker bist, der seine Meinung nicht für sich behalten kann, dann ist es deine eigene Schuld und nicht die eines anderen."

„Du hast es gewusst?", knurrte Neil.

Macklin zuckte die Schultern. „Er versteckt es nicht. Er hat es an dem Tag erwähnt, an dem wir uns zum ersten Mal getroffen haben."

„Und du hast nicht daran gedacht, es uns zu sagen?", fragte Neil weiter.

„Was geht es dich überhaupt an?", unterbrach sie Caine. „Ich hab schon gesagt, dass du nicht mein Typ bist, und ich hab nie mit dir geflirtet. Ich würde dich auch nicht belästigen, wenn du mein Typ wärst. Wenn ich eine schlechte Entscheidung treffe, dann liegt es daran, dass ich immer noch lerne und nicht, weil ich schwul bin. Wenn ich eine gute Entscheidung treffe, dann ist es, weil Macklin mich gut gelehrt hat, nicht weil ich schwul bin. Die einzige Person, die das zu kümmern hat, ist die Person, die mich interessiert, und da du das *nicht* bist, geht es dich auch nichts an."

„Scheiß Schwuchtel." Neil stürmte hinaus, ließ Caine und Macklin allein zurück.

„Er hat dich nicht verletzt, oder?"

„Er hat ein paar e-eklige Dinge gesagt." Caine verfluchte sein Stottern, aber bei Macklin musste er nicht stark sein. „Das ist alles."

„Ich hab dir gesagt, dass es schwer wird, wenn die Männer es rausfinden."

„T-Taylor hat es ihm gesagt", meinte Caine mit einem Schulterzucken. „Ich werde nicht abstreiten, wer ich bin, Macklin. Ich habe mit vierzehn beschlossen, mich zu outen und ich werde jetzt nicht damit anfangen, mich zu verstecken. Ich werde diskret sein, aber es nicht abstreiten."

„Er wird es den anderen sagen. Sie werden alle hinter deinem Rücken reden", warnte Macklin. „Sie werden dein Leben zur Hölle machen."

„K-Können sie versuchen", konterte Caine. „Ich h-habe nicht e-einmal gestottert, als ich mit Neil gesprochen habe. Ich hätte das vorher nicht geschafft. Ich hätte vielleicht das Gleiche gesagt, aber es wäre nicht gleichwertig gewesen. Sie können sagen, was sie wollen. Ich bin stärker als davor."

„Wie lange?", fragte Macklin ernsthaft. „Wie lange, bis du beschließt, dass es einfacher ist, wenn du ihr Gerede nicht hören musst? Wie lange, bis du weggehst?"

„Stehen wir jetzt wirklich wieder an diesem Punkt?", fragte Caine ungläubig. „Du stellst mir diese Frage noch immer, auch nach letzter Nacht?"

„Sei leiser", zischte Macklin.

„Ich dachte, du g-gibst u-uns eine Chance."

„Du hast gesehen, wie Neil reagiert hat. Willst du wirklich damit leben?"

„Ich werde damit leben, so oder so. Aber es bedeutet mir viel, wenn du dabei hinter mir stehst."

„Wenn wir Glück haben, bleiben die meisten Männer aus Loyalität zu mir und Michael. Wenn nicht, werden sie gehen. Wir können es nicht riskieren, diese Loyalität zu verlieren."

„Scheiß drauf. Du hast Angst. Macklin Armstrong, der unverwüstliche Fels, hat Angst, dass die Leute ihn mit anderen Augen sehen, wenn sie wissen, dass er schwul ist."

„Ich weiß, dass sie es tun werden", erwiderte Macklin. „Du hast Neils Gesicht gesehen. Du hast gehört, was er gesagt hat."

„Er ist ein Mann mit vielen Vorurteilen. Das heißt nicht, dass alle anderen auch so reagieren werden. Und selbst wenn sie es tun, ist das ihr Problem, nicht unseres. Es wird erst unser Problem sein, wenn wir es zulassen."

„Es ist unser Problem, wenn deswegen die Station den Bach runtergeht."

„Es geht nur um die Station, nicht wahr?"

„Es ist alles, was ich habe", protestierte Macklin.

„Nein, nicht alles", widersprach Caine. „Du hast mich. Oder, du könntest mich haben, wenn du nicht immer wieder gegen mich ankämpfen würdest."

„Du verlangst, dass ich all das riskiere, was ich mir in den letzten 25 Jahren aufgebaut habe. Und zwar für ein paar Nächte Sex."

Caine fühlte sich, als hätte Macklin ihn geschlagen. Die Worte waren so schmerzhaft, dass er einen Faustschlag ins Gesicht bevorzugt hätte. „Ist das w-wirklich alles, was es für dich w-w-war?"

„Das ist alles, was es hier draußen sein kann."

Caine nickte knapp und presste die Lippen zusammen. Er wollte seine Gefühle nicht zeigen. „Ich schätze, es ist alles gesagt. Ich erwarte einen Bericht über die Zucht am Ende der Woche. Guten Tag, Mr. Armstrong."

Mit erhobenem Kopf verließ Caine den Stall. Die Mistgabel holte er später, denn er konnte nicht eine Sekunde länger in Macklins Nähe bleiben. Er bettelte nicht. Er weinte nicht. Er zeigte niemanden, nicht einmal Macklin, wie ihn diese Worte verletzt hatten. Sie wollten Stärke? Das konnten sie haben.

Er kam bis zu Onkel Michaels Büro, wo er die Tür schloss und absperrte, nachdem er ein wenig mit dem Schloss kämpfen musste. Er sank in einen Sessel und vergrub das Gesicht in den Händen. Er weinte nicht, aber er spürte die Verzweiflung. Er war sich so sicher gewesen, dass Macklins Sanftheit und Fürsorge Zeichen dafür gewesen waren, dass der andere Mann an seiner Seite blieb. Er hatte wohl falsch gelegen.

„Was jetzt, Onkel Michael?", fragte er in den leeren Raum hinein. „Du hast mit einem sturen Australier zusammengelebt. Du hast ihn offensichtlich überzeugt, dass es das Risiko wert ist. Wie schaffe ich das, wenn er nicht einmal den Gedanken zulässt, dass wir etwas haben, wofür sich ein Risiko lohnt?"

Er fuhr sich durch die Haare. Sie waren seit seiner Ankunft deutlich gewachsen. Hätte er letzte Nacht daran gedacht, hätte er Macklin gefragt, ob er sie ihm schnitt, aber das war keine Option mehr. Vielleicht konnte er Jasons Mutter fragen, wenn sie überhaupt noch mit ihm sprach, wenn Neil die Neuigkeiten verbreitete. Er hoffte, dass sie Jason nicht verbot, sich mit ihm zu treffen, doch er konnte damit leben, wenn sie es tat. Genauso wie er mit Macklins Entscheidung leben konnte. Das hier war jetzt sein Leben und er ließ sich nicht von Vorurteilen verjagen.

Er fuhr den Computer hoch und suchte nach biologischem Heu in ihrer Nähe, um mit dem Zertifikat voranzukommen, während sie gleichzeitig nach einem Weg suchten, ihr Schaffutter selbst anzubauen.

CAINE ARBEITETE die Mittagszeit durch. Er entschuldigte es damit, dass auch viele der Jackaroos für das Mittagessen nicht von den Feldern kamen. Das Abendessen konnte er nicht ignorieren, sein Magen wäre nicht der einzige gewesen, der das nicht zuließ. Caine war sich sicher, dass Neil mittlerweile allen erzählt hatte, dass er schwul war und wenn er jetzt nicht auftauchte, wäre das garantiert als ein Zeichen von Schwäche gewertet worden. Er verbrachte vielleicht das ganze Abendessen alleine an einem Tisch, aber er war zumindest dort. Er wollte ihnen zeigen, dass er sich nicht schämte oder durch ihre Meinungen über ihn eingeschüchtert war.

Kami hatte eines seiner seltenen Lächeln für ihn übrig, und Caine fragte sich, wie schlimm es sein musste, wenn Kami ihn schon mit so einer Geste unterstützte. Er nahm Platz und begann zu essen, ohne sich wirklich umzusehen. Einen Augenblick später ließ Jason sich neben ihm nieder.

„Hi, Caine. Ich hab dich heute gar nicht draußen arbeiten gesehen."

„Ich hab am Antrag für die Bio-Zertifizierung gearbeitet", erklärte Caine. „Ich hatte keine Gelegenheit, herauszukommen und zu sehen, was du so treibst."

„Schulaufgaben, wie immer", sagte Jason, „und ich habe so getan, als hätte ich den Streit zwischen Neil und meinem Dad nicht gehört."

„Worüber haben sie sich denn gestritten?", fragte Caine, war sich jedoch sicher, die Antwort schon zu kennen.

„Über dich", sagte Jason. „Dad hat Neil gesagt, dass er die Klappe halten soll, denn wenn er weiter so gemein zu dir ist, wirst du vielleicht noch gehen und alles verkaufen. Dann können wir vielleicht alle für jemanden wie Devlin Taylor arbeiten."

„Und dein Dad denkt, dass es schlimmer ist für Devlin Taylor zu arbeiten, als wenn man für mich arbeitet?", fragte Caine.

„Natürlich", antwortete Jason. „Du kümmerst dich um Lang Downs. Du weißt vielleicht nicht alles über Schafe, aber du lernst und machst Fortschritte. Mr. Taylor kümmert sich nur ums Geld und das hilft niemanden. Hast du Taylor Peak gesehen?"

„Entschuldige, Boss."

Caine sah auf und erblickte Ian, einen der Jackaroos, der vor dem Tisch stand. „Ja?"

„Einer unserer Böcke ist heute Nachmittag aus dem Stall ausgebrochen. Wir haben ihn eingefangen, aber vermissen noch immer ein paar unserer Mutterschafe. Wir haben sie gesucht, aber noch nicht gefunden."

„Danke", sagte Caine. „Hast du Macklin Bescheid gegeben?"

„Wir haben ihn den Tag über nicht gesehen", gab Ian zurück. „Was sollen wir wegen der fehlenden Schafe tun?"

„Es wird schon dunkel. Es bringt nichts, jetzt nach ihnen zu suchen. Wir werden morgen weitersuchen. Wenn du Macklin siehst, sag ihm Bescheid."

„Das werde ich, Boss." Ian nickte kurz und ging davon.

„Ian denkt auch, dass du ein besserer Boss bist", flüsterte Jason. „Dad meinte, dass Neil ein dämlicher Galah sei und ich nicht auf ihn hören soll."

„Ich hoffe, dass er nicht als Einziger so denkt", murmelte Caine.

„Schwul zu sein hat nichts damit zu tun, wie du die Station führst. Du bist ein guter Boss. Sogar ich kann das sehen", meinte Jason.

„Heißt das, dass dein Dad kein Problem damit hat, dass ich schwul bin?", fragte Caine.

„Das weiß ich nicht. Aber er hat gesagt, dass es ihn nichts angeht, solange du ihn oder mich nicht belästigst oder irgendjemand, der nicht wie du denkt. Ich hab ihm gesagt, dass du nicht so bist."

„Nein, so bin ich nicht", stimmte Caine zu. Jason schien willig zu reden, daher atmete Caine tief durch und fragte: „Gibt es noch andere, die wie Neil denken?"

„Ich weiß nicht. Ich kapier nicht, warum es überhaupt so wichtig ist. Sicher, wenn du was bei mir versuchen würdest, kann ich verstehen, dass die Leute aufgebracht sind, aber ich weiß, du tust so was nicht. Wen kümmert es, in wen du dich verliebst?"

„Ich weiß nicht, warum es Neil stört", gab Caine ehrlich zurück. „Manche Leute sagen, es ist falsch, weil es gegen ihre Religion verstößt, andere sagen, dass es falsch ist, weil es unnatürlich sei. Ich sage, Gott macht keine Fehler und für mich ist es weder unnatürlich noch falsch, solange ich die Vorlieben der Leute um mich herum respektiere. Das beinhaltet auch schwule Männer, die nicht an mir interessiert sind, nicht nur heterosexuelle."

„Nun, klar", meinte Jason. „Das wäre das Gleiche, wenn ich ein Mädchen mag. Wenn sie mich nicht mag, muss ich damit klarkommen und weitermachen."

„Genau. Der einzige Unterschied ist, dass ich nach einem süßen Kerl statt einem süßen Mädchen suchen werde."

„Dad hat recht. Neil ist ein Galah. Hör nicht auf ihn."

„Das werde ich auch nicht", versicherte ihm Caine. „Ich hoffe nur, die anderen tun es auch nicht."

„Das weiß ich nicht, aber niemand wird gezwungen, hier zu bleiben. Wenn sie dich nicht mögen, können sie einfach gehen und du kannst stattdessen jemand anheuern, den es nicht stört."

„Ich hoffe, dass es so funktioniert."

„Boss, hat Ian dir schon gesagt, dass die Schafe ausgebrochen sind?"

„Das hat er", sagte Caine, und sah zu Kyle auf, der auf der anderen Seite des Tisches stand. „Ich habe ihm schon gesagt, dass wir die Streuner morgen suchen werden."

„Das ist nicht das einzige Problem. Ich war gerade dabei das Gehege zu reparieren, aus dem sie ausgebrochen sind. Ich denke, dass sie vielleicht Hilfe hatten."

„Hast du es vollständig repariert?", fragte Caine. Er hasste den Gedanken, dass jemand ihre Zäune sabotierte, aber seine erste Sorge galt den Schafen.

„Keine Sorge, Boss, wir haben den kaputten Abschnitt komplett erneuert", meinte Kyle. „Sie werden da nicht mehr durchkommen."

„Okay, dann sehen wir uns mal an, was du gefunden hast." Caine stand auf und stellte seinen Teller zum schmutzigen Geschirr. „Jason, willst du mitkommen?"

Jason stellte seinen Teller ebenfalls auf den Stapel und rannte Caine und Kyle hinterher, sein Gesicht wirkte fröhlich, sodass Caine ihm durch die Haare fuhr.

„Kannst du keinen richtigen Mann finden, Boss?" Caine fuhr herum, als er Neils Anschuldigung hörte. Der Jackaroo stand mit ein paar anderen Männern auf der Veranda der Kantine.

Bevor er antworten konnte, fuhr Jason Neil an. „Wie kannst du es wagen, so etwas zu sagen? Caine war immer nett zu mir, seit er hergekommen ist, und er hat nie etwas Unangemessenes getan."

„Du verschwendest deinen Atem, Jason", sagte Caine, Neil komplett ignorierend. Egal wie lang man mit so jemanden diskutierte, es brachte nichts. „Er wird nicht auf dich hören. Deine Eltern wissen, dass wir befreundet sind und es stört sie nicht. Neil kann denken, was er will."

„Neil, das war wirklich unnötig", fügte Kyle hinzu. „Nur weil er eine Schwuchtel ist, ist er kein Pädophiler. Reiß dich zusammen."

Zumindest gab es noch einen Arbeiter neben Jasons Vater, der der Meinung war, dass seine Sexualität nichts veränderte. Er hoffte, dass es noch andere gab, aber er hatte gerade keine Zeit, sich darum zu kümmern. Er musste sehen, ob jemand den Zaun sabotiert hatte.

„Zeig mir den Schaden am Zaun", sagte Caine zu Kyle, während er Jason von Neil und seinen Kumpanen wegführte.

Kyle führte Caine zur äußersten Weide, in der die Mutterschafe für die Zucht getrennt worden waren. Sie grasten friedlich und völlig unbekümmert. Kyle wies auf die gegenüberliegende Seite der Weide. „Dort ist der Abschnitt, den wir repariert haben. Du kannst sehen, dass die Bretter neu sind. Das hier sind die kaputten."

Caine untersuchte das Holz, das Kyle ihm gereicht hatte. Die Bretter zeigten die gezackten Ränder, die man erwartete, wenn Holz brach. „Ich sehe offensichtlich nicht das, was du siehst."

„Sieh mal", sagte Kyle. „Das Holz ist gebrochen, aber siehst du dieses Loch? Das sieht aus, als hätte sich etwas durchgebohrt. Das kann das Holz genug geschwächt haben, damit es bricht. Und alle haben solche Löcher an derselben Stelle. Wäre dieses Loch nur an einem Holzstück aufgetaucht, würde ich auf ein hungriges Insekt schließen. Aber die gleiche Stelle an vier Brettern ist ziemlich verdächtig."

„Das stimmt", meinte Caine. „Ich werde das hier mitnehmen. Irgendeine Idee, wer das getan haben könnte?"

„Gestern hätte ich Taylor gesagt", erwiderte Kyle. „Nach dem, was heute passiert ist, bin ich mir nicht mehr so sicher."

„Neil ist ein fanatischer Galah, um es so auszudrücken, aber das heißt nicht, dass er deswegen unsere Station sabotiert. Außerdem hätte ihn sicherlich irgendjemand gesehen, wenn er sich tagsüber am Zaun zu schaffen machte, oder?"

„Vielleicht. Aber wenn nur die Ganzjährigen hier sind, ist die Station nicht voll besetzt. Wir vertrauen darauf, dass die Schafe in den Gehegen sicher sind, da die Dingos nie ins Tal kommen, wenn das Wetter sich nicht gerade stark verschlechtert. Das heißt, keiner war hier, um aufzupassen. Wenn er es zeitlich richtig angestellt hat, hätte er es heute tun können."

„Warum nicht gestern Nacht?", fragte Jason. „Oder eine Woche vorher?"

„Er wusste bis heute Morgen nicht, dass ich schwul bin. Wenn das überhaupt sein Grund für die Tat ist. Er sagte, er habe gestern ein Gerücht auf Taylor Peak gehört, aber er hat mich erst heute Morgen damit konfrontiert. Wenn es nicht Neil war, dann hätte es wirklich zu jedem Zeitpunkt getan werden können."

„Und dann, als etwas die Schafe erschreckte, sind sie gegen den Zaun gerannt und der hat nachgegeben", sagte Kyle. „Derjenige, der das getan hat, musste gar nicht in der Nähe sein und es hätte wie ein Unfall ausgesehen."

„Ich muss mit Macklin reden." Caines Magen drehte sich bei dem Gedanken um, zu Macklins Haus zu gehen, wo sie sich am Abend zuvor noch so zärtlich geliebt hatten. „Er muss wissen, was vorgefallen ist. Jason, kannst du ihn suchen und ihm sagen, dass ich mit ihm im großen Haus sprechen möchte?"

„Sicher, Caine", sagte Jason und rannte los.

„In der Zwischenzeit …" Caine sah zu Kyle. „Heute ist es zu spät, um die anderen Zäune zu überprüfen. Sollen wir einen Wachposten aufstellen, damit nicht noch mehr Schafe ausbrechen oder dasselbe noch mal passiert?"

„Du bist der Boss", entgegnete Kyle. „Wenn du denkst, dass es nötig ist, tun wir es."

Caine unterdrückte ein Seufzen, das sicher missverstanden worden wäre. Macklin hätte nicht gezögert, sondern angeordnet, zu tun, was auch immer getan werden musste. Caine atmete durch und nickte. „Stell' heute Nacht Wachposten auf", sagte er. „Immer zwei Männer, es wird jede Stunde gewechselt, damit sie sich aufwärmen können. Morgen überprüfen wir als Erstes die Zäune."

„Ja, Boss", sagte Kyle.

Caine grinste. „Gib Neil die Schicht um zwei Uhr morgens."

Kyle grinste zurück. „Mit Vergnügen, Boss."

19

CAINE GING im Wohnzimmer auf und ab, während er auf Macklins Ankunft wartete. Der Vorarbeiter lehnte die direkte Anweisung sicher nicht ab, besonders wenn Jason ihm die Situation erklärte, wäre aber auch nicht wirklich glücklich darüber.

Als die Tür aufflog und wieder heftig geschlossen wurde, wusste Caine, dass er richtig lag. „Du wolltest mich sprechen?"

Kein „Welpe", kein „Caine", nicht einmal ein „Boss" – nur dieser geknurrte Satz.

„Wir haben ein Problem, vielleicht sogar zwei." Caine versuchte, seine Stimme ruhig zu halten. Macklin war nicht mehr sein Partner, daher zeigte Caine ihm auch nicht, wie sehr ihn die ganze Situation aufwühlte.

„Außer Neil?"

„Er ist vielleicht ein Teil davon, aber da ist mehr dran. Ian hat gesagt, dass ein paar Schafe aus ihrem Gehege ausgebrochen sind und sie konnten nicht alle finden, bevor es dunkel geworden ist. Kyle hat mir dann gesagt, dass er nicht denkt, dass es ein Unfall war. Er zeigte mir die Bretter, die gebrochen sind. Es sieht so aus, als hätte sie jemand angebohrt, um sie zu schwächen. Weniger offensichtlich als mit einer Säge, aber dennoch genug, um die Schafe ausbrechen zu lassen."

„Denkst du, es war Neil? Bis heute Morgen war er ein Musterarbeiter."

„Ich hab nicht gesagt, dass er es war", antwortete Caine sofort. „Ich denke da eher an Taylor. Aber wir werden ihm wohl nichts nachweisen können, wenn wir ihn oder einen seiner Männer nicht gerade auf frischer Tat ertappen. Ich denke aber, dass Neil zur Zeit ziemlich desillusioniert ist. Er hat mich vor ein paar Minuten quasi beschuldigt, mich an Jason zu vergreifen. Jason hat mich verteidigt und Kyle hat ihm gesagt, dass er sein Maul halten soll. Aber wo auch immer seine Vorurteile herkommen, sie sind ziemlich stark."

„Also, was wirst du tun?"

Caines Kiefer spannte sich bei der Wortwahl an. Macklin hatte ihn selbst bei seiner Ankunft nicht so behandelt. „Ich habe Kyle gebeten, einen Wachposten für die Nacht aufzustellen, falls der Täter zurückkommt und es noch einmal versucht. Ian habe ich gesagt, dass wir morgen nach den fehlenden Schafen suchen werden. Wenn du noch Vorschläge hast, höre ich sie mir an."

„Ich hätte dasselbe vorgeschlagen", meinte Macklin.

„Nicht alle haben wie Neil reagiert", meinte Caine sanft. „Ian und Kyle nennen mich noch immer Boss und haben sich an mich gewandt, als du nicht da warst. Kyle hat Neil angefahren, als dieser den Pädophilen-Kommentar machte. Und Jason hat gesagt, dass sein Dad nichts dagegen hat, wenn er und ich Freunde sind."

„Lass es einfach", sagte Macklin mit flacher Stimme. „Wir haben uns schon alles gesagt."

„Haben wir das? Ich will dich nicht verlieren."

„Ich geh' nirgendwohin."

„Wirklich? Dann komm her und beweis es. Küss mich oder noch besser, komm mit nach oben und lass uns miteinander schlafen. Verbring die Nacht in meinem Bett und lass uns zusammen zum Frühstück gehen, Seite an Seite."

„Du verlangst Dinge, die ich dir nicht geben kann."

„Die du mir nicht geben willst", verbesserte Caine. „Du kannst, denn du hast es in Boorowa getan. Ich werde mich nicht verstecken, Macklin. Die Männer sind geschockt, aber später werden sie mich dafür respektieren, dass ich ehrlich zu ihnen war und mich nicht versteckt habe. Wenn wir uns verstecken und sie es herausfinden, dann ist es ein schmutziges Geheimnis. Wenn wir stolz darauf sind, dass wir sind, wie wir sind, werden sie es akzeptieren. Ist es nicht genau das, was mit Onkel Michael und Donald passiert ist?"

„Darüber kann ich heute nicht diskutieren", meinte Macklin und ging zur Tür. „Ich werde dafür sorgen, dass Kyle die Wachposten für heute Nacht aufstellt."

Macklin hatte das Büro verlassen, bevor Caine ihn aufhalten konnte.

„Fuck", murmelte Caine.

„Er ist ein Sturkopf", meinte Kami, der in der Tür zur Küche stand.

„Wie viel hast du gehört?", fragte Caine peinlich berührt.

„Nicht viel, aber genug, um ihn deine Argumente ablehnen zu hören", gab Kami zurück.

„Deine Argumente", erinnerte ihn Caine. „Also, was t-tue ich jetzt?"

„Gib ihm ein paar Tage, damit er einsieht, dass die Welt nicht gleich untergeht, nur weil die Jackaroos Bescheid wissen. Er wird sich beruhigen."

„Woher weißt du das?"

„Ich kenne diesen Mann schon seit 25 Jahren. Und ich habe noch nie gesehen, dass er sich so verhält. Er gibt es vielleicht noch nicht zu, aber er kann nicht aufhören, an dich zu denken."

„Das ist nicht das Gleiche wie mich zu lieben. Wenn er das nicht kann und wenn er es nicht tun *will*, ist es egal, wie oft er an mich denkt."

„Wenn er so viel an dich denkt, wird er sich in dich verlieben", versicherte ihm Kami. „Er weiß es nur noch nicht."

„Ich hoffe, du hast recht."

ALS CAINE alleine in seinem Bett lag, versuchte er genauso zuversichtlich zu sein wie Kami. Die Zweifel, die ihn immer plagten, waren im Dunkeln noch stärker. Sie ließen ihn stärker bewusst werden, dass die Bettseite neben ihm leer war. Er hatte gehofft, dass Macklin diese Leere füllte, doch der hatte sich anders entschieden. Wenn Macklin Wache gestanden hätte oder aus einem anderen Grund mit den Schafen unterwegs gewesen wäre, hätte man es mit der Arbeit begründen können und nicht mit Macklins Wunsch, nicht bei ihm sein zu wollen. Seine Abwesenheit hatte nichts mit der Arbeit zu tun, sondern nur mit Macklins Wunsch.

Unglücklicherweise.

Es war aber auch möglich, dass Kami falsch lag und Macklin nicht zu ihm zurückkam, egal wie viel Zeit Caine ihm gab. Er wollte Lang Downs nicht verlassen, trotz seines Versprechens, dass er eher ging als Macklin. Die Frage war, konnten sie als Kollegen zusammen auf der Station leben, wenn sie schon drei Nächte als Liebende verbracht hatten?

Caine wollte glauben, dass es möglich war. Er wollte glauben, dass sie sich erwachsen verhalten konnten, selbst wenn sie niemals wieder so entspannt miteinander umgingen wie im ersten Monat. Macklin hatte sich nicht geweigert zu Caine zu kommen, um über die vermissten Schafe zu sprechen, und er hatte Caines Entscheidung nicht zurückgewiesen. Ihr Verhältnis war nicht so kameradschaftlich wie an den Abenden, die sie Bier trinkend auf Macklins Veranda verbracht hatten oder in seinem Wohnzimmer, aber gut genug, um eine funktionierende Arbeitsbeziehung zu haben.

Also konnte er bleiben, hatte aber keinen Liebhaber und Partner an seiner Seite, der ihn unterstützte, wie er es sich mit Macklin erträumt hatte. Er konnte Macklins Beispiel folgen und ein, zwei Mal im Jahr nach Sydney oder Melbourne fahren, wenn die Einsamkeit zu groß wurde. Allerdings war er noch nie ein Fan von One-Night-Stands gewesen. Dennoch, die Berührung einer anderen Hand war schöner als die seiner eigenen. Vielleicht war es möglich, dass andere nach Lang Downs kamen, die seine sexuelle Orientierung teilten. Sie wären nicht Macklin – ein Gedanke, der ihm das Herz zerriss – aber er konnte vielleicht jemanden finden, der offen an seiner Seite stand.

Dieser Gedanken hinterließ ein Gefühl der Übelkeit. Sie waren seit nicht einmal 24 Stunden getrennt und er dachte schon an jemand anderen. Vielleicht fand er niemals so einen Partner, wie Onkel Michael es getan hatte. Nicht jeder hatte so ein Glück. Manche füllten ihr Leben mit Arbeit, engen Freunden und eine Art erweiterten Adoptivfamilie. Er hatte das mit Jason getan. Vielleicht hatte er es später auch mit anderen Männern auf der Station. Es war weniger als er sich zu Beginn erhofft hatte, aber mehr als er in Philadelphia hatte.

Er strich sich mit der Hand über den Bauch. Die Weichheit, die ihn sein Leben lang geplagt hatte, war fort. In diesen wenigen Monaten war er recht muskulös geworden. Nicht weil er ein Fitnessstudio besuchte, sondern weil er im Outback lebte. Wenn es schon nach ein paar Monaten solche Veränderungen gab, wie sah er wohl in ein paar Jahren aus? Das Leben hier hatte mehr als nur seinen Körper verändert. Er hatte an diesem Morgen mit Neil diskutiert, ohne auch nur ein einziges Mal zu stottern. Er glaubte nicht, dass er nie mehr stotterte, aber dieses Selbstbewusstsein, das er in dieser Situation gefühlt hatte, war neu. So gefasst war er vor Lang Downs nicht gewesen.

Er hatte sich ein Leben aufgebaut. Ein gutes Leben, auf das er stolz sein konnte, egal ob er es mit einem Partner teilte oder nicht. Mit den Jahren wäre seine Selbstsicherheit und sein Stolz auf Lang Downs noch stärker. Wenn sie das Zertifikat bekamen, hatte er mehr getan, als nur das Erbe seines Onkels zu erhalten. Er könnte einen Plan erstellen, dass die Station nach seinem Tod zu einer Stiftung wurde oder als Gemeinschaftsunternehmen von allen Familien, die so viel in die Station investiert hatten, geleitet wurde. Vielleicht adoptierte er ja ein Kind, das die Station übernahm. Die Möglichkeiten waren unbegrenzt, selbst ohne Macklin an seiner Seite. Sein Leben wäre mit ihm an seiner Seite reicher gewesen, aber er konnte es auch alleine tun. Er würde als Caine Neiheisel auf der Station leben, nicht als Michael Langs Neffe oder Macklin Armstrongs Partner. Nur als er selbst.

„Ich weiß nicht, was die Zukunft bringen wird, Onkel Michael", murmelte Caine, „aber ich lasse nicht zu, dass ich unglücklich bin, nur weil Macklin meine Liebe nicht erwidert. Es wird vielleicht nie so sein, wie zwischen dir und Donald, aber ich werde daran arbeiten."

AM NÄCHSTEN Morgen ging Caine früh in die Kantine. Er war entschlossen, seine Vorsätze von letzter Nacht umzusetzen. Macklin sah er nicht, aber ein paar Männer sprachen mit Caine, als er hereinkam. Er war erleichtert, da er den Reaktionen der anderen nun positiver gegenüberstand.

Caine nahm sich eine Tasse Kaffee und etwas zu essen. Er entschied, zuerst zu frühstücken und die Männer ihre Mahlzeiten beenden zu lassen, ehe er sich mit denjenigen zusammensetzte, die über Nacht Wache gehalten hatten, um dann die Befehle für den Tag zu geben.

Falls Macklin hereinkam, während er aß, konnte sich Caine mit ihm beraten. Er weigerte sich herumzusitzen, als könne er nichts ohne Macklins Zustimmung tun. Er hatte sein Frühstück gerade beendet, als Kyle die Kantine betrat. „Morgen, Boss. Wir haben die Wachposten wie abgesprochen eingesetzt."

„Gut", meinte Caine. „Hol dir was zu essen, danach sprechen wir."

Macklin kam einen Moment später herein. Caine nickte ihm höflich zu, lud ihn aber nicht zu seinem Tisch ein. Sie waren Kollegen; Macklin war sein Vorarbeiter. Das musste weiterhin gelten.

Kyle kam mit seinem Teller zurück, offensichtlich hin und her gerissen, da er Rücksprache mit Caine und, wie es sonst immer der Fall war, mit Macklin halten sollte. „Macklin", sagte Caine. „Kyle will uns von der vergangenen Nacht berichten. Warum setzt du dich nicht zu uns?"

Beide Männer sahen ihn überrascht an, aber Caine wartete einfach, bis sie an seinem Tisch saßen, ehe er andeutete, dass Kyle mit dem Bericht anfangen konnte.

„Es war ziemlich ruhig. Der Einzige, der etwas gemeldet hat, war Ian. Aber er war sich ziemlich sicher, dass es nur ein paar Dingos waren, die das Tal von einer Klippe aus überprüft hatten."

„Ist es normal, dass die Dingos so nah kommen?", fragte Caine an Macklin gewandt.

„Nicht normal, aber auch nicht ungewöhnlich", gab Macklin zurück. „Das heißt, dass es weiter oben kalt ist und schneit, und dass sie weiter heruntergekommen sind, um nach Futter zu suchen. Sie müssen ziemlich hungrig sein, wenn sie dem Tal so nahe kommen. Es sind zu viele Leute anwesend."

„Aber das bedeutet auch, dass die gestern ausgebrochenen Schafe einfache Beute für sie sind", sagte Caine. „Kyle, hol Ian und sag ihm, dass er in mein Büro kommen soll. Wir müssen genau wissen, wo er die fortgelaufenen Schafe gefunden und wo er noch nachgesehen hat, als er die noch fehlenden Schafe suchte."

„Ja, Boss." Kyle trank den letzten Schluck Kaffee und beeilte sich, Caines Auftrag auszuführen.

„Ich brauche deine Hilfe, um die Suche zu organisieren", meinte Caine zu Macklin. „Ich kenne die Station nicht so gut wie du."

„Ich hatte mich schon gefragt, ob du mich überhaupt noch brauchst", sagte Macklin mit bitterer Stimme. „Du hattest heute Morgen alles unter Kontrolle."

„Nicht hier." Caine stand auf und ging zum Büro, Macklin folgte ihm langsam. Als sie alleine waren, wandte Caine sich Macklin zu und holte tief

Luft. Er versuchte, die richtigen Worte zu finden. „Ich wäre froh, dich als meinen Partner an meiner Seite zu haben. Das hat sich nicht geändert und wird sich wohl auch nie ändern, aber darüber reden wir jetzt nicht. Du bist besorgt um deinen Job und um das Leben, das du dir hier aufgebaut hast, das so wichtig für dich ist, dass du nichts riskieren möchtest. Wir sind beide erwachsen. Wir können noch immer als Boss und Vorarbeiter zusammenarbeiten. Aber ich *bin* der Boss und ich muss mich so verhalten. Nicht für die Männer, nicht für uns, sondern für mich. Ich werde immer auf deinen Rat hören und vermutlich auch immer befolgen, denn du hast die nötige Erfahrung. Aber ich muss die Entscheidungen treffen, dabei sein und der Boss sein, den die Station braucht. Das heißt, dass auch du mich akzeptieren musst."

Ein Klopfen an der Tür unterbrach sie, aber Caine ignorierte es für den Moment. „Kannst du das?"

„Geh zur Tür, Boss", sagte Macklin. „Wir müssen eine Suche organisieren."

Caine seufzte erleichtert. Wenn Macklin sein Angebot ausgeschlagen hätte, hätte Caine vermutlich einen anderen Weg gefunden, um weiterzumachen. Aber zu wissen, dass er dessen Unterstützung hatte, befreiten ihn von der einen Sorge, die ihn geplagt hatte. Er rief Ian herein.

Die nächste halbe Stunde verbrachten sie damit, Ians Bericht zu folgen. Sie teilten die nächstgelegenen Koppeln in Quadranten ein, damit sie nach den fehlenden Schafen suchen konnten. Caine und Macklin teilten die Arbeiter in Paare ein und erteilten die Anweisung, dass sich jede Gruppe zu jeder Stunde melden und sich eine Hütte suchen sollten, um sich aufzuwärmen und zu essen. Es war zu kalt, um ohne eine Aufwärmgelegenheit draußen zu sein. Ein paar Mal glaubte Caine, dass er Bewunderung und auch einen Hauch von Wehmut auf Macklins Gesicht sah, aber der Ausdruck verschwand sofort, wann immer Macklin merkte, dass er angesehen wurde.

Sie fanden die Schafe am Nachmittag, ausgekühlt und zerrupft, aber scheinbar unverletzt. Caine stand Macklin gegenüber, während sie die Rückkehr der Schafe überwachten, und der Graben zwischen ihnen schien unüberwindbar.

20

DREI WOCHEN später kam Kyle mit finsterer Miene in Caines Büro. „Du musst dir das ansehen, Boss. Ich hab Ian zu Macklin geschickt. Es ist wieder passiert."

„Was ist passiert?", fragte Caine.

„Ein kaputter Zaun, ein gebohrtes Loch in den Brettern", sagte Kyle. „Ich hab alle rausgeschickt, um die Schafe so schnell wie möglich einzufangen. So spät im Juni weiß man nie, wann ein Sturm aufzieht."

Sie gingen zu den Gehegen, in denen die Schafe den Winter verbrachten. Das Gehege, das zuvor Probleme gehabt hatte, war in Ordnung, aber einer der Zäune auf der Südseite war kaputt. Ian und Macklin erschienen fast zur gleichen Zeit wie Caine und Kyle.

„Seht her." Kyle hatte eines der beschädigten Bretter aufgehoben, um es Caine und Macklin zu zeigen. „Das Gleiche wie beim letzten Mal. Jemand beschädigt unsere Zäune."

„Aber wer und warum?"

„Das ist jetzt nicht wichtig", unterbrach Macklin Caine. „Ja, wir müssen es rausfinden, aber erst müssen wir den Zaun reparieren und die Schafe zurück in die Ställe treiben. Diese Wolken sehen übel aus."

Dunkle Wolken waren im Westen am Horizont zu sehen. „Macklin hat recht. Wir müssen das Wer und Warum auf später verschieben. Kyle, du hast gesagt, dass du schon alle rausgeschickt hast. Das heißt, wir müssen den Zaun reparieren."

„Fangt schon mal an. Ich werde losreiten und die anderen überprüfen", wies Macklin an.

Caine fühlte sich abgewiesen. Er und Macklin waren sich die meiste Zeit aus dem Weg gegangen, versuchten aber betont freundschaftlich miteinander umzugehen, wenn es nicht anders ging. Aber es war offensichtlich, dass die Unbefangenheit verschwunden war. Keiner der Männer hatte bis jetzt den Mut aufgebracht, Caine danach zu fragen, und er war sich sicher, dass auch keiner von ihnen Macklin gefragt hatte. Aber Caine konnte die Frage dennoch in ihren Gesichtern sehen, wenn Macklin mal wieder eine Ausrede fand, um nicht mit Caine zusammenarbeiten zu müssen.

In den kommenden Stunden, während Caine, Kyle und Ian den Zaun reparierten, trieben die Jackaroos immer wieder ein paar Schafe vorbei.

„Warum sind sie so verstreut?", fragte Caine schließlich. „Ich dachte, dass sie zusammenbleiben, um sich warm und geschützt zu halten."

„Wir haben Hundespuren gefunden", meinte Ben. „Wenn sie in eine Bande wilder Hunde gerannt sind, haben sie sich wohl in alle Richtungen zerstreut. Es kann Tage dauern, sie alle zu finden."

„Tage, die wir nicht haben, wenn dieser Sturm näher kommt", sagte Kyle.

„Wir müssen tun, was möglich ist. Der Zaun ist fertig. Kyle, Ian, wir sollten auch losreiten."

Der Regen blieb bis drei Uhr Nachmittag aus. Die Jackaroos zogen ihre Driza-Bones an und suchten trotz des Unwetters weiter, aber als es am nächsten Tag nicht nachließ, sondern schlimmer wurde, hatte Caine genug. Er konnte seine Finger kaum noch fühlen und er bezweifelte, dass es den anderen besser erging.

„Wir erreichen hier nichts – wir riskieren nur unser Leben", stellte er fest. „Ruft alle zurück."

„Ja, Boss", sagte Kyle. Er zog das Funkgerät heraus und gab Caines Anweisungen weiter. Das Funkgerät krachte, als die anderen antworteten und Caines Entscheidung anerkannten.

Der Untergrund war schlammig, an manchen Stellen sogar sumpfig. Die Pferde kämpften um Halt, als sie die steileren Stellen erreichten. Caine sprang von Titan herunter, denn das Pferd sollte einen eigenen Pfad finden, um den Fuß des Hügels zu erreichen. Er wusste, dass das Pferd ausscheren konnte, aber Titan wartete, als er selbst den Fuß des Hügels erreichte. Caine stieg wieder auf und sie ritten weiter in Richtung Station, als Kyles Funkgerät wieder zum Leben erwachte.

„Es ist Neil, Boss. Er sagt, dass er es nicht in die Station schafft. Er wird in der Hütte nahe am westlichen Grenzzaun warten, bis der Regen vorbei ist."

„Sag ihm, dass er alle 15 Minuten Kontakt aufnehmen soll, bis er dort ankommt", wies Caine an. „Ich kann damit umgehen, Schafe zu verlieren, aber keine Männer."

Kyle gab die Anweisung weiter. Neil funkte einmal zurück, ehe er durchgab, dass er auch von der Hütte abgeschnitten war.

„Verdammte Scheiße", knurrte Caine. Macklins Lieblingsfluch war ihm unabsichtlich herausgerutscht. „Kyle, weißt du in etwa wo er ist?"

„Einigermaßen."

„Okay, was hält ihn davon ab, zurückzukommen?"

„Fluten", sagte Kyle. „Es gibt einen stillgelegten Gully, den er überqueren muss. Der kann sich aber schnell füllen, wenn das Wetter so schlecht ist. Ohne Führung steckt er auf der anderen Seite fest."

„Was müssen wir machen?"

„Wir brauchen zwei starke Seile, damit er nicht mitgespült wird, wenn das Pferd den Halt verliert."

Caine sah auf das Seil an seinem Sattel. „Ich hab eins, du auch. Ist jemand näher dran als wir?"

„Nein."

„Dann lass uns gehen. Ich hab es ernst gemeint, als ich sagte, dass ich keine Männer verlieren will. Es ist zu kalt und zu nass, als dass er ohne Unterschlupf überleben kann."

„Bist du dir sicher, Boss? Wir können die Station anfunken und jemanden losreiten lassen."

„Wir sind eine gute Stunde von der Station entfernt, möglicherweise mehr, so langsam wie wir reiten. Neil ist noch weiter draußen. Das Wetter kann sich verschlechtern, die Flut steigen und Neil eine Hypothermie erleiden. Sag ihnen, was wir tun und wo wir hin reiten werden. Lass sie Hilfe schicken, wenn es möglich ist, aber wir können nicht warten."

„Okay, Boss." Kyle funkte die anderen an, während sie zurück ins Outback ritten. Caine konnte den Protest von Macklin hören, jedoch weigerte er sich, ihm zuzuhören. Neil brauchte Hilfe und Caine konnte helfen.

„Er wird dich in der Luft zerreißen."

„Wenn wir alle in einem Stück zurückkommen, kann er die ganze Station zusammenbrüllen, wenn er möchte."

Es dauerte länger als erwartet, den überfluteten Gully zu erreichen. Sie mussten daran entlang reiten, bis sie Neil und eine sichere Stelle fanden, wo sie die Seile befestigen konnten.

„Alles in Ordnung, Neil?", brüllte Caine, um den Lärm des rauschenden Wassers zu übertönen.

„Es ist ein wenig kühl, aber nichts, was ich nicht packe."

„Es wird gleich nass und noch kälter", warnte Caine, „aber es gibt keine andere Möglichkeit."

„Keine Sorge, ein bisschen Wasser wird mir nicht schaden."

Sie wussten alle, dass es eine Lüge war. Die Fluten rasten den Berg hinunter. „Irgendeine Ahnung, wie tief es ist?", fragte Caine.

„Ich schätze, einen guten Meter", meinte Kyle. „An manchen Stellen vielleicht auch anderthalb. Auf jeden Fall zu tief, als dass jemand von uns den Gully überqueren kann. Das Problem für die Pferde ist auch nicht die Tiefe, sondern die Strömung."

„Wie bringen wir das Seil an die andere Seite?"

„Wäre Macklin hier, würde er mit seinem verdammten Tier durch den Fluss reiten. Nichts bringt dieses Pferd aus der Fassung."

„Nun, er ist nicht hier und wir wissen nicht wann oder ob er kommen wird. Irgendeine andere Idee?"

„Wir können versuchen, es zu werfen. Möglicherweise ist es schwer genug, um an das andere Ufer zu gelangen."

„Es ist einen Versuch wert", meinte Caine.

Kyle nahm das dicke Seil von seinem Sattel und befestigte ein Ende an einem Baum am Ufer. Er warf das andere Ende Neil zu, aber es kam nicht weit und landete im Wasser. Kyle zog es zurück und versuchte es erneut, aber es hatte sich mit Wasser vollgesogen und kam beim zweiten Versuch auch nicht viel weiter.

„Gib es mir und befestige das andere Seil. Ich werde das nur einmal tun."

„Boss, ich bin mir nicht sicher, ob das eine gute Idee ist."

„Ich auch nicht", gestand Caine. „Aber ich werde nichts von anderen verlangen, was ich nicht selbst zu tun gewillt bin. Knote das eine Ende am Baum fest und das andere an mir. So kannst du mich notfalls wieder herausziehen."

Kyle sah aus, als wollte er widersprechen, aber er kam Caines Wunsch nach. Er knotete das eine Ende des trockenen Seils um Caines Taille und das andere an denselben Baum wie das erste. „Okay, Titan", sagte Caine, dem Wallach an den Hals klopfend. „Macklin hat gesagt, dass du ein gutes, verlässliches Pferd bist. Bis jetzt hatte er recht. Pass gut auf mich auf."

Titan schüttelte sich und schnaubte nervös, als Caine ihn zum Wasser dirigierte. Er musste Titan etwas antreiben, ehe sie begannen, den überfluteten Gully zu durchschreiten. Das Wasser stieg über Caines Stiefel, durchweichte seine Füße und Unterschenkel. Titan verlor einmal kurz den Halt, fing sich aber wieder, ehe er Caine ins Wasser geschleudert hätte. Dann waren sie plötzlich am anderen Ufer.

Caine reichte Neil das andere Ende des nassen Seils. „Knote es dir um die Taille. Das war nicht Kyles Vorschlag, aber wenn ich wählen muss, ob ich dich oder das Pferd retten will, fällt die Wahl auf dich."

„Es tut mir leid, was ich gesagt habe, Boss", sagte Neil. „Du hättest nicht herkommen müssen, um mir zu helfen. Du hättest auch nicht dein Leben riskieren müssen, um meines zu retten. Ich werde dir keine Probleme mehr machen. Jetzt bin ich dein Mann."

Caine nickte. „Gut zu wissen. Also, wir sind schon beide vollkommen durchnässt und das Wasser steigt noch weiter. Geh rüber."

„Was ist mit dir?"

„Ich bin genau hinter dir", versprach Caine. „Ich möchte so schnell wie möglich nach Hause und trocken werden."

„Bin schon unterwegs, Boss."

Caine wartete, bis Neil den halben Weg geschafft hatte, ehe er Titan zum Wasser zurückdrängte. Das Pferd stockte deutlich. „Ich weiß", meinte Caine ruhig. „Ich will auch nicht wieder durch den Gully. Aber das ist die einzige Möglichkeit um heimzukommen. Je schneller wir auf der anderen Seite sind, desto schneller können wir ins Trockene."

Als sich Titan ins Wasser bewegte, kletterten Neil und sein Pferd bereits auf der anderen Seite heraus. Caine konzentrierte sich wieder auf Titan und hielt ihn so ruhig wie nur möglich. Sie hatten fast das andere Ufer erreicht, als ein Ast gegen Titans Beine krachte. Der Wallach stieg und warf Caine ab, ehe er zum anderen Ufer eilte.

Caine ging unter und versuchte, gegen die wilde Strömung anzukämpfen. Eine Sekunde später zog sich das Seil straff. Er hielt sich mit beiden Händen daran fest und schwamm, so gut es in seiner durchweichten Kleidung ging. Wenige Minuten später wurde er ans Ufer gezogen.

„Verdammte Scheiße, Caine Neiheisel! Von all den verfickt blöden Dingen …"

Heiße Lippen legten sich auf seine und Caine schluchzte fast vor Erleichterung. Macklin war hier, hielt ihn, verfluchte ihn und küsste ihn, als wollte er ihn nie mehr loslassen. Jemand pfiff, aber Macklin ignorierte es, stattdessen vertiefte er den Kuss, als müsste er sich davon überzeugen, dass Caine noch immer hier war.

Als Macklin den Kopf hob, schnappte Caine nach Luft.

„Äh, Boss?"

„Bringt Neil heim", ordnete Macklin an, ohne auf eine Antwort von Caine zu warten. „Kyle, sieh nach, wie es um Titans Bein steht und nimm ihn mit. Ich kümmere mich um Caine."

„Natürlich wirst du das", lachte einer der Männer.

„Schnauze", schnappte Neil. „Caine hat mein Leben gerettet. Ich will nicht, dass jemand Witze darüber macht."

„G-G-Geht heim", stotterte Caine. Die Kälte sickerte in seinen Körper und ließ ihn frieren. „Alle."

„Du bist völlig durchnässt", meinte Macklin. „Du wirst es nicht heimschaffen, wenn wir dich nicht warm bekommen."

„Und wie sollen wir das machen? Es regnet und alles ist nass."

„Reite mit mir mit. Du kannst unter meinen Driza-Bone schlüpfen. Es ist nicht perfekt, aber es reicht für den Heimritt."

„Neil schafft es vielleicht, K-Kyle und die anderen zwei ruhig zu halten, aber wenn wir so in die Station reiten, kannst du dich nicht mehr verstecken."

„Damit ist Schluss." Macklin schob Caine zu seinem Pferd. „Ich hab dich heute fast verloren. Das hat mir die Augen geöffnet." Er half Caine beim

Aufsteigen. Caine schauderte, als der Wind auffrischte. Macklin schwang sich hinter ihm auf das Pferd und legte den Mantel auch um Caine. „Lass uns nach Hause reiten."

Selbst mit Macklins Körperwärme und dem zweiten Driza-Bone war Caine bei der Ankunft in der Station so durchgefroren, dass jeder Zentimeter seines Körpers schmerzte und seine Zähne pausenlos klapperten. Macklin schwang sich aus dem Sattel und zog Caine in seine Arme. „Jason, kümmere dich um Ned!", bellte er, während er mit Caine in den Armen zum Haupthaus schritt.

„Ja, Sir!", rief Jason, als Macklin die Veranda und dann das Wohnzimmer betrat.

„Kami, er braucht Kaffee!"

Caine drehte den Kopf so, dass er den geschockten Blick des Kochs sah, ehe dieser in die Küche rannte.

„Ich bring ihn nach oben!", rief Macklin den Gang hinunter, als er Caine nach oben in das große Badezimmer trug. „Kannst du stehen?", fragte er sanft.

Caine nickte, wobei er sich an die Wand lehnte, als Macklin ihn absetzte und heißes Wasser in die Wanne einließ. Caine zuckte. Er wusste, wie sehr es am Anfang schmerzen würde.

„Komm, Cay. Du musst die nassen Sachen ausziehen."

Caine war von dem neuen Spitznamen überrascht. Er hatte sich schon an „Welpe" gewöhnt, aber er war gerade nicht dazu in der Lage, Macklin danach zu fragen. Er versuchte, sich selbst aus seinen nassen Kleidern zu schälen, aber seine Finger hatten sämtliche Koordination verloren. Sie hatten es geschafft, den Driza-Bone und seine Stiefel abzuziehen, als Kami mit einer Thermoskanne Kaffee ins Bad stürmte. „Unten ist noch mehr, Boss", sagte er. „Ruf einfach und ich bringe den Kaffee rauf."

„Danke, Kami." Macklin wartete, bis der Koch draußen war, ehe er den letzten Rest Kleidung von Caines Körper schälte. „Okay, Cay, rein ins Wasser."

„Es w-w-wird wehtun", grummelte Caine.

„Ja, aber es ist besser als Hypothermie", sagte Macklin. „Und es ist der schnellste Weg, um dich aufzuwärmen."

„Du k-könntest mich i-i-ins B-Bett bringen", schlug Caine vor.

„Sobald du aufgewärmt bist, ja", versprach Macklin. „Komm, ich werde sogar mit dir baden."

Das war genug Ansporn für Caine, um zumindest die Zehen ins Wasser zu strecken. Es brannte, wie er es erwartet hatte, aber selbst im warmen Badezimmer schauderte er so stark, dass er kaum stehen konnte. Er zwang sich, in die Wanne zu klettern und zischte vor Schmerz, als er sich ins Wasser sinken ließ. Dann war Macklin bei ihm, hielt ihn, stützte ihn und ermutigte ihn dazu, sich zu entspannen.

Caine lehnte sich an Macklins starke Brust, noch immer schaudernd. Der Vorarbeiter beruhigte ihn, rieb seine Hände über Caines Körper, damit sich seine Muskeln entspannten. Caines Augen schlossen sich langsam.

„Bleib' wach, Cay. Du darfst nicht schlafen, bevor du nicht ganz aufgewärmt bist."

Caine versuchte, seine Augen offen zu halten, aber die Trägheit machte ihn schläfrig.

„Caine!", zischte Macklin scharf. „Komm schon, tu mir das nicht an. Halt dich wach und trink den Kaffee."

Caine öffnete den Mund, auch wenn er die Augen nicht ganz öffnen konnte. Der Kaffee wärmte ihn von innen und half, seinen Kreislauf zu stabilisieren. Er sah zu Macklin auf. „Mir g-g-geht's gut."

„Noch nicht, aber bald", versprach Macklin, wobei er Caine wieder in seine Arme zog. „Das verspreche ich dir."

Caine kuschelte sich tiefer in die Umarmung und das Zittern ließ langsam nach. „A-Also, was passiert j-jetzt?"

„Ich bring' dich ins Bett und schlafe mit dir, bis keiner von uns mehr klar denken kann", sagte Macklin. „Und dann prügle ich dich windelweich."

„Was hättest du getan?", fragte Caine, ohne die Umarmung zu lösen. Er lehnte lediglich den Kopf zurück, damit er Macklin in die Augen sehen konnte. „Wenn du an meiner Stelle gewesen wärst, was hättest du getan?"

„Ihm ein Seil zugeworfen."

„Das haben wir versucht. Es hat nicht über den Gully gereicht. Hättest du ihn dort zurückgelassen?"

„Nein", antwortete Macklin. „Aber ich bin der bessere Reiter und ich bin an Ned gewöhnt."

„Titan und ich waren erst in Schwierigkeiten, als der Ast uns getroffen hat", konterte Caine. „Und das Seil war das Sicherheitsnetz, falls etwas schiefgehen sollte. Ja, es war gefährlich, aber es war nötig, also brüll nicht."

„Du stotterst nicht mehr. Du musst aufgewärmt sein", meinte Macklin.

Caine war sich nicht sicher, ob der Themenwechsel eine Art Zustimmung war. Aber er war zu erleichtert, dass Macklin bei ihm war, als dass er sich darüber hätte Sorgen machen wollen. Sie konnten später streiten, wenn Macklin darauf bestand. „Warm genug, um ins Bett zu wechseln?", fragte er hoffnungsvoll.

„Ich denke, das kann arrangiert werden", sagte Macklin. Er stand auf und zog Caine mit sich auf die Füße. Die Kühle war verschwunden und die Luft zwischen ihnen gereinigt. Caine wurde mit einem Mal bewusst, dass eine Erektion gegen seinen Bauch drückte. Frech schob Caine eine Hand zwischen sie und begann beide Schwänze zu streicheln. „Verdammt, das fühlt sich gut an."

„Dann trockne mich ab, bring mich ins Bett und ich werde mehr tun."

Macklin griff sich ein Handtuch, um Caine gründlich abzutrocknen, wobei er sich etwas länger an den empfindlichen Stellen aufhielt. Die Tatsache, dass Macklin Caine den Gefallen erwidern ließ, war allerdings noch besser. Caine wollte sich Zeit lassen, aber selbst im dampferfüllten Badezimmer und mit nun trockener Haut begann er sich wieder ausgekühlt zu fühlen. „Z-Zeit fürs B-Bett."

„Kalt oder geil?", fragte Macklin.

„B-Beides", gab Caine zurück. Er führte Macklin den Gang entlang zu seinem Schlafzimmer. Falls Macklin zu ihm ins Haus zog, mussten sie wohl ins große Schlafzimmer wechseln, um genug Platz zu haben.

„Geil ist gut", meinte Macklin, als er den Heizkörper in Caines Zimmer anschaltete. „Kalt nicht. Leg dich hin, ich muss noch mal raus. Das Gleitgel und die Kondome sind noch in meiner Hütte."

„Ich hab eine kleine Tube Gleitgel. Sie ist in meinem Rucksack."

„Dann haben wir noch immer keine Kondome."

„Wann wurdest du das letzte Mal getestet?", fragte Caine.

„Ein paar Monate bevor du gekommen bist", antwortete Macklin, seine Schultern waren angespannt. „Du meinst doch nicht …"

„Warum nicht?", fragte Caine. „War dein Test negativ?"

Macklin nickte.

„Meiner auch. Ich wurde getestet, bevor ich hergekommen bin und nachdem ich und John Schluss gemacht hatten. Du hast mich gerade vor den anderen geküsst und mich ins Haus getragen, als wir zur Station zurückgekehrt sind. Du kannst jetzt keinen Rückzieher mehr machen. Du bist geoutet. Ich sehe hier kein Problem."

„Noch etwas, was ich nie zuvor getan habe", gab Macklin zu.

Caine lächelte leicht. „Ich werde es genießen, dir all diese Dinge zu zeigen, die du verpasst hast."

Caine konnte sehen, wie Macklin erschauderte. „Wo ist das Gleitgel? Wenn ich erst mal in diesem Bett liege, werde ich so schnell nicht wieder daraus verschwinden."

„In meinem Rucksack", sagte Caine. „In der kleinen Tasche."

Macklin fand, wonach er gesucht hatte. Dessen Körpersprache und Gesichtsausdruck erregten Caine. Er hob die Arme und zog Macklin auf sich.

„Jag' mir nie wieder so einen Schrecken ein." Macklins Hände umklammerten Caines Kopf. „Du wirst das Ergebnis nicht mögen."

„Dann schick mich nicht mehr mit einem anderen Jackaroo raus, wenn ich doch eigentlich an deiner Seite sein sollte", konterte Caine. Er hob den Kopf, um Macklin zu küssen. Macklins Zunge drang in seinen Mund ein und nahm Caine gefangen. Caine ließ den Kopf zurück in die Kissen sinken, da er sich mit Macklins Gewicht auf sich nicht mehr oben halten konnte. Macklin folgte ihm, ohne den Kuss zu unterbrechen, und erkundete jeden Zentimeter von Caines Mund.

Als sich ihre Lippen voneinander trennten, war Caine vollkommen hart und heiße Schauer durchfuhren seinen Körper. „Wenn ich dich nicht nur für mich haben wollte, hätte ich dich als Heilmittel für Hypothermie patentiert", lachte er.

„Ich küsse niemanden außer dir", erwiderte Macklin. „Ich will mit dir schlafen, aber ich weiß nicht, ob ich die Geduld dafür habe."

„Dann fick' mich dieses Mal und das nächste Mal schläfst du mit mir", sagte Caine. Er strich mit den Händen über Macklins Rücken. „Ich liebe es so oder so."

Macklin hockte sich auf seine Knie. „Dreh dich um."

Caine kniete sich aufs Bett, wobei es ihn nicht kümmerte, dass die Bettdecke von seinem Körper rutschte. Der Heizkörper und Macklins heiße Berührungen genügten.

Macklins Finger schoben sich in Caine und dehnten ihn. Es brannte, doch Caine genoss es und bewegte sich den Fingern entgegen. Der Druck auf seine Prostata ließ den Schmerz des Eindringens verblassen. Die Finger zogen sich wieder zurück und Macklin drang mit seinem Glied in Caine ein, heiß und nackt. Caine zitterte vor Verlangen, aber überließ Macklin die Kontrolle. Es war vielleicht hart und schnell, aber Caine spürte wie Macklin stoppte, als er ganz eingedrungen war, fühlte die Lippen über seinen Hals streichen und wusste, dass es trotz allem liebevoll war.

Dann endete dieser Moment und Macklin begann, sich zu bewegen. Seine Stöße waren hart und schnell, härter als Caine je gefickt worden war. Caine legte den Kopf auf seine Unterarme, hielt sich am Bettgestell fest. Macklins Hände umfassten seine Hüften, doch Caine spürte, dass jeder Zentimeter seines Körpers immer empfindlicher wurde. Er schluchzte auf, konnte seine Bitte nicht mehr in Worte fassen. Macklin verstand trotzdem und fuhr mit einer Hand unter Caine, umfasste seinen Schwanz. Caine schrie auf, als er kam. Macklin nahm ihn noch immer, zog es in die Länge, bis Caine sich völlig kraftlos fühlte. Er sank nach vorn und nur Macklins Griff verhinderte, dass Caines Hüften ebenfalls auf das Bett sanken.

Wenn Caine in der Lage gewesen wäre zu sprechen, hätte er Macklin angefleht, sich zu beeilen und zu kommen. Stattdessen zog er sich eng um Macklin zusammen, um ihn zu erlösen.

Caine wusste nicht, ob das der Auslöser war, aber es funktionierte. Macklins Bewegungen verloren ihren Rhythmus, sein Körper erbebte und er ergoss sich in ihm. Macklin sackte nach vorne, sein Gewicht drückte Caines Hüften hinunter. Er glitt dabei aus Caine heraus und der spürte, wie Macklins Sperma langsam aus ihm heraus sickerte. Caine drückte seine Oberschenkel zusammen, um so viel wie nur möglich in sich zu halten.

„Das nächste Mal wird es besser, versprochen", murmelte Macklin in sein Ohr.

Caine war sich ziemlich sicher, dass „besser" ihn umbringen würde.

21

SIE SCHLIEFEN danach ein. Die Kälte und der Sex hatten sie beide erschöpft. Nachdem sie ein paar Stunden geschlafen hatten, stieß Macklin Caine an. „Es gibt bald Abendessen, Cay. Ich kann Kami schon hören."

Caine legte sich auf den Rücken, damit er zu Macklin blicken konnte. „Was ist mit dem ‚Welpe' passiert?"

Macklin zuckte die Schultern. „Der Name passt nicht mehr. Du bist daraus herausgewachsen."

„Aber ich mag ihn. Es ist mir egal, wenn du mich so nennst."

Macklin schüttelte den Kopf. „Du bist der Boss. Die Männer sollen nicht denken, dass ich das infrage stelle."

„Ich bin ihr Boss, aber dein Partner", widersprach Caine. „Und die Chance ist groß, dass sie es alle schon wissen. Ich denke nicht, dass es meine Autorität infrage stellt, wenn du mich Welpe nennst. Mir den Verstand rauszuficken vielleicht, aber wir werden ihnen ja nicht auf die Nase binden, wer oben ist."

„Denkst du wirklich, die glauben, dass ich unten liege?"

Caine grinste und streichelte über Macklins Hintern, seine Finger glitten an der Spalte entlang. „Gib mir Zeit. Ich werde dich überzeugen."

Macklin verspannte sich, zog sich aber nicht zurück, daher wanderten Caines Finger tiefer und neckten Macklins Eingang. „Ich wollte dich schon in Boorowa mit der Zunge verwöhnen. Denk mal darüber nach."

Macklin schauderte und drückte sich an Caines Seite.

„Ich glaube, dir g-gefällt der Gedanke."

„Dir anscheinend auch, wenn du schon beginnst zu stottern", neckte Macklin. „Sei geduldig mit mir, Welpe. Wir werden es tun, weil die Alternative eigentlich keine ist. Aber ich bin in dieser Beziehungssache noch genauso unbeholfen wie vorher."

„Wir werden einen Weg finden", versprach Caine. „Also, gehen wir zum Abendessen oder bleiben wir?"

„Erst Essen, dann Sex", beschloss Macklin. „Nach deinem Abenteuer musst du etwas essen. Du hast sehr viel Energie verbraucht, vor allem um zu überleben."

„Wie soll ich mich beim Abendessen verhalten?", fragte Caine. „Ich meine, ich werde jetzt nicht wie eine Klette an dir hängen, weil das nicht meine Art ist, aber kann ich deine Hand halten oder so was?"

„Ich hab dir gesagt, dass ich mich nicht mehr verstecken will", sagte Macklin. „Aber ich werde es wohl nie wirklich als angenehm empfinden, wenn wir uns in der Öffentlichkeit küssen."

„Das hat heute Nachmittag anders ausgesehen", neckte Caine.

„Das waren außergewöhnliche Umstände", erwiderte Macklin. „Erwarte nicht, dass es noch mal passiert."

„Spaß beiseite", sagte Caine, „mit was kommst du zurecht?"

„Ich weiß es nicht. Das ist alles neu für mich. Wenn du etwas tust, was mir unangenehm ist, werde ich es dir sagen."

„Einverstanden." Caine rutschte auf dem Bett herum und spürte die Feuchtigkeit zwischen seinen Beinen. „Zuerst brauche ich eine Dusche."

„Und ich brauche trockene Kleidung", meinte Macklin lachend. „Ich bin mit dir hier reingekommen, um mich abzutrocknen."

„Ich würde dir ja was von mir leihen, aber das passt dir mit Sicherheit nicht. Ich kann mich anziehen und Jason oder jemand anderen auftragen, dir Kleidung zu holen, damit du dich nach der Dusche umziehen kannst. Oder ich kann deine Klamotten in den Trockner geben und dir das Essen hochbringen."

„Schick Jason, um die Sachen zu holen", entschied Macklin. „Du gehst mir nirgendwohin, bis ich nicht ganz sicher bin, dass dein Tauchgang ohne Folgen bleiben wird."

Caine zog sich eine trockene Hose und ein Sweatshirt an, wobei er die Unterwäsche ignorierte, da er gleich zurückkam und duschte, sobald er jemanden gefunden hatte, der Macklins trockene Kleidung brachte. Er ging die Treppe hinunter und fand einen Stapel Kleidung auf dem Wohnzimmertisch vor. „Wo sind die denn hergekommen?", wunderte er sich, als er sie hochtrug.

„Es scheint, als haben wir eine gute Fee", sagte Caine, als er die Kleider auf dem Bett ablegte. „Jemand hat die hier im Wohnzimmer gelassen."

„Kami, vielleicht", sagte Macklin. „Die ganze Station hat gesehen, dass ich dich ins Haus getragen habe und Kami hat wohl vermutet, dass ich heute nicht mehr gehe."

„Er weiß Bescheid. Ich denke, er wusste es, bevor ich es getan habe."

„Er ist ein abergläubischer alter Aborigine", meinte Macklin, doch man hörte, trotz der herablassenden Worte, die Zuneigung in seiner Stimme. „Vermutlich ist er der Meinung, dass Michael bis Weihnachten mit dem Sterben gewartet hat, damit du mit diesem Galah Schluss machen und hierher kommen konntest."

Caine lächelte. „Vielleicht war es wirklich Schicksal. Wir sollten uns zurechtmachen, damit wir das Abendessen nicht verpassen. Du kannst die Dusche von Onkel Michael benutzen, wenn du willst. Ich werde die kleinere nehmen."

„Und somit eine Chance verpassen, dich in die Finger zu bekommen? Du kannst mir im großen Bad Gesellschaft leisten oder ich quetsche mich zu dir in die kleinere Dusche."

„Dann werden wir nie rechtzeitig fertig und wir werden schon so genug veralbert werden."

„Fein. Aber danach gehört dein Arsch mir."

Caine grinste und grapschte an Macklins Hintern. „Solange deiner mir gehört."

Macklin antwortete nicht und Caine ging auch nicht weiter darauf ein. Er wusste, dass er sich nahe an der Grenze von Macklins Wohlfühlzone bewegte. Er konnte warten, denn er musste sein Ziel nicht schon heute Nacht erreichen. Er gab Macklin Zeit und Raum, damit er sich an den Gedanken, von Caines Zunge, seinen Fingern und vielleicht auch seinem Schwanz erobert zu werden, gewöhnen konnte.

Sie duschten schnell und gingen dann in die Kantine hinunter. Caine betrat sie zuerst, Macklin folgte nur zwei Schritte hinter ihm, beide waren unsicher, welche Reaktionen sie erwarteten. Caine war kaum in den Raum gekommen, als er auch schon von den anderen belagert wurde. Die Männer schüttelten ihm die Hand, klopften ihm auf den Rücken, fragten ob er in Ordnung sei und dankten ihm für Neils Rettung. Die Menge schob ihn immer weiter in den Raum. Er sah sich nach Macklin um, aber die anderen hatten sie völlig voneinander abgeschnitten. Caine lächelte, war vollkommen gerührt und überrascht, da er mit so einer Reaktion nicht gerechnet hatte.

Macklins scharfer Pfiff ließ den Lärm verstummen. „Lasst ihn zur Ruhe kommen", befahl Macklin. „Er hatte einen harten Tag."

„Hier, Boss", sagte Neil, der sich durch die Menge kämpfte. „Ich hab dir was mitgenommen."

„Danke", gab Caine zurück, nahm den Teller und setzte sich an den nächsten Tisch.

Jason saß plötzlich neben ihm. „Du bist ein Held, Caine! Alle Männer sprechen darüber."

„Ich hab nur getan, was getan werden musste", meinte Caine mit einem Schulterzucken. „Die anderen hätten dasselbe getan."

„Vielleicht, vielleicht auch nicht", warf Neil ein und setzte sich Caine gegenüber. „Aber du bist derjenige, der es getan hat. Es ist nicht wichtig, ob ein anderer es genauso gemacht hätte."

Bevor Caine fragen konnte, welche Reaktionen Macklins Coming-out und ihre Beziehung hervorgerufen hatten, setzte sich Macklin auf die andere Seite von Caine und starrte die Männer um sie herum an. „Habt ihr keine Arbeit zu erledigen?"

„Nein", sagte Neil. „Keiner hat uns neue Anweisungen gegeben, seit die Suche nach den Schafen abgeblasen wurde."

„Müssen wir uns Sorgen machen, dass das Tal überschwemmt wird?", fragte Caine.

„Nein", antwortete Macklin. „Möglicherweise wird es mehr Abfluss geben, aber das Tal ist am anderen Ende offen, das Wasser kann sich somit nicht aufstauen. Michael hat gut geplant, als er entschieden hat, wo gebaut werden sollte."

„Dann sollten wir uns darüber Gedanken machen, wer unsere Zäune beschädigt hat", sagte Caine. „Ich hasse es, die Leute bei diesem Wetter rauszuschicken, aber wir können nicht noch mehr Schafe verlieren."

„Wir werden uns laufend abwechseln", bot Neil an. „Wie du gesagt hast, es muss getan werden."

„Kannst du das organisieren?", fragte Caine. „Macklin hat bereits beschlossen, dass ich heute nicht mehr nach draußen gehen darf."

„Alles, was du brauchst, Boss", sagte Neil. „Ich habe es ernst gemeint. Ich bin dein Mann."

„Hast du dich schon erholt?", fragte Caine. „Du warst nicht so durchnässt wie ich, aber hast trotzdem ganz schön Wasser abbekommen."

„Mir geht es gut. Ich nehme eine der frühen Morgenschichten, damit ich mich die Nacht über erholen kann."

„Du wirst genauso wie Caine im Haus bleiben", schnappte Macklin. „Morgen Nacht kannst du dich den anderen Männern anschließen, aber keiner von euch beiden geht heute Nacht raus."

Neil sah aus, als wollte er etwas erwidern, aber Caine lächelte und schüttelte mit dem Kopf. „Du hast den Mann gehört, Neil. Wir haben für heute Hausarrest."

„Hausarrest?", fragte Macklin, als sie wieder alleine in Caines Zimmer waren.

Caine grinste. „Du wolltest sicher nicht, dass ich den anderen sage, dass du mich heute Nacht nur deswegen nicht rauslässt, weil du mich noch einmal vernaschen willst, oder?"

„Äh, also, nein, nicht wirklich. Sie werden es sich sowieso denken können, aber wir müssen sie nicht bestätigen."

„Dich stört es nicht, dass sie das denken?"

Macklin zuckte die Schultern. „Es wäre mir lieber, wenn sie es nicht täten. Aber nur, weil es privat ist und nicht, weil ich mich dafür schäme."

„Das ist schön", sagte Caine, während er sich sein Sweatshirt auszog. „Komm ins Bett. Das Nickerchen am Nachmittag hat zwar geholfen, aber ich bin noch immer erschöpft."

„Zu erschöpft für Sex?", neckte Macklin, während er sich vor Caine auszog.

„Dafür werde ich nie zu müde sein", meinte Caine, stieg ins Bett und zog die Decke bis zur Taille hoch. Macklin kroch auf der anderen Seite hinein und zog Caine in seine Arme. Caine bewegte sich bereitwillig, um dann eine von Macklins Brustwarzen zu necken.

„Also, willst du heute Nacht die Kontrolle übernehmen?"

„Wirst du es zulassen?", fragte Caine ernst.

„Fürs Erste", antwortete Macklin.

Das war mehr, als Caine erwartet hatte. Er überlegte, was er wirklich wollte. Er rollte sich auf den Rücken, zog Macklin mit sich, bis dieser auf seinen Hüften saß.

„Du kannst mir dabei zusehen, wie ich dir einen blase oder dich umdrehen und dasselbe tun."

Caine hoffte, dass Macklin sich umdrehte, aber er wollte es nicht zu offen zeigen. Denn wenn Macklin ahnte, was Caine eigentlich wollte, gab er ihm vielleicht nicht die Chance, es wirklich zu tun.

„So verlockend es für mich ist, dir zuzusehen, so finde ich es doch verführerischer, wenn ich es dir zurückgeben kann." Macklin wandte sich um und verschaffte Caine einen erstklassigen Ausblick auf seine Kehrseite, während sich dessen Mund über sein Glied schob.

Caine ließ sich Zeit, strich über Macklins Schwanz und leckte gleichzeitig an dessen Hoden. Macklin erzitterte und gab Caine den Anstoß, etwas nach hinten zu rutschen, um über den engen Ringmuskel zu lecken.

Macklin erstarrte, jeder Muskel in seinem Körper war angespannt, doch entließ er Caines Schwanz nicht aus seinem Mund.

Caine umspielte Macklins Eingang erneut mit seiner Zunge.

Macklin schauderte, versuchte sich wegzuziehen, aber Caine war noch nicht fertig. Er ergriff Macklins Hüften und hielt ihn fest, seine Zunge drückte nur ein kleines bisschen gegen Macklins Öffnung.

„Caine!"

Lass mich dich lieben, flehte Caine stumm. Seine Taten drückten das aus, was er mit Worten nicht beschreiben konnte.

Macklin blieb, wo er war, doch war sein Körper noch immer angespannt. Als Caine einen Finger gegen Macklins Eingang drückte, regte sich sein Liebhaber wieder. Er entzog sich, drehte Caine auf den Bauch und ergriff dessen Hüfte.

Caine wand sich, versuchte, es sich gemütlich zu machen. Er erwartete Macklins Finger, die kurz darauf von seinem Schwanz abgelöst wurden. Doch Macklin spreizte seine Pobacken und entblößte seinen Eingang. Caine hielt den Atem an, wollte nicht daran glauben, dass Macklin ihm dasselbe zurückgab.

„B-B-Bitte", bettelte Caine, als sich Macklin nicht bewegte. „M-M-Mach etwas."

Macklins Zähne an seinem Hintern waren die einzige Antwort. Caine drückte sich auf seine Ellbogen hoch und sah über die Schulter. Macklins Hände hielten seinen Hintern gespreizt, seine Augen fixierten Caines Eingang. „Du m-musst nicht ..."

„Nein, muss ich nicht", stimmte Macklin mit rauer Stimme zu. „Aber jetzt, da du es getan hast, kann ich nicht mehr aufhören, daran zu denken."

„Dann v-versuch es. Wenn du e-es n-nicht magst, m-mach etwas anderes."

„Ich kann mir nicht vorstellen, dass ich etwas, das sich so gut anfühlt, nicht mag."

Caine zitterte vor Verlangen. Macklin leckte über Caines Hoden, fuhr dann mit der Zunge die Spalte entlang. Es war noch nicht genug und trotzdem mehr, als Caine sich erhofft hatte. Caine spürte, dass Macklins Zunge über seinen Eingang kreiste und immer wieder leicht in ihn eindrang.

Caine ließ die Schultern sinken, drückte seinen Hintern Macklin entgegen. Sein Atem kam stoßweise, während er in diesem Gefühl gefangen war. Er lächelte über den Gedanken, dass er Macklin das nächste Mal länger verwöhnen konnte. Wenn sein Partner es so sehr liebte, zögerte er das nächste Mal vermutlich nicht mehr und ließ es Caine tun.

Macklins Hand fuhr zwischen Caines weit gespreizte Beine, um sein Glied zu reiben, im selben Rhythmus wie seine neckende Zunge. Die Stimulation war zu viel. Caine erzitterte keuchend und ergab sich seinem Höhepunkt.

Macklins Zunge neckte ihn noch immer, aber es wurde fast unerträglich. „S-S-Stop", keuchte Caine. „Z-Z-Zu viel."

„Ich bin noch nicht fertig mit dir."

„M-Mach was anderes." Caine drehte sich wieder auf den Rücken. „Oder l-lass mich etwas m-machen."

„Du willst nur wieder meinen Hintern", sagte Macklin.

Caine klimperte scherzhalber mit den Wimpern. „D-Darf ich?"

Zu Caines Überraschung wandte Macklin sich erneut um, nachdem er das Gleitgel gegriffen hatte. „Nur, wenn du zu einer zweiten Runde bereit bist", warnte Macklin. „Ich werde heute nirgendwo anders kommen als in deinem Hintern."

„Ich k-kann nicht w-warten", sagte Caine und zog Macklin an sich.

Der Geschmack von Schweiß und Moschus war intensiv und zeigte, wie erregt Macklin war. Caine wiederholte seinen Fehler nicht, behielt die Hände fest an Macklins Hüften. Sie hatten Zeit, also konnte Caine ein anderes Mal versuchen, Macklin einen Rollentausch schmackhaft zu machen, vielleicht wenn Macklin dem nicht mehr wirklich abgeneigt war. Caine musste nicht immer oben sein, aber er wollte nicht aufgeben. Macklin war im Alltag schon sehr selbstsicher und kontrollierend, weswegen er sich beim Sex auch mal fallen lassen sollte.

Caine konnte sich schwer konzentrieren, da Macklins Zunge sein Glied verwöhnte und seine Finger gegen Caines Prostata drückten. Doch Caine kämpfte dagegen an. Er würde es so gut machen, dass Macklin das nächste Mal nicht zögerte, wenn Caine es vorschlug.

Macklin entzog sich Caine, küsste ihn und legte sich auf ihn, drückte ihn in die Matratze und schmiegte ihre Körper eng aneinander, als er in Caine eindrang.

Caine schlang seine Arme und Beine um den Vorarbeiter und überließ ihm die Kontrolle. Er war schon wieder hart, aber er erwartete keinen zweiten Höhepunkt. Doch er hatte nicht damit gerechnet, dass Macklin so entschlossen war. Die Spitze seines Glieds strich pausenlos über Caines Prostata, genauso wie Macklins Bauch gegen Caines Schwanz rieb.

„Komm, Welpe." Macklin unterbrach ihren Kuss. „Lass mich dich sehen."

Der Ausdruck in Macklins Augen raubte Caine den Atem. In diesem Moment hatte er keinen Zweifel, dass Macklin ihn liebte. Der Vorarbeiter sagte es zwar nie, aber wenn er Caine so ansah, brauchte es keine Worte. Caine strich Macklin sanft über die Wange.

Macklin erwiderte die zarte Geste. Zusammen mit dessen Gesichtsausdruck und dem Wissen, dass seine Gefühle erwidert wurden, kam Caine ein zweites Mal. Er schrie auf, sein Körper verkrampfte sich. Das war alles, was Macklin brauchte – dessen Körper verspannte sich, als er sich seinem Orgasmus hingab.

Caine ließ nicht zu, dass Macklin sich auf die Seite rollte. Er wollte diesen Moment noch nicht enden lassen. *Ich liebe dich,* murmelte er lautlos gegen Macklins Wange.

Macklin hob den Kopf und sah wieder in Caines Augen, ehe er ihn langsam, tief und sanft küsste. Caine erwiderte die Umarmung und schloss die Augen. „Gehen wir jetzt schlafen?", fragte er gähnend.

„Ja", sagte Macklin.

„Bleibst du?"

„Nicht mal die Wildpferde könnten mich hier wegziehen", versprach Macklin.

NACHWORT

NACH EINEM Monat Nachtwache waren die Männer durchgefroren und völlig am Ende. „So kann es nicht weitergehen", meinte Caine zu Macklin, als sie zum Abendessen gingen. „Die Hälfte der Männer ist krank und wenn wir nicht aufpassen, wird sich ihnen die andere Hälfte bald anschließen. Ich weiß, wir können es uns nicht leisten noch mehr Schafe zu verlieren, aber so verlieren wir Männer."

„Ich weiß, Welpe", sagte Macklin. Selbst in seinem stoischen Gesicht zeigte sich Erschöpfung. Caine bezweifelte, dass die anderen es sehen konnten, aber mittlerweile konnte er selbst jede noch so kleine Veränderung in Macklins Gesicht erkennen. „Ich weiß nicht, was wir sonst tun sollten."

„Wenn wir einen Unterschlupf hätten, sodass die Männer trocken und warm durch die Nacht kommen, wäre es möglich, dass jeweils zwei Männer die gesamte Nacht Wache halten und den nächsten Tag verschlafen. Wenn wir es richtig einteilen, wäre jeder alle paar Wochen mit der Nachtschicht dran, und so unterbricht nicht die eine Hälfte der Männer ihren Schlaf und in der nächsten Nacht dann die andere", sagte Caine.

„Wir können alles bauen, was du willst", sagte Macklin langsam.

„Hast du vielleicht noch einen anderen Vorschlag?", fragte Caine. „Mir fällt sonst nichts ein."

„Ich will den Bastard fangen, der dafür verantwortlich ist", erwiderte Macklin. „Ich will nicht, dass sich das über den ganzen Sommer hinzieht. Selbst mit den Sommerarbeitern, die bald zurückkommen, wird das eine Belastung sein. Wir brauchen jeden Arbeiter für die Schur."

„Ich will ihn auch schnappen", stimmte Caine zu. „Aber ich weiß nicht, wie wir es sonst schaffen können."

„Hör nicht auf mich, Welpe", meinte Macklin und drückte Caines Schulter. „Wir bauen die Hütte und wir warten, bis sich die Männer auskuriert haben, um dann einen besseren Plan aufzustellen. Wir werden den Verantwortlichen schnappen oder haben wenigstens die Gewissheit, dass er es nicht noch mal versuchen wird. Wir heuern sonst noch Jackaroos an, wenn wir welche finden, damit wir genug Männer haben, um die Nachtwache aufrechtzuerhalten."

Dieser kleine Druck war alles, was Macklin in der Öffentlichkeit zuließ. Caine hatte Macklin keinen Grund gegeben, den Kuss zu wiederholen, und das wollte er auch nicht. Sie wollten beide nicht mit ihrer Beziehung angeben. Die

Ganzjährigen wussten Bescheid und sie hatten alle subtile – oder in Kamis Fall nicht so subtile – Wege gefunden, ihre Akzeptanz und sogar ihre Zustimmung auszudrücken. Das war gut genug für Caine.

„Hey, Boss", sagte Neil, als Caine und Macklin hereinkamen. „Hey, Boss."

„Hi, Neil", sagte Caine, während Macklin dem Arbeiter nur zunickte. Caine konnte nicht sagen, ob diese kühle Reaktion einfach Macklins Art war oder ob er Neil noch immer nicht den Kommentar verziehen hatte, als dieser herausfand, dass Caine schwul war. Caine hatte aufgehört sich darüber Sorgen zu machen. Neil hatte zu seinem Wort gestanden und nie mehr etwas Negatives von sich gegeben. Er tolerierte es auch nicht von anderen.

Das Abendessen war fast vorüber, als die Kantinentür aufging und Devlin Taylor hereinkam.

„Taylor", sagte Caine kühl. „Was machst du hier?"

„Ich muss mit dir sprechen", sagte Taylor.

„Ich hör zu", erwiderte Caine.

„Allein", bestand Taylor.

Caine spürte, wie die Anspannung im Raum stieg. Mit einem kurzen Nicken zu den Männern erhob er sich und ging nach draußen. Macklin folgte ihm.

„Ich höre", wiederholte Caine.

„Ich hab heute einen Mann gefeuert", sagte Taylor. „Er hat damit angegeben, dass er deine Zäune beschädigt hat. Ich mag dich nicht. Du bist ein Hereingeschneiter und ein Kissenbeißer, und für keinen von beiden gibt es einen Platz im Outback. Aber ich behalte niemanden in Taylor Peak, der so etwas tut. Ich dachte mir, dass du das wissen solltest. Ich möchte nicht, dass du denkst, ich hätte etwas damit zu tun. Ich will keinen Krieg zwischen den Stationen."

Selbst wenn Caine Beweise dafür gefunden hätte, dass Taylor dafür verantwortlich war, hätte er nie so zurückgeschlagen. Jedoch konnte er sich vorstellen, dass Taylor es tat, wenn die Situation umgekehrt gewesen wäre.

„Es ist gut, dass du hergekommen bist, um mir das zu sagen", sagte Caine. „Du hättest es uns auch einfach verschweigen können."

„Ich hab darüber nachgedacht", gab Taylor zu. „Aber ich wollte nicht, dass man mir die Schuld dafür gibt."

„Alles klar, Boss?", fragte Neil, der seinen Kopf zur Tür herausgestreckt hatte.

„Ich bin überrascht, dich hier zu sehen, Emery", meinte Taylor. „Ich dachte, du hättest gesagt, dass du nicht für eine Schwuchtel arbeiten würdest?"

166

Neil hatte die Veranda überquert, bevor Caine und Macklin reagieren konnten. „Er ist vielleicht eine Schwuchtel, aber er ist *unsere* Schwuchtel", knurrte Neil, die Fäuste in Taylors Mantel gekrallt. „Und er ist mehr Mann, als du es je sein wirst." Neil wandte sich wieder Caine zu. „Darf ich ihn rauswerfen?"

„Nein, aber du darfst ihn zu seinem Ute begleiten und sichergehen, dass er sicher nach Hause kommt."

Neils Gesicht hellte sich auf.

„Sicher", wiederholte Caine. „Taylor ist hergekommen, um sich für den Schaden, den ein ehemaliger Angestellter angerichtet hat, zu entschuldigen, und nicht, um Ärger zu machen."

„Ja, Boss", sagte Neil.

„Er wird sich noch in Schwierigkeiten bringen, wenn er auf jeden losgeht, der einen Kommentar über dich ablässt", warnte Macklin, als Neil Taylor zu seinem Truck begleitete.

„Er wird es lernen oder sie werden es", meinte Caine mit einem Schulterzucken. „Lass uns hineingehen, ich bin hungrig."

Macklin ergriff Caines Schulter, bevor er sich wegdrehen konnte. „Taylor liegt falsch. Du bist kein Hereingeschneiter, der hier nichts zu suchen hat. Du bist ein Viehzüchter. Du hast so viel in diesen fünf Monaten gelernt, da kann sich Taylor eine Scheibe abschneiden."

„Er wird in mir immer nur die ‚Schwuchtel' sehen", sagte Caine.

„Das zeigt nur, was für ein Idiot er ist", antwortete Macklin. „Und was für ein Idiot ich fast war."

„Du warst kein Idiot", versicherte Caine. „Nur verängstigt. Das ist Vergangenheit. Neil sagt vielleicht, ich sei ihre Schwuchtel, aber eigentlich bin ich nur deine."

Macklin lächelte unsicher. „Sag das bloß nicht Taylor, der überlebt das nicht."

Caine lachte und drückte Macklins Hand, bevor sie zu den anderen gingen. Für die Wortwahl würde er sich früher oder später noch entschuldigen, da er aber wusste, dass das zu Versöhnungssex führte, wartete er damit, bis sie im Schlafzimmer waren – im großen Schlafzimmer.

Macklin schüttelte den Kopf und folgte Caine.

ALLIANZ DES BLUTES

ARIEL TACHNA

Buch 1 in der Serie – Blutspartnerschaft

Können ein verzweifelter Magier und ein verbitterter, desillusionierter Vampir einen Weg finden, Partner zu werden und ihre Welt zu retten?

In einer Welt, in der ein Krieg der Magier tobt, werden Vampire von vielen als minderwertig angesehen, als die stereotypischen Geschöpfe der Nacht, denen die Menschen zum Opfer fallen. Doch der Krieg wird immer bedrohlicher und die Magier wissen, dass sie Hilfe brauchen, um das Geschick zu ihren Gunsten zu wenden. Die dunklen Magier wollen die bestehende Welt auslöschen, und die Stärke der Vampire könnte den Ausschlag geben, um das zu verhindern.

Die Magier gehen das Wagnis ein, den Chef de la Cour der Vampire zu einem geheimen Treffen zu überreden, um ihn von ihrem guten Willen zu überzeugen und seine Unterstützung zu gewinnen. Alain Magnier, ein verzweifelter Magier, und Orlando St. Clair, ein verbitterter, desillusionierter Vampir, treffen sich in Paris auf einem Friedhof. Das Schicksal der Welt hängt vom Ausgang dieses Treffens ab. Werden die Vampire sich dem Kampf gegen die dunklen Magier anschließen und sich mit den Magiern auf eine Partnerschaft einlassen, um den Krieg gemeinsam zu gewinnen?

www.dreamspinner-de.com

PAKT DES BLUTES

ARIEL TACHNA

Fortsetzung zu *Allianz des Blutes*
Buch 2 in der Serie – Blutspartnerschaft

Magier und Vampire haben eine Allianz geschmiedet, die auf Partnerschaften des Blutes und der Magie gründet. Sie hoffen, damit dem Krieg gegen die dunklen Magier eine entscheidende Wendung geben zu können. Einige Partnerschaften sind ebenso erfolgreich, wie die zwischen Alain Magnier und Orlando St. Clair. Auf andere trifft das nicht zu. Es kommt zu Streit, Vorwürfen und sogar offener Feindschaft zwischen den Partnern, obwohl sie durch ein gemeinsames Ziel verbunden sind.

Thierry Dumont ist entschlossen, dem Beispiel seines besten Freundes Alain zu folgen. Er ist mit dem Vampir Sebastien Noyer eine Partnerschaft eingegangen. Obwohl er sich, so kurz nach dem gewaltsamen Tod seiner Frau, in der Nähe des Vampirs – eines Mannes – unbehaglich fühlt. Aber sie stellen fest, dass ihre gemeinsame Verzweiflung die beste Voraussetzung ist, um einen Bund zu schließen. Thierry und Sebastien stellen den Schutz ihres Partners über alles und unterstützen sich vorbehaltlos.

Durch die Erfolge der Allianz bestärkt, beschließen das Oberhaupt der Magier und der Chef de la Cour der Vampire, ihr neues Bündnis der Öffentlichkeit bekannt zu machen. Sie erhoffen sich dadurch zusätzliche Unterstützung in ihrem Kampf gegen die dunklen Magier, die das Leben auf der Erde in seiner bisherigen Form zu vernichten drohen. Aber die Allianz erleidet auch Rückschläge, denn die Partnerschaften bringen nicht nur Vorteile mit sich, sondern gefährden auch das magische Gleichgewicht der Erde. Und diese Gefahr könnte sich als größer erweisen, als der Krieg selbst.

www.dreamspinner-de.com

KONFLIKT DES BLUTES

ARIEL TACHNA

Fortsetzung zu *Pakt des Blutes*
Buch 3 in der Serie – Blutspartnerschaft

Die Allianz des Blutes zwischen Magiern und Vampiren wird stärker und fügt den dunklen Magiern empfindlichere Verluste zu. Immer verzweifelter suchen sie nach Informationen, um die drohende Niederlage abzuwenden. Sie wissen nicht, dass auch die Allianz unter wachsenden Spannungen in einigen Partnerschaften zu leiden hat.

Der Konflikt breitet sich aus. Es gibt Partnerschaften, die weder persönlich noch professionell harmonieren und die drohen, die Allianz von innen heraus zu zerstören. Alain Magnier und Orlando St. Clair versuchen, ein Auseinanderbrechen der Allianz zu verhindern. Sie werden unterstützt durch Thierry Dumont und Sebastien Noyer, aber auch durch Raymond Payet und Jean Bellaiche, den Chef de la Cour von Paris, die beide selbst noch darum kämpfen, ihre Partnerschaft auf eine stabile Grundlage zu stellen, um durch ihr Vorbild andere überzeugen zu können.

Während der Krieg immer brutaler wird und sich auf beiden Seiten die Verluste häufen, suchen die dunklen Magier immer noch nach Wegen, die Allianz zu zerstören. Derweil durchforsten die Blutspartner alte Quellen, um hinter den Vorurteilen und Legenden das entscheidende Quäntchen Wahrheit zu finden, dass die Geschicke des Krieges endgültig zu ihren Gunsten wenden kann.

www.dreamspinner-de.com

VERSÖHNUNG

DES BLUTES

ARIEL TACHNA

Fortsetzung zu *Konflikt des Blutes*
Buch 4 in der Serie – Blutspartnerschaft

Der Krieg nähert sich seiner entscheidenden Phase und beide Seiten sind bis an ihre Grenzen gefordert. Da gelingt den dunklen Magiern ein vernichtender Schlag, denn sie nehmen Orlando St. Clair gefangen. Am Boden zerstört vor Sorge um seinen entführten Partner, muss Alain befürchten, dass auch Orlandos Befreiung aus den Klauen der dunklen Magier den Vampir nicht mehr retten kann, weil sein Herz und sein Verstand unheilbaren Schaden genommen haben.

Christophe Lombard, der älteste und mächtigste Vampir von Paris, weiß, dass die Allianz an der Schwelle zur Niederlage steht. Er gibt seine selbstgewählte Isolation auf und schließt sich dem Kampf an. Alains abtrünniger Freund Eric Simonet, der zu den dunklen Magiern übergelaufen war, wird vor die Wahl gestellt zwischen Rache und Erlösung. Und Jean, durch Orlandos Schicksal in Wut und Zorn versetzt, muss sich der schwierigsten Entscheidung seiner Existenz stellen, während um ihn herum der alles entscheidende Kampf tobt. Werden sie mit ihren Entscheidungen die Allianz endgültig zerschlagen oder schaffen sie es doch noch, ihre Welt vor dem Untergang zu bewahren?

www.dreamspinner-de.com

Ihre beiden Väter

Ariel Tachna

Srikkanth Bhattacharya ist ein schwuler Junggeselle, der das Leben genießt und völlig glücklich damit ist, bis er einen Anruf vom Krankenhaus bekommt. Seine beste Freundin Jill ist dort während einer Geburt gestorben. Sri hatte zugestimmt, das Sperma zu spenden um Jill ihren Traum, Mutter zu sein, zu erfüllen. Doch hatte er nie erwartet, Entscheidungen für das kleine Mädchen treffen zu müssen. Er beabsichtigt, sie zur Adoption zu geben. Doch als er sie das erste Mal sieht, kann Sri sich nicht dazu durchringen. Völlig überraschend wird er zum Vater und muss lernen, damit umzugehen.

Sein Mitbewohner und Freund, Jaime Frias, hilft ihm freiwillig, ohne zu ahnen, dass er sich in das Baby und Sri verlieben wird. Alles scheint perfekt, bis ein Besuch des Jugendamtes Sri in Bedrängnis bringt, als müsse er sich zwischen seiner Tochter und der Beziehung zu dem Mann, den er liebt, entscheiden.

www.dreamspinner-de.com

Ariel Tachna lebt außerhalb von Houston mit ihrem Ehemann, ihrer Tochter, ihrem Sohn und ihrer Katze. Bevor sie dorthin zog, reiste sie durch die ganze Welt. Sie verliebte sich in Frankreich, wo sie ihren Mann traf, und in Indien. Dort möchte sie sich gerne eines Tages zur Ruhe setzen. Sie spricht zwei Sprachen fließend und vier weitere – so einigermaßen. In Sprachen hat sie sich genauso verliebt wie in das Schreiben.

Besuchen Sie Ariels Homepage auf www.arieltachna.com und ihren Blog auf arieltachna.livejournal.com, oder schreiben Sie ihr eine E-Mail an arieltachna@gmail.com.

Von ARIEL TACHNA

Dein Stern am Himmel
Ihre Beiden Väter

BLUTSPARTNERSCHAFT
Allianz des Blutes
Pakt des Blutes
Konflikt des Blutes
Versöhnung des Blutes

Veröffentlicht von DREAMSPINNER PRESS
www.dreamspinner-de.com

Noch mehr Gay
Romanzen mit Stil
finden Sie unter....

www.dreamspinner-de.com

www.ingramcontent.com/pod-product-compliance
Lightning Source LLC
Chambersburg PA
CBHW022156240626
47153CB00007B/2686